他的景好在吻你

眼睛弯了
/著/

台海出版社

图书在版编目（CIP）数据

他的影子在吻你 / 眼睛弯了著. -- 北京 ：台海出
版社，2024. 9. -- ISBN 978-7-5168-3946-1

Ⅰ．Ⅰ247.5

中国国家版本馆 CIP 数据核字第 2024NH7048 号

他的影子在吻你

著　　者：眼睛弯了

责任编辑：俞滟荣

出版发行：台海出版社
地　　址：北京市东城区景山东街 20 号　　　邮政编码：100009
电　　话：010-64041652（发行，邮购）
传　　真：010-84045799（总编室）
网　　址：www.taimeng.org.cn/thcbs/default.htm
E - mail：thcbs@126.com

经　　销：新华书店
印　　刷：长沙鸿发印务实业有限公司
本书如有破损、缺页、装订错误，请与本社联系调换

开　　本：880 毫米 ×1230 毫米　　　　1/32
字　　数：268 千字　　　　　　　　　印　　张：9
版　　次：2024 年 9 月第 1 版　　　　印　　次：2024 年 9 月第 1 次印刷
书　　号：ISBN 978-7-5168-3946-1

定　　价：42.80 元

love

大鱼

有爱的青春陪伴者

太阳西落，两人的影子挨在一起。

那刻大概只有影子知道，他在亲吻她。

目录

T A D E Y I N G Z I

Z A I W E N N I

目录

ZAIWENNI

第一章

/ 命运歪打正着 /

芜城的夏天，永远烈阳高照。树梢底下的光像碎钻，抓一把握在掌心，摊开就是游晃的阴与阳。

"马走日字，象飞田。车走直路，炮翻山。"少年面色平静，沉声道，"走这步，吃它。"

一子落，成败定，赢了。松散的喝彩声响起，少年从座位上起身："看清楚了？"

大热天给人的感觉像笼在蒸锅里，而少年的声音似回春，料峭中带着和煦。他对面是一位头发稀疏发色银白的大爷，大爷摇着一把年代已久的蒲扇，眼睛还盯在棋局上，半晌听到头顶清朗的声音，目光仍不愿挪开："懂了懂了。"

大爷："辛苦你了，小梁！"

少年未置一词，拿起放在石凳边的双肩包单肩挎着，迈步离开。

翠绿从树顶打下来，大爷们摇着蒲扇目送他。从侧面看，这人挺拔如松，行走如风，眉峰有股气，老人说，这叫少年气。

养老院的中年女院长一直盯着这边的动静，看到那俊俏的身影要走，立马吐掉嘴边的瓜子皮，越过台阶赶上他："小梁，你这是要走了啊？"

"嗯。"

"什么时候再来啊？"女院长问。

但她问的这话不太妙，前几天，全院的人都知道梁家要换新住处，换的位置离这儿远。女院长是惋惜，全院所有员工加起来，都没他一个人能讨那帮老爷子开心。

下得一手好棋，也丝毫不吝啬教他们，看哪个孤寡老人落单了，就问人家的兴趣是什么，转头自己学来手把手教老人家。

善于观察，学习能力强，就她看到过的，插花、书法、剪纸、麻将、弹琴……没有这孩子不会的。

"有时间我会来的。"女院长还在细想，耳边传来少年的声音，他的音色冷冽，不是没感情，外冷内热罢了。

"行，能来就行。"女院长抬头，发现人已走出枯败绿藤缠绕的大门。

骄阳正当头，大道两旁栽着防尘树，少年的背影在灰暗景色中落拓又沉稳。热烈，恣意，不似那夕阳红。

养老院毗邻一所职高。正是晌午，人们都不愿意出来，晏枝一遍遍擦脸上的汗，行侠仗义的心情早没了。

她拿出手机往屏幕上戳：还要多久？

那边火速回复：目标接近。

朋友被"渣男"抛弃了，该怎么办？晏枝在听完闺蜜何合格一整晚的抱怨加愤慨，并在对方的强烈要求下，出现在这里。

眼下她怀里抱着一盆水，水面与边沿持平，里面是满满当当的"蓝天白云"。而她，蓄势待发。

旁边的周小敦也抱着一盆水。两人蹲在破墙边的高处，动一动，脚边的枯草便挠得小腿痒痒。

"老大，你说那小子还来不来啊！"周小敦的豆豆眼眯成一条缝，他在这儿快半个小时了，连个鸟影子都没看到。

三伏天，热火浇头，晏枝也不好受："来！他不来死定了！"

恰逢此时，一个黑T恤黑裤的人影往这边走来。隔得挺远，晏枝判断他的体态特征——高，瘦，要死不活——很符合"渣男"的特质。

晏枝被汗水迷了眼，看人不太清晰。眼看他越走越近，她连忙放下水盆，低头噼里啪啦打字：来了？

那边没动静，人影离他们仅剩几步之遥，晏枝在心里开始倒数：五，四……一。

同一时刻，手机响动：目标来了！

"干活。"晏枝匆忙端起水盆。

周小敦也火速站起身，管他三七二十一，抄起盆子就往墙下泼。晏枝紧随其后，一盆凉水无情倒下。

一时间，两盆凉水齐齐招呼。底下的人被迫停住脚步，他垂着头，帽檐正往下滴水，"啪嗒"一声，落入尘土中快速变干，四周寂静无声……

在这诡异的寂静里，周小敦特意凑过去，压低声音："老大，你说他为什么不动啊？"

墙角的人站在树荫里，燥热的风有一下没一下吹拂他被泼湿的劲瘦腰身，而他本人单肩挎着双肩包静立着。

"傻了？"晏枝也小声道。

两人你看看我，我看看你，非常明智地选择开溜。刚起身，墙下的人缓缓抬头，原本被帽檐遮住的目光此刻对准他们。准确点来说，是镇静的目光射向他们。

从小就有人跟晏枝说过，被侮辱了尊严还能不生气的人，才是真的"忍者神龟"。两人一高一低，晏枝蹲下来与他对视。他戴着冰丝立体口罩，唯有那双眼睛十分有力，分外与众不同。

想到他明明有女朋友还跟别人暧昧不清，明明有一张嘴非得欺骗人，晏枝便觉得，他侮辱了忍者神龟。

"渣男。"晏枝一吐为快，说完就溜。

从职高那条路离开，已是半个小时后，晏枝嘴快，尿得也快，说完拉着周小敦赶紧跑，麻溜地跑。

周小敦在路上向她提了一个问题："老大，'渣男'戴着口罩，我们见光死，你说，他会不会回来报复我们？"

"他戴口罩那是见不得人，不用怕。"晏枝从兜里掏出一根荔枝味的棒棒糖，用嘴咬掉包装，边吃边纠正他，"还有，周小敦同学，我们这叫维护正义，'报复'这个词跟我们根正苗红的气质不匹配。"

周小敦撇嘴，问下一个问题："那我们不管合格姐他们了？"

合格姐就是那个"受害者"，全名叫何合格，是晏枝、周小敦在曙光区从小一起长大的玩伴。不过何合格比他们大一岁，上高中比他们早。何爸没猜到女儿最后混到职高去了，打也不是，不打也不是，看见她就烦，何合格却说这是她为自己争取到最合格的成绩了。

晏枝回周小敦的话："她说让我们先回去。"

"噢。"周小敦抬头，可不满了，"她怎么就给你一个人发消息？"

"因为她最爱我。"晏枝脚步荡漾了一下。

"那你给我一根棒棒糖，我就原谅你们。"

"没了。"

"……老大你骗人，我看到它冒头了，橘子味的。"

他是真馋记，晏枝从兜里拿出糖来递给他："吃吧，周小敦。"

原本晏枝打算把糖留给大东的。大东是她父亲，一名正义的人民警察，一位单身多年的中年壮汉。跟周小敦说拜拜后，晏枝咬着棒棒糖棍回家。

今天周六，大东两个小时前就给晏枝发消息让她早点回家，说是菜市场的肉打折，多买了一点，给她做排骨汤，养养她没几两肉的身板。

晏枝进门后喊了声"爸"，很快便听到厨房传来他的回应："哎，枝枝回来啦！"

"回来得正好，快洗手吃饭，老爸今天做了一道新菜——啤酒烤鸭，没尝过吧？今天让你开开眼界。"

"你回回都这么说。"晏枝在玄关处换鞋，换完乖乖去洗手。等她坐上桌，碗里已经堆起一块啤酒烤鸭。

"尝尝。"晏东自己一口都没动，注意力全在女儿身上。

晏枝慢条斯理地把肉夹起来，肉质肥美，她一口咬下去，嘴里嚼着。

"怎么样？"

晏枝实话实说："一股啤酒味。"

"好吃吗？"

"哇哦！"晏枝配合地竖起大拇指，晏东内心十分满足。

父女俩吃饭期间喜欢聊天，没有食不言寝不语的规矩。晏东端起碗大口扒饭，快速咽下去，才说："隔壁来了户新人家，单亲母亲，带一个孩子。"

晏枝歪着头，听完两眼放光："大东，单身的。"

晏东怎么会不知道自家女儿脑子里在想什么，无非是看他单身这么多年，身边没个人，想让他再找一个。她小小年纪，却天天给他物色对象，有回直接把人往家里领，闹得他一个头两个大。

"枝枝，这事不行。"晏东想，他迟早要断了女儿当红娘的心思。

"我不瞎闹。"晏枝模样老实，看不出真假，"我就是想去拜访一下新邻居，你说的嘛，日后好说话。"

"行。"这个晏东赞成。

说到这儿，他突然记起来："新邻居家有个孩子，听说是个男孩，跟你一样大，会转到你们学校去。"

晏枝目前正在读高一，刚开学没一个星期。她咂舌："大东，你都从哪儿听来的这些消息？"

晏东浑不在意："广场舞社群。"

晏枝："……"

吃完饭，晏东让她歇着看会儿电视，自己去洗碗。晏枝歇不住，她从小就歇不住，用奶奶在世前嘀咕她的话，就是这辈子当不了林黛玉，但能造就一个孙悟空，孙悟空心里正琢磨着事呢。

大东说他不想找对象，晏枝坐在沙发上撑着脸蛋，认为这句话的可信度是百分之四十。不然，加什么广场舞社群？大东跳过舞吗？没有。

晏枝从沙发上起身，瞅了眼在厨房洗碗的大东，踮起脚挪步到冰箱前。冰箱里的东西一览无遗，少得可怜。只有一个粗老爷们操持的家庭，"精致"这个词几乎不存在。

晏枝的手往冰箱里探，心想这个红娘她也不是非要当，然后拿着仅剩一半的冰镇西瓜，若无其事地往外走。

晏东问她去干吗，她头也不回："找周小敦。"

晏枝在新邻居家门前站了足足有五分钟，她在做心理建设。大东说得对，她是一只爱咆哮的纸老虎。

走廊里空空荡荡，晏枝的胳膊像被铁链桎梏住，勉强往上抬，屈起的手指与门的间隔不过一寸。她停在那儿，缓息两秒后，轻轻地敲了一下门。

里面没动静。

有人听见那才叫稀奇。

晏枝又连敲两下，这回她似乎听到有人推开椅子正往门边走。

晏枝不由得轻咳两声，将一斜一屈的腿并在一起站直，抱紧半个西瓜，嘴角微微往上弯着，保持一个恰到好处的弧度。

门开了。

"你……"她抬起头打招呼，视野里竟是一个大帅哥。帅哥眉眼澄明，品貌非凡，身材高挑，她眼睛极亮，到嘴边的话立马急转弯，"帅哥你……"

门"砰"的一声关上！

门风扑面而来，吹了晏枝一脸。她呆愣在原地，堪堪把没来得及说的两个字补完："好呀。"

屋内，梁沉表情不变，走到饮水机旁接了半杯水，喝完后将自己的杯子摆放回原位，转身回房间。

梁母的声音从厨房那边温柔地传来："阿沉，门外是谁？"

"推销员。"梁沉偏过半个头回答母亲的话，语气浅淡，声线并没有太大波动。

他关上房间的门，继续坐在电脑前。电脑屏幕上立着几个小界面，其中一个最小的群界面炸了锅，消息如雨后竹笋般噌噌涨，梁沉直接拉到聊天页面底部，看最后两条消息。

第一条：沉哥，你不会去了芜城就把我们忘了吧？

梁沉眉眼稍敛，在小界面上打字：我有事，你们聊。

第二条：沉哥，这忙，你到底帮不帮？

梁沉：不帮。

他一出声，群里的消息瞬间以秒速往上跳，本就炸锅的群直接沸腾起来。梁沉一眼也没多看，直接关掉小界面。他没发现，在关掉之前，一条消息被极速刷屏"爱沉哥好累"。

手机那边，进来一个电话。梁沉看着手机上的备注，思考三秒，还是选择接。有些人你不理他，他会比不死的小强还要厉害。

　　电话接通后，那边的人懒懒地调笑："爱沉哥好累哦。"

　　梁沉眉头微挑："说正事。"

　　"行。"电话那头的嗓音回归正常，"我爸把我银行账户冻结了，这事你得帮，你也能帮，反正解冻个账户对你来说不是难事。"

　　"没别的事，我先挂了。"

　　"别啊，沉哥。"男生的语气里带点哀求意味，"你要是不帮我，我真要吃土了，你也知道我爸，他说到做到，我吃土他都不见得会可怜我！"

　　话语过分直白粗俗，梁沉眼睛都没眨一下，手指在电脑上敲击："我不会帮你解冻，你既然没钱了，可以选择去赚钱，别等坐吃山空。"

　　说罢，他还是多询问一句："小生意会做吗？"

　　"啥？"

　　梁沉挂掉电话，点开微信直接扔给那男生几个选项，末尾加了一句：自行选择。

　　十分钟后，终于悟出来的某人感恩戴德：沉哥，你就是我哥！

　　梁沉没看见，他出房间去厨房帮忙了。

　　他搬来芜城是在两个月前，原本梁母选择住在瓦巷一带，那里虽是郊区但适合修身养性，噪音小。直到前天他们才搬到这里来，为的是住得离学校更近一点。

　　"阿沉，肉要切薄。"梁母在水龙头下洗葱，转过头指导。

　　"好。"

　　"今晚邻户的人家会过来吃饭，我们刚来，认识认识交个朋友也好。"梁母边说边将一缕发丝绕至耳后，"他家有个女儿，跟你一样大。"

　　梁沉的重点不在最后一句："对方是做什么的？"

　　梁母笑了笑："是个人民警察。前几日我从楼下拎东西的时候，他还帮我来着，等上了楼才知道他就住隔壁，这一来二去，也不算陌生人了。"

　　"那我多做点。"

日头西沉，很快到饭点。晏枝被大东叫上，又到那扇门前。她手里拎着一箱刚买的核桃奶，挺重，是大东到超市精挑细选出来的。

"枝枝呀，快敲门。"见她站在门前一动不动，晏东催促一番。

晏枝依旧没动，她一向奉行"别人不理我，上赶着不是买卖"的宗旨。里面那个人明显不欢迎她，她也不想理他。

晏东显然不懂女儿的心思："敲门啊，枝儿。"

晏枝眼神古怪。奶奶曾悄悄告诉过晏枝，不喜欢大东喊晏枝"枝枝"，听着像在喊老鼠，所以奶奶喊她"枝儿"，但大东咋突然喊她"枝儿"？

晏枝捏了捏手指，不情不愿地往门上叩两下。和上次一样，里面很快传来走动的声响。门被打开，晏枝这回却没有抬头，对，她就是有情绪了！

结果开门的人反倒先开口了："叔叔好。"

嗯？差别对待？晏枝猛地抬头，正巧撞上对方洞察的眼神。

"你好。"对方对着她开口，语气平稳，神色坦荡。

晏枝的怒气刚要爆发出来，就被他一声"你好"不声不响地打了回去。

梁家虽搬来没两天，但里面的陈设布置比晏枝家好太多。从她进门开始，眼珠子就到处乱转。倒不是家具有多贵重，是房屋里独一份的设计感。例如：墙壁上的精美壁画，玄关处的简易折纸，说明女主人是个很有品位且懂得生活的人。

"提着重，放下吧。"

身侧落下一道阴影，晏枝没反应过来，身旁的人已经弯腰接过她手里核桃奶的提绳，转身将其放在客厅的茶架上。

晏枝注意到他挽起的白色袖子内，一条青筋线隐隐凸现。男孩的手臂劲瘦，像百折不挠的枝丫，有强烈的生命力。她两颗眼珠微移，努力把视线挪到穿着收腰连衣裙的窈窕女人身上。

"阿姨好！"晏枝的声音又甜又亮。

大东来时告诉她，她得给人家留一个好印象，这样人家才愿意跟你来往，和你打交道。晏枝自然懂，她更懂的是，得让大东给人家留下好印象。

晚饭开始，大人不上座，小孩不上桌。屋里就四个人，晏枝见大东在忙着端菜，也不好自己一个人坐上去。

身后一只手轻轻推她，将她往座位上带。晏枝抬头，看到梁母正对她笑："喊你枝枝可以吗？"

晏枝点头："怎么喊都行。"

人被带上座位。幸亏没让她不自在多久，大东和梁母端完菜都落座了。梁沉在给大东倒酒，而后问她："喝什么？"

他弯着腰，脸侧过来问她，眼里没有一点别扭，将待客之道体现得很好。

晏枝这会儿也不敢造次："都行。"

然后他给她倒了一杯西瓜汁。

晏枝："……"

饭间，晏枝低头扒饭，一句话没说。那杯西瓜汁被放在她面前，就好比观音娘娘面前放朵破莲花，怎么看怎么碍眼。

大东和梁母聊得很开心，两人像是多年不见的好友，聊的都是些有趣的旧人旧事。晏枝记起来自己有正经事要做，也加入对话中。她的话匣子有一下没一下往他们头上落，也不管搭不搭腔，都带有极强的目的性。

"我爸一拳能打十个，阿姨，他常年健身，身体倍儿棒！"

"其实不是我的功劳，大东救的那个女孩，当时胳膊擦伤了一大片。"

"他喜欢小动物，局里的警犬最黏他了！"

最后是大东听不下去，大男人一张脸臊得很，连喝三杯酒，桌子底下的手都握成拳，生硬地转移话题："枝枝，快吃肉，你阿姨做得多好吃啊。"

晏枝后知后觉："……哦。"

梁母笑得很温柔，问晏枝："是不是很喜欢爸爸？"

晏枝诚实地说："最喜欢他了。"

对面，梁沉终于看她一眼，只是眼神里依旧无波无澜。

梁母描述她像一朵跳跃的蒲公英，率真得可爱，大东却称她脾气像纸里包着火，一点就燃。

晏枝嘚瑟地看梁沉一眼，说实话，没人知道她在嘚瑟个什么劲儿。

"枝枝在几年级几班？"梁母把话题扯到她身上。

晏枝咽下薄肉片："高一（12）班。"

"好巧，阿沉下周报到，也是十二班。班主任是刘老师吧？"

晏枝看了梁沉一眼，表情有些凝固，直直点头。她发自内心地感叹，命运啊，总是歪打正着。

对面的人给自己续了一杯果汁，垂下的眉眼里尽是淡然。他没说话，倒像一个尽职尽责的服务员。

"既然这样，你们可以一起上下学，也好做个伴。"梁母给晏枝夹去一块肉。

在大东的提醒下，晏枝立马把碗伸过去接，乖巧地说："谢谢阿姨。"

大东说："行，挨得近，好有个照应。"

梁母又去问梁沉："阿沉，你觉得怎么样？"

晏枝也看过去，他吃相斯文，几乎不发出声音，眼下被叫到，也不急不慌地放下筷子，没有回答同不同意这个问题，只是起身给晏东倒了一杯酒。

"叔叔您喝好。"

大东被他的动作弄得连声"哎哟哟"，同不同意这事就翻过去了。

知子莫若母，梁母知道儿子心底怎么想，当下没说什么，默默转开话题："阿沉今天遇到一个推销员上门，你们有遇到吗？"

大东作为一名警察，有足够的警觉性："什么样的推销员？"

这回"服务员"肯接上话了："推销西瓜的。"

晏枝很心塞："……"

偏偏大东还在感慨："这年头还是第一次听说上门推销西瓜的，直接送到家门口，是个奇才。"

心虚的晏枝赶忙低下头看手机，谁知这一看，看出个惊天"大瓜"来，何合格声称"渣男"并没有遭到报应：我好不容易骗他到你们那儿去，结果他竟然敢半路去上厕所！他屁股是开过光吗？！

周小敦：那我们泼的谁？

何合格：无辜的路人。

晏枝无视上面的消息，气呼呼地打字：我要撂倒他！

何合格：？

周小敦：？

撂倒谁？

晚饭后，梁母将大东和晏枝送到门口。天色已泛黑，两家人寒暄几句，各回各家。

晏枝困得眼皮往下耷拉，匆匆洗了个澡，想回房梦周公，结果被心情不错哼歌走调的大东叫住。他嘴里唱着"梦中的梦中，梦中人的梦中"，任贤齐的《天涯》，她老爹的最爱，是晏枝十几年来的"噪音"。

"大东，今天就免了吧。"晏枝知道他要干吗。

很小的时候，晏东每天晚上都会教晏枝一些防身术，类型五花八门。他说这个社会坏人会蛰伏，女孩子要保护好自己。后来跑偏了，为了让晏枝觉得有趣，什么太极、打拳、武术，凡是晏东会的，这些年来毫无保留传承给女儿。

她小时候跟着晏东练的时候，奶奶就拿着扇子在旁边看。那扇子作用可大了，不仅能给她扇风，还能打蚊子，奶奶虽人老但眼神好，一打一个准。

"今天只学一招。"晏东看出女儿累，也降低了要求。

父女俩学武的时候也会闲聊。

"今晚这顿饭，你感觉那小子怎么样？"

晏枝学他的样子勾拳，偶尔拿手挥掉烦人的蚊子，有气无力地答："挺针对我，不近人情。"

晏东极其不赞成，一边纠正晏枝的动作一边说："你爸我见过那么多不良少男少女，看得出来，那孩子是个靠谱的。人家有礼貌又有教养，帮你提核桃奶，给你倒西瓜汁，怎么到你嘴里，就扣上不近人情这么个大帽子。"

晏枝觉得这才是那个人的高明之处，让她有苦说不出。她闷声不说话，勾拳踢腿的动作却认真很多，劲里带风。

夜晚入睡前，晏枝照例揉揉胳膊压压腿，这个叫睡前仪式。一只麻雀低飞到窗檐边，用嘴啄玻璃，见里面的姑娘不肯搭理它，扑扇着翅膀飞走了。

晏枝在想一件事，何合格说"渣男"没有从那条路走，他们泼错了人，那她泼的是谁呢？昨天那个路人，无辜、倒霉、惨。说实话，她心里很过意不去。

飞走的麻雀落到梁沉房间的窗边，歪着头，豆豆眼往里望，看见少年在拿白毛巾擦头发，他旁边站着一个温柔的女人，女人把一杯热牛奶放在桌边，嘱咐他早点睡觉。

少年的目光放在电脑上，未曾挪动半分，只低低"嗯"了一声。

梁沉是个情绪不会外露的人，这点像他父亲。梁母转身离开，关门时看到他拿起牛奶在喝。阿沉即使心里有什么话，也会憋着，小时候那件事对他影响很大。梁母无奈地轻轻关上房门，不再打扰他。

等母亲走后，少年起身把毛巾挂回原处，转身间看到守在窗外的麻雀。麻雀拿嘴啄了啄玻璃，讨食的意思很明显。

梁沉从抽屉里取出一点东西，然后端起牛奶来到阳台。他推开落地窗，头顶是今天下午刚洗的一套黑色衣裤，已经干了。

麻雀紧紧跟随他，蹦跶两步跳到半围墙上，灰羽扑扇扑扇，抬头期待地望着。梁沉低头瞧它一眼，随手把从抽屉里拿的稻谷撒在它脚下。

树梢摇摇晃晃，落在墙壁的光影也晃动着。他将身体倚靠在半围墙上，上身微弯，整个人放松下来。夜风吹拂少年潮润的黑发，好似风也懂得照顾人，连吹散发丝的弧度都那么温柔体贴。

麻雀低头一口一口地啄稻谷，虽机械但可爱，偶尔歪头去瞅身侧的少年，豆豆眼转动两圈，一眨不眨的，十分好奇。梁沉也偏过头回应它，修长的手指垂落在牛奶杯上，告诉它不要肖想。

那好吧，麻雀跳过来，用身体轻蹭他绸缎般的衣衫，继续低头嗑稻谷。

梁沉的嘴角随即往上提，他的眼睛一直有着不动声色的平静和松弛，在这一刻却稍显温柔。黑夜寂静，谁都不知道他在想什么。

第二天一早，晏枝去赴何合格和周小敦的约。那两人大晚上不睡觉，在群里"狂轰滥炸"，何合格说请他们喝奶茶，算是答谢他们的快意恩仇。

晏枝当然去，跟大东打声招呼就往楼下跑。何合格住她楼下的楼下，周小敦住在小区另一栋楼里，距离不远，大概十分钟能到他家。三人聚集，一副斗志昂扬的气势，往小区后门走。

出了后门是个大型的美食广场，每到双休，这里就会聚集很多人，晚上还有不少大妈跳广场舞，舞扇摇得有模有样。

何合格从前为爱染红发，如今为自己染金发，在晏枝和周小敦那一头普通的黑发面前，显得如此狂放不羁。

三人到达奶茶店。这里的座位空间很大，角落里有一个少年对着电脑在敲打什么，侧脸看上去坚毅，眉头却透着秀气。店内装潢也不错，他们挑了个明亮的位置坐下，分享最近的一些事情。

何合格就"渣男"一事当场捶桌，说道："我迟早'阉'了他！"

做奶茶的小哥哥正在加珍珠，听罢手抖了一下。

晏枝吸口奶茶应和："再放酸菜罐里腌着！"

小哥哥把奶茶杯里的冰捣得乒乓响：狠！真狠！

两人群情愤慨之余捎带上周小敦："你说是不是？"

周小敦一张胖脸勉强挤出笑意："你们说啥是啥。"

没意思，两人齐齐回头，晏枝开始吐槽昨晚在梁沉家的事。

周小敦见缝插针："所以你昨晚是要撂倒他？"

何合格："长得帅吗？"

晏枝不否认梁沉的长相，他的五官立体大气，眉头却添一丝秀气，又因人沉稳，眼神似明察秋毫，是具有冰冷和温柔的边界感长相。

"主要是他做的事吧，"晏枝深吸一口气，手在桌上敲了敲，"我也没招他惹他，去他家我就跟夹着尾巴的猴子一样，要多老实有多老实，他才是那个表里不一的人。"

何合格："你有没有想过他为什么这么对你？"

周小敦："老大你小时候打过他？"

周小敦问的话不无道理，晏枝因为大东教她武术，从小就是小区里最能打的那一个，被她教训过的男孩女孩，没有二十个，也有十个吧。周小敦就被她揍过，原因无他，太欠了——你见过一个从妈妈那儿得到小蛋糕、小饼干、辣条，就巴巴往你跟前凑，略略略地说"你没有，你好可怜哦"的人吗？

小时候的晏枝是破布袋，而其他人是洋娃娃，洋娃娃不肯跟破布袋玩，就要挑动战争孤立她，可破布袋也不是好惹的，骂起脏话来能把他们怼得红脸粗脖子。

那会儿晏东刚跟晏枝妈妈离婚，没娘的孩子在哪儿都被欺负。

晏枝想起往事，不爽地瞪了周小敦一眼。可梁沉不一样，他才搬来没几天。她的肩耷拉下来，看起来像打架输了的小狗："他仅用一杯西瓜汁就把我气到了。"

说话间，坐在角落里敲电脑的人终于关闭电脑，露出藏在电脑屏幕后的面貌。晏枝继续张牙舞爪地向何合格他们描述自己的心情，在转头的时候瞥见了一张眼熟的脸，很快就转回来。

好像哪儿有点不对？晏枝再次转过去，面目惊恐地定在那里。

男生正将电脑收进包里，而后拿起桌上的手机起身准备离开。

这些都不是很重要。重要的是，这个人！是住在她隔壁还不知道名字的，他们正在讨论的主人公！

梁沉提着包从晏枝身边经过，面不改色，毫无波动。

直到他彻底离开，晏枝都没有回神。

"这就是那位……西瓜汁？"何合格也不傻，一眼就看出来了，"瞧你那尿样。"

周小敦无情地插刀："不配做我老大。"

余晖遍地时，晏枝率先打算回家。何合格和周小敦还要去周边转转，三人就此分别，晏枝去小卖部买小布丁解暑。

晏枝走在铺满金粉的路上，沮丧得像只丢了胡萝卜的长耳兔。男生听到了多少？肯定全听见了！

晏枝走进小区里，只见老人推着儿童车在散步，男人左手抱着娃右手拿奶瓶，还有小朋友在四处你追我赶……晏枝一一看过去，只觉得每个人的生活不一样。而且说个秘密，她其实还挺想和邻居家那位做朋友。

"谢谢你了，小伙子！"

"您辛苦。"

晏枝叼着只剩一根棍子的小布丁抬头，寻找声音的源头。

小区绿化好，树木参天高，一位老爷爷麦色的脖子上挂着洗得分不清颜色的毛巾，他将推车靠在路边，一下一下擦脸上的汗。少年抬腿把掉落下来的废纸盒重新堆上去，然后捡起散落在两旁的绳索，牢牢缠绕在推车两端。

晏枝看到他的手指拿起已经染黑的绳索也不嫌弃，默默帮大爷固定好才离开。

大东说，梁沉是一个礼貌还很有教养的男孩，这样的人在这个快节奏的时代，已经很难得遇到。晏枝也默默往前走，她加快脚下的步伐，跟上前面快要进电梯的梁沉。

两人楼层一样，晏枝进去后往后站，纠结自己要不要跟他搭个话，说什么都好，就是别让气氛这么尴尬。早上也不知道他到底听进去多少，晏枝仔细回想细节，思考自己有没有说什么坏话。

思索间，"叮"的一声，楼层到了，电梯门打开，梁沉抬步往外走，脊背挺直。

晏枝挪动脚步跟上，她走在他后面屡次张口，却发现她连他叫什么都不知道，大东也没告诉过她，只隐约记得阿姨喊他"阿沉"。

晏枝张了张嘴，眼看男生就要进门，脱口而出——

"……阿沉。"

第二章

/ 我比较喜欢孤独的感觉 /

梁沉的脚步似有停顿，手指搭在门把上，头却往这边偏。他的侧脸下颌线锋利，眼尾往外延，平静而温和，不太在意她喊他"阿沉"。

晏枝却兀自害臊地摸了把脸，没想好该跟他说什么，总不能说"你是不是全都听到了？那你是怎么评价自己的啊？要不，你骂回来吧，我心脏挺好的"，这些晏枝都不敢说。

而梁沉停在门口良久，也没听见她往外蹦一个字，眉头不由得微蹙，扭转门把进门。就在他半只脚踏进去前，晏枝一掌拍在自家门上，开口："你是不是讨厌我？"

那只脚愣是一下没停，直直走进去。

晏枝眼睁睁看着梁沉两只脚都要踏进去，不可置信的同时飞速往前跑了几步想拦住他，但还是晚了。身体撞上紧闭的房门，晏枝两手扶在门框上，头顶的刘海因风荡起，也因风而吹平。

拽什么拽？我还治不了你？晏枝腹诽，对准门上那个猫眼往里喊："阿姨，枝枝来看你啦。"

最后一个"啦"字刚从喉咙里跑出来，门很快从里打开，梁沉站在她面前，手扶在门把上，翻了边的衣角刚好缓缓服帖身躯。他微抬眼眸，低头瞧着她。晏枝能感受到他微不可察的怒气。

梁母从后赶来，双手还滴着水："枝枝来了？"

晏枝假装没看见梁沉这个人，故意从他面前绕过，对屋里的梁母笑嘻嘻的："大东说邻里要多走动，这样能增进感情，我就来了。"

梁母不是没看见儿子的脸色，冷，冷得奇怪。她心里诧异两人之间的关系，又对眼前的女孩能激怒自己儿子感到惊讶。

"枝枝想什么时候来就什么时候来，阿姨求之不得。"梁母温柔地笑，看一眼还待在原地的梁沉，果然，他的神色又变了。

真是稀奇，梁母笑着摇摇头，让梁沉给晏枝找点吃的，自己进厨房给他们准备晚饭，厨房的门被她关上。

梁沉的表情已经没有刚才那么冷，他恢复平和，打开冰箱，从里面拿了水果出来。刚搬过来没几天，家里根本没备什么零食，何况住的两位都不爱吃，能当零嘴的只有水果，他递给晏枝一根新鲜的香蕉。

晏枝伸手接过，她把香蕉当棒槌在手上欢喜地拍了拍，见他看过来，立马停下。梁沉这个人很矛盾，晏枝并不觉得他认可她，可他还能耐着性子跟她相处，给她递香蕉。

晏枝微踮起脚，笑着用胳膊撞他，认真地说："这样，我们好好相处怎么样？"

晏枝是真心的，她看见梁沉的表情有一丝松动，可这丝松动，不是她想的那层意思。

梁沉侧过头，又往她手上放一个杧果，少年还是一如既往的平淡："不能。"

晏枝发誓，她再也不理梁沉。

新的一周开始，晏枝背上书包，嘴里叼块面包往外走。晏东穿着警服还在喝粥，脸从碗里抬起："路上注意安全啊！"

"知道啦。"晏枝"哐当"一声关上门，飞速窜到电梯前。电梯前站着一个人，一米八的高个，从头到脚都写着"严谨"二字。

走进电梯，两人谁也没理谁。晏枝往角落里靠，盯着梁沉的后脑勺，而后又别扭傲娇地收回视线。

晏东没时间送晏枝上下学，就给她买了辆自行车。晏枝来到楼下，瞅了眼旁边人的黑色自行车，默默踩上自己的粉色自行车——大东的审美，她从来没指望过。

两人是一前一后进的学校，晏枝嘴里叼着的那块面包被她在路上解决完，这会儿又拿出来一块，边吃边在校园的大道飞奔。

要迟到了！

金乌穿过树木，打在教学楼的侧壁，放眼整个校园，建筑恢宏，少女的身影如轻盈灵巧的蝴蝶，阳光洒在发梢，盛大航行才刚刚开始。

上课铃声响起的前几秒，晏枝挤进教室门内，还没来得及庆祝，一声"晏枝"响起，站在晏枝身后的男人准确叫出她的名字。

晏枝弓着的腰直起，面向他们班主任老刘，应答："到！"

老刘戴着一副眼镜，微胖，还有一个将军肚，凶起来没人敢顶嘴。老刘正要教育她几句，却听见背后传来一声："刘老师。"

老刘无奈地转身，看见教导主任领着一个男生站在他面前。

晏枝见此，趁机溜到自己座位上，大呼一口气，她看向门外的梁沉，果真一个班。

她刚坐下气还没喘匀，同桌陆独傲踢她的脚："作业借我抄抄。"

"想得……"晏枝话锋一转，狠狠踢过去，"借三岁小孩也不借给你。"

"老大，老班正在看你。"周小敦把书撑起来，将脸挡在书后。

周小敦跟晏枝一个班。很难想象傻气的周小敦竟然能和她上同一所学校，芜城数一数二的高中，显山不露水，书本上说是大智若愚。

听清他的话，晏枝没再整幺蛾子。

老刘领梁沉进来，他看起来心情不错，嘴角往上咧得老开，一边把不锈钢保温杯放到讲台上，一边让大家停下手里的动作，说来了位新同学。

新同学拿粉笔在黑板上写下两个字"梁沉"。

他的字秀气中透着大气，撇捺之间留有气魄，比板书还好看三分。

班里人开始小声议论起来，长得好，字也写得好，让老班如此开心那绝对学习也好！高一（12）班的人一致认为，班里来了个宝贝。

　　仅剩的空位在晏枝前面，还是临时转班的某位同学让出来的，老刘在梁沉做完自我介绍后让他坐那儿。

　　陆独傲在梁沉往这边走时，突然身体往后一仰，凛冽目光大刺刺地扫向他。少年之间的敌意，像令人捉摸不透的解题答案，但也是伏笔。梁沉根本没看他一眼，也没看晏枝一眼。

　　晏枝从课桌拿出第一节课要用的英语课本，英语老师让他们自己先预习课文，能读的就大声读出来，读不出来的就闭嘴听别人读。

　　晏枝英语不错，她刚支起课本，陆独傲伸过来一只手在她课桌上猛拍几下："作业借我抄抄。"

　　晏枝的同桌陆独傲，是个其他科都很棒，唯独英语差的特殊人才。

　　"求求我。"

　　"晏枝你活腻了？"

　　"那就没啥好说喽。"晏枝想也不想就答。

　　陆独傲直接掀她桌子，一个人拼命往上掀，一个人拼命往下摁。前桌的梁沉不堪其扰，微抬眼眸，半晌又淡淡垂下。

　　英语老师在讲台这方寸之地走了好几个来回，没注意到他们这边。

　　陆独傲凑过去，在晏枝面前压低声音："你给不给？"

　　"不给。"话是这么说，晏枝的手却逐渐被迫抬高。

　　陆独傲露出得逞的笑，他的手迅速伸进来再收回，转眼间，手里多了一本英语作业。

　　晏枝不满意这个同桌不是一天两天了，她立马去抢。谁料想陆独傲猜到她的动作，他夹着作业的两根手指抬高，然后当着她的面放低又抬高。

　　逗猫呢？晏枝被激起斗志，两人你来我往，混乱间动静越来越大，直到被抢来抢去的作业本抛出一条完美的抛物线砸在梁沉背上。

　　巨大的动静惹得讲台上的老师抬头，手指往上提眼镜，眯眼准确无误地看向晏枝他们这边。陆独傲和晏枝在老师抬头的那刻齐齐低头装作看书，神态逼真。晏枝余光中看见梁沉弯下腰，将掉在地上的英语作业本捡起来。他的手指骨节匀称，连捡作业本这么一个动作都赏心悦目。但他捡起作业本后就放在自己课桌上，貌似没有还给她的想法。

英语老师眼神警告后，没再管他们。晏枝刚好趁这个机会悄悄拿起一支笔，笔帽对准梁沉的背轻轻戳了戳，说："对不起。还有，能不能把作业本还给我？"

梁沉的背挺得有种随性的直，显得他肩膀瘦而宽阔，而非虎背熊腰。晏枝盯着他的背，见他一点要动的意思都没有。真好，很好。

晏枝收回笔，打算等下课后来个强夺，结果下课铃刚打响，老刘就夹着他的保温杯准时出现在教室。

不止保温杯，还有牛皮纸装订成册的办公记事本。只见他翻开其中一页，把接下来要做的事交代了一遍，省略各种安全意识不说，具体只有两件——

第一件：选班委。

第二件：全校大扫除。

老刘看向众人，十分希望他们能积极起来："这个选班委啊，主要还是你们的主场，我就不参与了。你们自己选，可以选自己，也可以选别人。总之一句话，一个小时内把所有班委都给我选出来，别磨叽。"

底下有人说好。陆独傲戳戳晏枝的胳膊，小声说："要不你当班长吧？"

晏枝这会儿不想理他，她想到一个妙计，头往前探："梁沉同学，刚才的事是我不对，你把作业还给我，我们还能做好朋友，不然，我就推荐你当班长。"

不想当班长的人，很大程度上认为人人都不想当班长。但显然晏枝理解错了，梁沉认真聆听台上自荐者的讲述，对她的话充耳不闻。

晏枝："我数三个数。"

"三，二……你到底有没有在听？"

梁沉还是没动，反倒是他的女同桌忍不住笑了一下。

晏枝揉揉头发，冷静地盯着台上正在收尾的自荐者。说出去的话，泼出去的水，她在无数次被无视后，理了理头发起身往讲台上走。

"大家好，我叫晏枝。"

看着底下乌泱泱的人头，晏枝一点也不紧张："大家都知道，身为一个班长往往需要担负起难以想象的职责，这就需要一个有能力、有魄力、有耐力的人来引领我们，所以今天，我想推荐一个人。"

晏枝的视线在底下一一扫过，超过一半的同学都把头垂得低低的。众人在等待，却听见她的声音忽而愉悦起来："这个人就是我们新来的，梁沉同学！"

晏枝顺势抬起手，手的方向指向梁沉，笑得像只没心没肺的仓鼠。

底下的人齐齐鼓掌，没有半分怨言，全是真情实感。

在这阵热烈的掌声中，被点名的梁沉缓缓抬头，目光平静地和那只"仓鼠"对视。那双眼睛里的平和一点点被稀释，多了点意味深长。

梁沉被请上台发言。

少年从容不迫地站上讲台，视线转向主动退让到一旁美滋滋的晏枝，仅仅停留一瞬，又不着痕迹地移走。

"谢谢大家对我的认同。"他说，一双手因自身习惯把讲桌上的物品归置整齐，嘴上的话却没停，"今天是我来十二班的第一天，对班级很多事务还不太了解，但在此之后，我会努力成为一个好班长。"

"就像我此刻正在做的。"梁沉把搁置在讲台角落的半根粉笔塞进粉笔盒，完成讲桌整理的最后一笔，"让每个部分都各司其职，保持和谐，形成一个有规矩、成方圆的班集体。"

等他说完，教室里的同学们好像有那么一瞬的呆滞与不可思议，他们目不转睛地看着台上的梁沉，觉得哪儿有点不对，但又说不上到底哪里不对。

本来选班委只是走个过场，谁爱当谁就当。不管那人是真想当还是想要一耍班长的威风，又或者想跟老师走得近、套近乎，大家都无所谓。但梁沉是不一样的，他认真、真诚，所说的每句话都在昭示着，他未来的每一天都会这么做，是真诚地会当好一个班长，而不仅仅是因为班长这个头衔。

晏枝收敛起自己的嬉皮笑脸，努努嘴，率先鼓起掌。生活教会人一个道理，看似如此其实并非如此。梁沉这个人的行为和他的性格在某些时候形成了很大的反差，大东说得对，不能给他扣上不近人情这么顶大帽子，他只是单纯对她不近人情而已。

晏枝想着。

一道目光投向她，不可忽略。她抬头，发现梁沉正撑着半个身子看向她，他的外衫被风温柔吹开，露出里面洁白的 T 恤，以及 T 恤上方值得一看的锁骨，少年翩翩然的冷静。

在稀稀拉拉的掌声落下后，他冷着一张脸发言，毫无感情："在此，我举荐晏枝同学当劳动委员。"

劳动委员？晏枝垮了脸。

还没完，梁沉收回落在她脸上的视线，淡淡道："同意的请举手。"

晏枝又唰地往下看，脸上就差没写上六个字：别选我。求求了。

"睁眼瞎"谁都会当，尤其是还没有建立友谊的"睁眼瞎"，班里超出一大半的人举起手，陆独傲更是把手举得老高。都不用梁沉说明她的聪明才智，就这么轻而易举的，大家一致认同她来当这个劳动委员。

梁沉偏过头问晏枝，面目冷峻："晏枝同学愿意为班级贡献自己的一份力吗？"

晏枝肩膀往下塌："我愿意。"

梁沉绝对是故意的！班级大扫除时，晏枝拿了块破抹布狠狠擦玻璃，谁刚才在她耳边说梁沉像君子的？君子对世上闲语，当是一笔勾销，既往不咎。晏枝倒认为他是个痞子，不过是个有教养的痞子。

一个女生花痴地捧着脸从晏枝旁边经过："啊，班长好帅！我已经被他的人格魅力征服！"

晏枝死抠玻璃上那个脏点。

又一个女生从她面前幽幽走过："班长！你是我的神！"

晏枝撇嘴。

"班长，我们的扫帚好像不够耶！"终于来了个情绪正常的。

晏枝总算把那个脏点抠掉了。

"差多少？"她听见梁沉徐徐地问。

女生顿了下，似乎在想，最后还是败给没用的脑子："不知道。"

梁沉迈着步子往这边走，经过晏枝的时候看了眼她擦的玻璃，没有看她，随后走到放扫帚的地方。

"还要五六把吧？"女生试探性地问，等梁沉发话。

"多拿两倍过来吧。"梁沉的目光往下移，未经打扫的教室后面一团糟，"另外多拿一个垃圾桶，再备一个水桶，还有四块新抹布。"

想到什么，他又说："如果领取的地方没有抹布，就去小卖部买一条长毛巾，最便宜的那种，然后一分为四，费用从班费里扣。"

女生听得一愣一愣的，只顾点头，转身的时候，还在记自己该拿什么东西。

晏枝目睹这一切，乌黑的眼珠子盯着窗户半晌，她想，梁沉真的只是对她不近人情。

老刘匆匆赶到教室门口。这会儿大家都夫指定地点打扫卫生，班里没剩几个人，老刘的手在前门敲了敲，提醒他俩："梁沉！还有那个……晏枝，跟我来办公室一趟。"

说完，老刘先离开了。

晏枝把破抹布搁在她刚擦完玻璃的窗台上，跟身边那人说："走吧，班长大人。"

梁沉侧头看她一眼，那眼神，明明很平淡，却又摄人心魄。晏枝挠挠耳朵，心里有点虚，跟他一前一后地走进办公室。

办公室里有四五个老师在，刘老办公桌上一堆乱七八糟的东西，其中一份最吸睛。站在梁沉身后的晏枝忍不住指着说："这不是我们的军训心得吗？"

高一开学第一个星期，是他们的军训时间，而恰恰这个时间梁沉没有来，挺凑巧的。晏枝用揣测的眼神看着他。

"还心得，看看你们写的都是些什么玩意。"老刘真心实意地嫌弃，"抄都抄一样的，都长一个脑子！"

晏枝小声反驳："我没抄。"

"行了，我知道你没抄。"老刘把她的那份单独拿出来，"学校下来新规定，每个班选一两篇贴墙上，就你的了。"

老刘把那篇没抄的军训心得递给就近的梁沉，梁沉伸手接过，入目几个大字"军训比学习更使我快乐"。

一只手伸过来抢过梁沉手中的军训心得，他垂眸，与脸上写满不悦的晏枝对视。

不要看！晏枝的眼珠，乌黑似墨，瞪目瞪他。

就在此刻，老刘不合时宜地咳嗽："你俩走之前把办公室的卫生打扫一下。"

下午，学校召开开学典礼，在大礼堂。磨磨蹭蹭两个小时，完了回去还得听老刘继续念叨，等他念叨完，差不多到放学的时间点。校园像被极速往后拉的电影条，夕阳洒向大地，这一天进入尾声。

晏枝睡得正香，被陆独傲一掌拍醒："喂，放学了。"

晏枝抬头，发觉老刘已经夹着他的保温杯走出教室，同学们陆陆续续收拾书包往外走，而她前面，梁沉不在。

"他呢？"晏枝指着梁沉的位置问陆独傲。

陆独傲两条腿岔开，偏偏头，不爽道："你管人家干吗？"

下一秒，他心不甘情不愿地答："被老刘叫走了。"

晏枝："你怎么不走？"

陆独傲笑了："我等你啊。"

"那还是算了。"晏枝扭头开始收拾东西，"我不跟你一起。"

"哦。"陆独傲拖出个随性的调子，拿起一早就收拾好的书包，单手拎着往外走。

陆独傲是个野性子，但他有时候真的很过分，玩笑开得很大。就比如上个星期收手机，他自己不交，怂恿晏枝不交也就罢了，还在自己手机铃声突然响的时候将手机丢到她桌上，对老刘大言不惭道："老师，晏枝手机没交。"

总之，两人八字不合。

等陆独傲走后，晏枝走到梁沉桌前，想要回她的英语作业本。

梁沉的桌面很整洁，有什么东西一眼就能瞥到，晏枝才不相信他会把自己的英语作业本摆明面上，于是掀开课桌往里翻。翻到一半，晏枝感觉到不对劲，如芒刺在背，她在原地转身，看到离她一米远的梁沉。

晏枝咳嗽两声，想不明白他到底什么时候进来的。她厚着脸皮，直起腰，朝梁沉伸出一只手："我的英语作业本，给我。"

"桌上。"

晏枝沉默，把一开始就忽略的课桌巡视一遍，从右边叠得整齐的书本中抽出她的英语作业本。

"我不是故意要翻你课桌的。"晏枝把作业本拿在手上卷成一团，头一次有些心虚。

梁沉好像不在乎她说什么，他的身体靠在透光的窗户边上，微挑的一双眼了然，疏离语调响起："晏枝，第二次了。"

什么第二次？晏枝侧过身和他面对面，她发觉他的表情很不好，一向平淡的脸上尽显冷漠，眼角收紧。

"学校不是你家，"梁沉的话语并不算重，"我想你应该明白。"

晏枝被他说得有些难受。她心想，这人终于肯露出真实面目了。于是她眼里盛满愤怒，回怼："是你先拿我作业本的。"

梁沉语调下沉，眼神竟呈现一丝锋利："谁开的头？"

是她，是她和陆独傲掐架，殃及他这条池鱼，可她说了对不起了呀，他为什么还这样！晏枝抬头，气势汹汹："那你现在是在跟我计较吗？"

"计较的人是你。"梁沉的眉眼蓦地放松，冷漠一转即逝，他不过是想告诉她，除家人之外，没人会惯着她的脾气，而他，也有自己的脾气。

晏枝更气了，她生起气来会口不择言："那你说什么第二次？我是不是只要说句话就能戳你肺管子！"

梁沉没想到晏枝会这么想，他静静地陈述事实："通往职高的那条路上，你泼了我一盆水。"

梁沉能猜到他们泼错了人，可他不是他们的朋友，更不可能和他们共情，作为一个只是恰好路过的人，他想谁被泼湿了衣服，心情都不会太好。

晏枝没想到那天的倒霉蛋竟然是梁沉，她像一只原本膨胀得快要爆炸的气球突然被人拿针猛戳一下，只好偃旗息鼓。但晏枝骄傲到现在，在被别人夺了面子的情况下，是不可能也不会好好说话的。她拿起桌上的书包，从梁沉身边绕过去，头也不回。

自晏枝回家后，晏东能看出女儿心情不好，起因是晏枝没有喊他"大东"，而是喊的"爸爸"。这孩子看起来没心没肺的，其实很敏感，小时候小区的小孩不懂事，说她妈妈跟别人跑了，晏枝当场就把人揍了一顿，扯着尖嗓子喊："你全家都跟别人跑了！"

回去后，晏枝也不跟他说这件事情，自己躲在厕所掉几滴眼泪，出来若无其事地喊爸爸，音调却在往下降。自那以后，他就知道，女儿蔫了吧唧地喊他爸爸，心情绝对不好。

晏东两只手交叠搭在饭桌上，准备和她好好畅聊一下人生，毕竟她还小，很多事情需要引导。于是他起了个自认为不错的头："今天跟同学相处得好吗？"

谁承想听到这句话，晏枝猛地站起身，拿起碗筷往洗水池走："挺好的。"

不太对。晏东在想这天该怎么聊下去，手撑着下巴，犹犹豫豫接着问："有跟同学发生矛盾吗？"

"没有！"那边"哐当"一声，是晏枝把碗搁进橱柜里的声音，明显愤怒比刚才又多了一层，接着，关门声"砰"地落在晏东耳边。

晏东决定不再问了。老父亲撑着下巴的手顺势绕过来狠搓一把脸，满脸的忧愁沧桑，心想女儿大了，有心事都不跟自己说了。

这时门又突然从里打开，晏东发现女儿从房间露出半个头，语气俏皮地宽慰他："大东，你不要多想哦。"

"哦。"晏东老神在在，算她有良心，还知道怕老爸担心。

悬挂着飞机模型的房间里，桌边照旧放着一杯牛奶，热的，温度像人和人握手时恰到好处的体温。梁沉扶靠在阳台边，低头往下瞧，昏暗的路灯光不太清晰地照在回家的路人身上。今晚麻雀没有来，他看着旁边还剩一点的稻谷，脑海里浮出那句"渣男"。

"那你现在是在跟我计较吗？"

女孩像跳脱的蚂蚱，让他想起自己曾养过的比乐，一只哈士奇，两者有相似之处，用不完的劲和遇事永不低头的骄傲。

风从远方吹来，携带忽低忽高的歌声，梁沉隐隐听清一句英文，像呢喃：love is gone。

他低头，眼里似有思量，晦而不明，心里想着她现在应该在骂他，骂完后会独自难过，女孩子面皮好像都很薄。

半晌，梁沉打开握得发烫的手机，找到班级群，指腹缓缓往下划，直到看到那个名字，是个可爱但显古怪的头像。

他发送了好友申请。

约莫五分钟过去，这五分钟内，晏枝并不是人不在手机旁，而是好友申请发过来的那瞬间，她从床上跳起来惊呼，然后，后知后觉为自己刚才小小地骂了他一下而感到不好意思。

接下来她就在"他为什么要加我"以及"加我有什么目的"之间徘徊。总之不像有好事发生的样子，晏枝想，想完大拇指傲娇一压，点了同意。

他们的聊天开始在晚上十点零十二分。

梁沉看晏枝点了同意，打出早就准备好的腹稿：今晚吃的什么？

家国大事，唯有吃什么一事，亘古不变出现在所有人的问候中。晏枝坐起来将自己抱成一团，心想这人在打什么主意，回答得却是口是心非的细致：大东做的家常便饭，小炒肉、西红柿炒鸡蛋和一盘没有味的青菜。

梁沉继续打字：叔叔厨艺应该不错。

你又没吃过，你怎么知道？晏枝的心理活动相当强烈，行为却显笨拙。她打字输入，输了又删除，纠结自己该说些啥，最后她放下手机，唉，聊天好累。

"对方正在输入中"这几个字挂在梁沉眼里很久，他静静等着，最后等来对方一个"对呀"的表情包。他直接进入正题：今天下午很抱歉，对你说了重话。

消息跳进来，晏枝跟卡壳的机器一样，愣了好久，她鼻子有点酸，吸了吸才回：没事，你那是情有可原。

晏枝：该说抱歉的人是我。

晏枝：对了，今天打到你背疼吗？

晏枝连发三条消息，打字速度很快，心底却有什么东西终于肯安心放下。她就是死要面子活受罪，非得别人先低头。

他回：无碍。

梁沉：无意看到你写的英文，很漂亮。

被夸的晏枝嘿嘿笑两声，发了个过奖的表情包过去。像是想到什么，她大着胆子问：你为什么扣着我的作业本不给我？

梁沉回：排除第二次误伤。

好吧，晏枝是心虚的那一方，她没敢继续问下去，接着打字：那件事，也对不起了。

夜风俏丽，梁沉的眸子轻眨：哪件事？

他肯定又是故意的，晏枝连啧三声：就是泼你水那件事。我不是故意泼你的，只是把你当成了可恶的“渣男”，泼错了人。

梁沉：嗯，可恶。

梁沉这样说，令晏枝隐隐品出点不对劲来，他到底是在说“渣男”可恶，还是在说她泼他水这件事可恶呢？而且，跟他聊天真的很无聊，晏枝又丢了个表情包过去。

晏枝一直认为，表情包是你不知道说啥但又不冷落对方的不二之选。但也很容易结束对话，果然，梁沉没再理她。

第二天一早，两人又在电梯里相遇。

“早上好啊。”晏枝主动打招呼。

“早上好。”梁沉回应，一张脸平淡如水。

晏枝仰头望着他，昨天跟她聊天的是他吗？怎么今天又跟不认识一样？

“你不吃早饭吗？”晏枝嘴里叼着一块面包，看他手上什么都没有，准备重新打开面包袋。

“吃过了。”梁沉看她一眼。

晏枝又默默把面包袋合上，片刻后，"哦"了一声。

"嗯。"片刻，他也回应了她。

今天起得早，晏枝到班级时还有十多分钟才上课，后黑板那儿挤着一堆人，时不时发出爆笑声。晏枝放下书包，隔着很远的距离便听周小敦说："老大，你写的军训心得酷毙了！"

晏枝："……"

陆独傲从后门进来，隔着三排距离把书包准确地扔向课桌……掉在底下，人没坐下声先到："同桌，老刘来了就说人有三急。"

话刚说完，人又走了。晏枝暴躁地从课桌底下把陆独傲的书包捡起扔在桌上，没理他。

这个年纪的男生很奇怪，人来了教室，心却还飘在外面，飘在外面也就算了，非得飘在厕所里。几个男生窝在厕所里，闻着不臭吗？晏枝非常不理解。

掐着最后两分钟，老刘按例来巡查人到齐没，看到晏枝旁边没人，走过来问："他人呢？"

晏枝对答如流："三急。"

老刘沉默，他的沉默不太像好事，果然，老刘转头对她前头那位说："梁沉，记上。"

班长昨天新领的班务日志，崭新如洗，没想到第一个名字，记的就是陆独傲。梁沉把名字记上，老刘转身时，晏枝还能听到他的自言自语："急什么急？吃饭倒挺积极。"

所以说，姜还是老的辣。

等陆独傲回来，课已上了十分钟，班里他兄弟掐头去尾地告诉他——你被班长记名了。晏枝皱眉，本想跟陆独傲解释一下这件事情，却发现他眼里带钩子，盯着梁沉的后背，扯下一张草稿纸，揉成一团欲往梁沉后背狠狠砸去。

没砸到，被晏枝截和了，她夺下纸球，侧过头，小声说："你无不无聊？"

陆独傲："你帮他？"

晏枝："现在在上课！"

陆独傲："你不帮我？"

无法交流了，晏枝把纸球丢进垃圾袋，抬头看着讲台上的老师，认真听讲。而她没发现，身侧的少年似乎火气更大了。

这节课是语文课，每到老师问问题时，底下同学不是低头就是不吱声。晏枝躲在梁沉背后，差点把自己缩成一只鹌鹑。语文老师只好翻点名册，翻来翻去，最后喊了梁沉。

"班长是哪位？请回答一下这个问题。"

晏枝呼出一口气，终于把头抬起来，她以为这是结束，却没想到这只是开始。

英语老师："没人回答？那班长你来回答一下吧。"

数学老师："谁低头我点谁！来，班长，上来解下题！"

物理老师："咋个，我还能把你们吃了？班长，起立！"

请欣赏，班长个人表演时间。

晏枝躲在书后嘿嘿嘿地笑，只余两只眼睛露出来。她一方面觉得神奇，一方面又发现不管哪门课，梁沉好像都能答出来，不仅准确无误，并且说得有理有据，果然，学霸都是全方面发展。用上午语文老师拿课本上的句子称赞他，大概是那句"俱往矣，数风流人物，还看今朝"。

班里的姑娘，要犯花痴了。

放学前，梁沉又被老刘叫去，新学期的开始总有数不清的形式和程序要走。周小敦背着书包走过来："老大，我们一起回家不？"

陆独傲横着眼把书包甩肩上："她跟我走。"

晏枝摸摸胳膊，把两人一起打发："我比较喜欢孤独的感觉。"

周小敦："……那好吧。"

陆独傲冷哼一声，也没强求。

晏枝看他俩都走了，这才开始收拾书本，然后，背上书包哼着歌欢欢喜喜出门。由于她太过欢喜，一时不察门口有个人往里走，加上门口本身就是死角，在晏枝一只脚刚要踏出去时，梁沉刚好一只脚踏进来。

两人及时刹住车。

他好像是跑过来的，气息带点喘，眼下为防止惯性往前，两手张开牢牢地撑在门框上，前额发震了震。身体勉强稳住，头却往前倾，梁沉的下巴堪堪擦过晏枝微低的头顶，发丝柔柔掠过。

晏枝没他那么迅速的反应能力，扑倒在他怀里。少年的身躯硬实得可怕，晏枝两手揪住他的白 T 恤，头仓皇地往上抬。此时，他的眼神也落下来，黑白分明的眸子里，好似也错乱了一瞬。

少年的眼睛有一种魔力，仿佛平静海水里的一颗海星。商人刻舟求剑，却不知剑的位置早就定了，剑与海星相撞，海星发出孤单的震鸣。

"对不起哈。"晏枝急忙收回揪住梁沉衣服的手，目光也从他像海星一样的眼睛撤离。

"没事。"梁沉低低道，他迈着稳健的步子往教室里走，脊梁挺得像大西北的树。

晏枝站在门口，尴尬地摸鼻子，在死党群里发消息，不过她的描述水平着实不太高：你们有没有见过像黑洞一样的眼睛？

何合格显然没看明白：啥玩意？

晏枝没能及时回她，因为梁沉拿上书包正往门口走，晏枝跟上他，用哥俩好似的语气开口："班长，老班找你干吗？"

楼梯口有风呼啸而过，梁沉往上提书包，没有隐瞒："竞选纪律委员的事。"

"什么？！"

某人直接激动得叫出声，惹得梁沉眉头蹙了蹙。

"那我要竞选纪律委员。"走下长长的楼梯，晏枝仰头宣布，身体跟着转过来。

竞选纪律委员有个好处，那就是她不用每天去做广播体操，也不用因为动作太过随性不规范而被纪律委员扣分。不过名额有限，往年每个班能有两个名额都不错了，有的班级甚至一个都没有，所以她要拉票。

校园里最多的树种是香樟树，阴凉往下投落，和夕阳杂糅在一起。晏枝试探性地缩短两人之间的距离，用胳膊肘撞向梁沉："哎，问你个事。"

少年微微偏过头，身高差让他的眼睛自上而下垂落，垂落的眼神有种本人都未曾察觉的冷欲："什么事？"

"我们现在算朋友了吗？"晏枝多聪明啊，狡黠着呢，"我已经道歉了啊。"

和风荡裙摆，温柔吹衣领，树梢下，两人一起走过，梁沉略微出声："算。"

算啊，晏枝美滋滋地想，那自己又多一票啦。

纪律委员竞选定在后天第二节课的课间，这个点休息时间长。梁沉让想竞选的人直接在黑板上写名字，然后以匿名的形式投票，最后数谁的票数最多，名额只有一位，这是个拼人缘的时候。

晏枝数了数自己的竞争对手，八位。

周小敦这人贱兮兮的，专门跑过来"插她一刀"："老大，我觉得你还是放弃吧。"

放弃？不可能。晏枝"啪"的一声把书本合上，她小时候能一拳打三个，现在就能一拳打八个。

陆独傲伸了个懒腰，不要脸地说："求我，求我我就选你。"

"你知道钢铁是怎样炼成的吗？"晏枝誓死不屈。

陆独傲挑了挑他的头发，气焰嚣张："你给说说？"

"那我求你。"晏枝觉得人有时候还是得低下头颅——刘备三顾茅庐，勾践卧薪尝胆，自己这算什么。

陆独傲"啪啪"鼓掌，他说到做到，随手撕下一张纸写上晏枝的名字，施舍她一票。

周小敦的绿豆眼惊成大豆眼："老大，你好没骨气。"

骨气能拉到票？晏枝看着台上，梁沉正一张张打开同学写的选票，默默在心里计票。他会不会选她？

晏枝一眨不眨地盯着他的动作，撑着脑袋的手有一下没一下地敲打着，神情像汤姆主动等杰瑞上钩。

人们对视线的敏感度就像女生精准的第六感，一样神乎其神，梁沉拆字条的动作一顿，缓缓抬头，隔了半个教室和晏枝对视。晏枝神气的表情一滞，表示自己不能输，瞪眼对视回去。岂料他放下手中的纸团，两手撑在讲台上，平静地回望。

教室里闹哄哄的，梁沉的眼睛好像深海里的星星，让人惦记着想再看得仔细一点，但晏枝没有，她睫毛倏地轻颤，将视线往下移，定在前面人刻在课桌的 QQ 号上：2360××××××，美女请加我。

不要脸！晏枝在心里唾弃，再抬头，梁沉已经把票数统计好，由副班长在黑板上写上每个人对应的票数，她难免坐直了身体。

陆独傲跷着二郎腿，双手放在脑袋后面，瞥她："慌什么慌？我兄弟全都选的你。"

晏枝转过头："大哥，请受小弟一拜。"

陆独傲微扯嘴角，心情肉眼可见地愉悦起来。

最后结果出来，晏枝以超出第二位五票的票数成功竞选上纪律委员。

周小敦难以置信："老大，你啥时候人缘这么好了？"

"坏人，请把嘴巴闭上。"晏枝学皇后的口气说道。

梁沉从讲台上走下来，掠过众人东张西望的目光，递给晏枝工作牌："记得在上面写上你的名字。"

晏枝完全不去想为什么他会有工作牌，只满心欢喜地接过，眼睛望着他："我什么时候上任啊？"

梁沉看着她回："下周。"

晚上放学回家，陆独傲照旧问："喂，跟不跟我一起走？"

"同桌，咱俩不同路。"晏枝尚且还清醒地知道他是她恩人，语气不冲了。再说，她今天得值日，做班级卫生，昨天刚出的值日表，也不知道是谁排的，她和梁沉一组。

"哦——"陆独傲拖长调调，自己出门去。

等他走后，晏枝从后门拿起一把扫帚，开始打扫卫生。梁沉已经把黑板擦完，讲桌上的物品也被他摆放整齐。两人一人在最左边扫，一人在最右边扫，直到两把扫帚碰到一块。

"我去拿撮箕。"晏枝从扫帚上跳过，往教室后跑，等她拿来，梁沉自然而然地接过来，把地上的灰尘秽物一起扫进去。

全部弄完，晏枝背上书包准备走，她看着还在收拾课本的梁沉，想了想，还是决定等他一起，邻里的关系，加上大东单身这一层，怎么着两人天天都是低头不见抬头见。

这个时间点校园里基本上人已经跑光了，除了高三的"屠龙少年"们，晏枝终于问出自己心心念念的问题："纪律委员你选的谁？"

"你想知道？"梁沉反问她，在林荫大道上不快不慢地往前走。

"不可以吗？"晏枝悄无声息地把话丢回去，就没有她问不出的答案。

"可以。"配上少年冷淡的表情，他的语气破冰了一点，"很重要？"

"嗯。"晏枝重重点头。

"副班长。"走过这段路，梁沉开口。

晏枝闭嘴，她就不该张这个口，但是，为什么不选她？

揣着这个问题，剩下半段路晏枝都没再开口，两人沉默地骑上各自的自行车，虽是同一个方向，但一路无言。

晏枝突然觉得自己很矫情，不就是没选你吗？牛排七分熟的口味，他们顶多三分熟的交情。想到这儿，晏枝喊他："喂！"

他们停在红绿灯路口，天桥上是来来往往的行人，梁沉一只脚踩在自行车的踏板上，一只脚踩地，偏过头时前额发往后跑，浓眉深眼，很有少年意气，他看着她，用眼神询问。

前方红灯一跳，晏枝到嘴边的话变成了："绿灯行。"

两人一起到家。晏枝开门前会先扭一下门把，因为大东的工作性质，他偶尔回来早，时常不见人。不过这回门把一直没扭动，她低头准备从书包里掏钥匙，这时隔壁的门"吱呀"一声开了，里面出来一个中年男人。

中年男人长得老实又喜庆："枝枝，到这边来吃饭。"

还没进去的梁沉："……"

难以言喻的晏枝："……"

这是晏枝第二次在梁家吃饭，心情却大有不同。梁母还在厨房里忙活，大东给他们开了门便去打下手。梁沉直接往自己的房间走，他本想放了书包再出来，谁料想没人搭理的晏枝直接跟他后面，跟个小尾巴似的溜进来。

"你房间收拾得还挺好看。"晏枝环顾四周评价。

梁沉放包的动作一顿，身体比言语更加诚实："谢谢。"

他边说，边不客气地把晏枝请出了他的卧室。门"咔嗒"一声锁上，晏枝整个人恍惚了好一阵，半晌从嘴里溜出句："我去……"

门再次打开是在十分钟后，梁沉看到客厅没人，而书房的门开着，他往那边走，到门口时没进去，双手环胸，整个身体倚靠在门边，视线往里望。

晏枝的听力一向分场合，还分人，此时她仰着头，左手托起右胳膊，一根手指压在下巴上。书架的书让人眼花缭乱，《世说新语》《美丽新世界》《杀死一只知更鸟》……黄金屋，这才是真的黄金屋。

晏枝随手拿出一本书放在脸上轻蹭，想起她平生的第二十六个梦想是做一个吟诗颂词的侠女。如今，两两无成，实属遗憾。

某人看不下去了，伸手在门框叩击两下。听到响声，晏枝立马转头往后看，梁沉靠在门边没动："吃饭了。"

"阿姨说还要做一盘甜醋鱼。"晏枝狡黠地微笑，"你不知道吧？"

梁沉真实地被堵了一道，他确实不知道。

"我进来是经过阿姨允许的。"想到刚才没经过他的同意进卧室，晏枝觉得自己现在进书房需要向他解释一下。

"嗯。"对于非私人领域，他没什么意见。

这人现在还挺好说话，晏枝趁热打铁："我以后能找你借书吗？"

"可以。"梁沉往书房里面走，他从第三层抽出一本书，复古黄的封皮，厚厚的一本，和晏枝手上的是上下册。

刚巧晏枝把手中那本下册放进去，她抬头瞟一眼没什么情绪的梁沉，跟他打了个比方："有 ABC 竞选，A 更胜一筹，B 是个不错的人，C 是刚认识的人，在没有 A 的情况下，你会选 B 吗？"

瞧瞧，晏枝还是很在意梁沉为什么不选她。尽管，他们认识没多久；尽管，他们的友情三分熟。

梁沉摊开书本其中一页，该页上有两个加大标粗的字"伐檀"，他眼睛移动了下："你是 B？"

《毛诗序》说："《伐檀》，刺贪也。在位贪鄙，无功而食禄，君子不得进仕尔。"无功而食禄，晏枝偏偏就看到这几个字，像是在责问她的心灵一般。

梁沉反问："B 是为了逃避某件事还是真的想竞选？"

"那如果是真的想竞选呢？"这话说出来，晏枝自己都不信，她纯粹就是为了逃避体操，还有就是蹭蹭纪律委员的风光。

梁沉盯着她："晏枝，说如果太难听了。"

晏枝沉肩，她一早就该猜到以梁沉这样的品性，全熟都得往后靠。

"你放心，现在不仅不逃避，"晏枝气呼呼地夺过他手中的书，胡乱地翻着，"还会在其位谋其职。"

梁沉手中一空，他双手放进兜里，静静看着她。晏枝把书翻得哗哗响，直到她瞅到这几个字"感家国兴亡的诗"，如果生在古代，她一度认为梁沉会是个好官，秉公无私。

"喏，这首诗送给你。"晏枝把书还给他，顺便送了一首诗。

晏枝摊开的那页其实有两首诗，她说的那首占据半页，仅仅只有诗的题解，并没有展露诗的全貌，而另外半页有三段诗。

梁沉的目光落在那三段上，一时之间竟没有说话。

投我以木桃。

报之以琼瑶。

匪报也，

永以为好也。

这是一首表达男女爱情和心意的诗。

晏枝还在说："这是我对你的看法。"

梁沉眉头微挑。

新的一天，晏枝以纪律委员身份正式上岗，同学们陆陆续续往操场赶，晏枝却不急，她从课桌里抽出工作牌戴上，乌黑的眼眸目送各位离开。等他们全部走光，晏枝整理校服的领子，从教室后门出去。

"你没走？"

看到教室门外的人，晏枝停下脚步，眼里全是疑惑。没疑惑两秒，视线往下移，看到他身前的工作牌，晏枝嘴巴惊成"〇"形，从头到脚都写着这这么回事？不是说班上只有她一个纪律委员吗？

梁沉自动掠过她的疑惑，手里拿着纸和笔往前走："跟上。"

晏枝不乐意了："凭啥？"

梁沉："我是会长。"

"遵命。"

之前晏枝就好奇过为什么纪律委员竞选竟没有梁沉，她以为是时代变了，好学生没那么积极，如今看来，是她错了。

"老刘是真爱惜你。"晏枝这么说，口气酸溜溜的，没让他参与竞选，却推荐为会长，待遇不一般。

梁沉不喜欢跟别人解释这些事情，他拐过楼梯口，直接道："晏枝，你从左往右查，教室有人就记下他们的名字。"

晏枝挺爱干这事，没等他把话说完就飞奔过去。梁沉把刚从口袋中拿出来的笔又放回去，没说什么，掉头往另一头走。

光芒洒进金属栏，靠教室后门的座位上，一对男女并排坐着。

"我们这样会不会被发现啊？"

"怕什么，不觉得很刺激吗？"

"可是，听说会有纪律委员来查。"

"查呗，我瞎说个名字，他能找我头上？"

……

"瞎说名字，不仅有损个人形象，更有损班级形象。"门后，梁沉淡淡道。

"谁？"玩手机的两人火速变脸，立马把手机塞进口袋里，捂得严严实实的。

"纪律委员。"梁沉靠在后面的课桌，回答他们的问题。

被撞见的男生恶狠狠地剜他一眼，威胁他："你最好别说出去。"

女生连忙拽了拽男生的手，看向梁沉："能不告诉老师吗？不然我和他都要被请家长。"

梁沉的目光落在女生拽男生的手上，只一瞬，便移开。他正要开口，旁边窜进一个打岔的："不能，他肯定会告诉你们班主任。"

晏枝凑到梁沉身边，双手环胸，与他一同看着他俩，真是来看好戏的。梁沉对晏枝的话不置一词，甚至完全没有开口解释的想法，相反，他垂目落在晏枝嗫嚅的表情上，猜不到有什么值得她这么兴奋。

"那怎么办？"女生似乎有些急。

梁沉已经不想再耗下去："班级和名字报上来。"

男生："王大壮，十二班。"

女生："……牛翠花，十二班。"

晏枝："……"

还挺配。

梁沉抬头，把刚拿起的纸和笔放下："我只管你们有没有做体操。"

言下之意，你们玩手机的事我不管。

那男生和女生都听懂了，他们互看一眼，老老实实地说了名字。

事后，晏枝说："我以为你会举报他们。"

梁沉听着。

"但我现在为我的恶劣思想道歉。"晏枝接着说。

"没关系。"他也只是临时起意。

"不过你没发现他们之间的关系不同寻常吗？"晏枝非要揪着梁沉问，满肚子的为什么以及你得肯定我，我的判断不会有错。

前面那人对她的态度很敷衍："应该吧。"

"所以你对于高中生谈恋爱这件事，是赞成的喽？"

他们往楼下走，准备接着检查下一层。校园广播里的女声活力满满，伴随着一二三四、二二三四，飘到每个角落。梁沉推开一扇门，眼神着重对着她："不赞成。"

他对谈恋爱这件事，持冷漠态度。有一篇报道曾这么阐述爱情，人在恋爱时会分泌很多种爱情的激素，这种激素叫苯基乙胺，它会使你迫切地想和别人在一起。但是苯基乙胺的浓度最高峰，只有六个月到四年的时间。这就是一次恋爱的时间。所以人本身就不是长情的动物，梁沉大抵就是这个想法。

晏枝却有点莫名其妙，心想你不赞成就不赞成，为什么偏偏那么警醒地看着我。

下午是英语和数学课，各两节，但梁沉的座位上没人，不止梁沉，陆独傲也不在。听周小敦说，学校把数学好的人聚在一起搞了一场比赛，说是为市区数学竞赛选拔人才。

晏枝拆了一包干脆面，吃得不太香："你跟我说这个干吗？我还能去参加不成？"

周小敦："你看你周围多空啊，你羞不羞？"

晏枝彻底吃不下，她就没见过这么上赶着找骂的人，小时候是，现在也是。

"周小敦你再多说一句，我就告诉周阿姨你天天给一个女孩子送早餐！"

年少如周小敦，虽胖得"胳膊不是胳膊，眼睛不是眼睛"，竟然也有了女神。

周小敦："……老大，刚才是我不对。"

晏枝哼唧两声，为自己赢得胜利而喝彩。

"不对，你是怎么知道这事的，这事我谁都没告诉。"周小敦自认为瞒得很好。

晏枝："那个女孩加我了。"

"然后呢？"

晏枝有点不忍心："她说让你照照镜子。"

梁沉差不多是参加完考试回来的，晏枝把收拾好的书包放在课桌上，下巴搭在上面，抬眼看他："难吗？"

梁沉把课本装进书包，低声道："还行。"

他竟然知道她问的什么，晏枝挑了下眉，抄起书包往外走，梁沉随后跟来。教室窗外的白玉兰花开了，风一吹，花香席卷进两人的鼻间，男孩和女孩的身影如此相得益彰。

这几天两人都是一起上下学的，大东感到惊讶，梁母也很惊讶。

父母辈惊讶的点在于，是谁说不和晏枝（我女儿）一起上下学的？然而两个当事人完全没有任何看法，自然而然的事。

晏枝大大咧咧，有时候还有那么点"讨好"属性，当然，这性质还没挥发出来，梁沉就已经会在家门口等她了，就像每次放学前，晏枝都会象征性等梁沉一样。

他们一起走在学校的阴凉处，日历说秋分快到了，可天气预报告诉他们，夏天还不想收尾。

"这天气什么时候是个头啊？"晏枝被太阳晒得有点蔫。

梁沉："快了。"

晏枝："秋天快来吧！"

梁沉："芜城秋季短。"

一场暴雨下个三两天，冬季降临。

走到校门口，晏枝骑上她的"粉红猪"，这是何合格给晏枝的自行车取的名字，因为车头被她贴了一张小猪佩奇。晏枝和梁沉一前一后骑着自行车驶过短短的人行道，夕阳余晖照在湖面，波光粼粼。

突然响起"刺"的一声，两人同时停下来。

"帮帮忙！"被湖水浸湿头发的女生奋力托起一个小男孩。

湖边围着一群人不敢下去，一个女生勇猛跳下去把小男孩救上来，他们都松了一口气。一个壮实的大男人上前两步接过女生手中的小男孩，蹲下来好好抱着，不知道接下来该怎么做。

梁沉和晏枝从人群中挤进去。

"将人平放在地上，头往后仰，保持呼吸道通畅。"

人群中响起一个声音，大家往声音源头寻去，看见穿着校服的一男一女。男人看了梁沉一眼，直接照做。他手法生涩，梁沉眉头一皱，正准备上前时，刚救了小男孩的女生走过来单膝跪在地上，两手交叠按压在小男孩胸口。

女生穿的也是校服，正在给小男孩进行体外心脏按摩，手法很娴熟，一看就训练过。梁沉拉着晏枝往后退，给他们腾出足够的空间。

晏枝低头去瞧梁沉的手，他没有用力，轻微地碰一下，很快放开。她神奇地眨了眨眼，把视线再次移向那个女生。

经过体外心脏按摩后，小男孩依旧没有转醒。女生知道应该怎么做，她把小男孩的嘴巴打开，却迟迟没有下嘴。短短的二十几秒，有人好像猜到她在犹豫什么。

晏枝也看懂了，她伸手拦下要往前的梁沉，把书包扔给他，跪在地上把小男孩口中的异物清理出来，随后抬头问面前的女生："接下来该怎么做？"

晏枝确实不知道人工呼吸怎么做。

面前的女生长相偏冷，声音也挺冷："往他嘴里吹气。"

晏枝低下头照做，连续做了好几次，直到小男孩往她脸上喷了一口水，醒了。

水喷到眼睛上，晏枝抬手去擦，却发现手中被塞了一张纸。梁沉把她从地上扶起来，语气里难得的温柔："用纸擦。"

纸巾柔软，晏枝胡乱擦一下，睁开眼睛看向他，语气略微嫌弃："你的纸怎么还带香味啊？"

梁沉不想理她，等了一会儿，救护车来了，小男孩被他们抬上车。看热闹的人群也逐渐散开，那女生叫住准备走的梁沉和晏枝，礼貌道谢。

晏枝想开口说不用，结果发现人家的视线压根不在她身上，她把嘴巴闭上。

梁沉面对陌生人时，声线很冷："不用。"

对面的女生自顾自地解释刚才的事情："我有轻微洁癖。"

虽然梁沉认为女生没必要跟他解释，但他还是点了点头，随后转身骑自行车准备离开。晏枝也骑上自己的"粉红猪"，剩女生留在原地目送他们远去。

齐桑不认识和梁沉一起走的女生，但她认识梁沉，今天数学模考，他就坐在她前面。

做了一件好事，晏枝掏钥匙开家门时都哼着歌。大东不在，他几分钟前给晏枝发消息：枝枝啊，爸今天有重要任务回不来，你自己照顾好自己，有什么事就找隔壁的梁阿姨，知道了吗？

对于大东回不了家这件事，晏枝早就习以为常，在别的孩子还离不开父母的时候，她已经学会自力更生。于是她发消息回：知道啦，你自己也注意安全,伤着了可没人管你。

在医院的大东看到这条消息,心情颇有些沮丧,还真让女儿说对了,伤着了也没人管他。

"136 号晏东,136 号晏东,进来拍片!"护士连喊了他两遍。

"哎,来了。"晏东收起手机,托着胳膊往特定房间走。

梁母是在儿子回来时收到晏东的消息的,拜托她照顾一下晏枝。她绾着头发,靠在流理台上,捧着杯热水喝。片刻,她轻轻把水杯放下,朝进来帮忙做饭的梁沉说:"阿沉,把枝枝喊过来。"

梁沉把新鲜的西红柿放到案板上,看着自己的母亲。

"枝枝爸爸受伤了得住院,他不想让自己女儿担心,就拜托我们照顾一下。"梁母解释,"女孩子一个人在家会孤独。"

"嗯。"梁沉转身出门,脸上没有拒绝之意,只是出门前想到什么,特意在玄关处放了两片创可贴。

等来到晏枝家门前,梁沉举起手敲了敲。屋里的人比较磨叽,隔了好一会儿才"嗒嗒嗒"地跑过来,门还没开,声音倒先传到梁沉耳朵里:"来了来了!"

门打开,里面的人穿着拖鞋,手里还拿着一包调料包,叉腰站在他面前。少女的脸上完全没有孤独的神情,反而挺享受。梁沉垂下眸,不知是什么促使他走进去,并没有止步于门口。

晏枝对于梁沉的到来感到很匪夷所思,她见梁沉往里进,趿拉着拖鞋赶紧跟上去:"你找我?"

梁沉没有回答她的话,而是指着茶几上的泡面问:"你吃这个?"

"嗯。"晏枝没觉得有什么不妥,大东很多时候回不了家,她又懒得做饭,就拿泡面凑合一下。有时候她还会去周小敦和何合格家蹭饭,就是次数多了难免不好意思,久而久之,干脆自行解决。

"母亲喊你去我家吃饭。"梁沉转身往外走,并没有打算过多停留,"你爱吃什么?"

他走到门口,没听见身后的动静,回头看她。这一看,他愣住了,完全没想到,平日里笑挂眉梢的人,现在眼眶湿润、眼角微红,如果再多看她一眼,她甚至能当着他的面无声掉两滴眼泪。

梁沉平静的黑眸似有变化，又折返回去递给她一张纸。

晏枝觉得有些丢脸。其实今天打开家门，她想和大东分享下午发生的事，可大东说他有任务。大东的任务分两种，一种是真有任务，一种是诓她的，其实是有伤在身，不想让她担心。次数多了，晏枝完全能分辨大东是真有任务还是假装有任务。

晏枝接过纸巾擦眼泪，并不想自己的事被梁沉知道，嘴里便喋喋不休地念叨："我跟你说，你不许笑话我。'泪失禁'你听过吗？我就是这种体质，眼泪来得莫名其妙。"

"我很烦我这种体质，但你不能烦，你得理解。"

晏枝口齿伶俐，给自己找理由搪塞。梁沉没吭声，他面前的人还在掉眼泪，鼻子一吸一吸的，完全没了往日的洒脱。他"嗯"一声，算是给她面子。

擦完眼泪，晏枝迅速恢复。

"走吧，阿姨肯定很想我。"晏枝自恋道，关上房门，把钥匙装进兜里，听梁沉再度问她："你爱吃什么？"

"很多。"

梁沉顿了顿："说一项。"

晏枝："爆炒肉，加很多辣椒的那种。"

口味重、嗜辣，梁沉有了了解。

来到梁家，梁母从厨房出来，她一眼就看到晏枝腿上的擦伤。虽然擦了碘伏，但伤在膝盖处，还破了层皮，露出红红的一块肉，看着就心疼。

梁母没有女儿，她很喜欢晏枝这个女孩，不禁走过来问："这里的伤口怎么回事？"

"磕地上了。"晏枝挠挠头，也没具体说，她哪晓得自己做个人工呼吸，还能把膝盖搞破皮。

梁母顺势拿起玄关处的创可贴，撕下来贴在晏枝的伤口处："下次可得小心点，不然没人心疼。"

晏枝一张嘴也甜："有阿姨呢。"

梁沉默默站在一边，什么话都没说。

贴好创可贴，梁母起身看了自家儿子一眼，玄关处哪能那么巧就有创可贴，她回来时明明上面还是空的，眼下就多了两片创可贴，说是顺手，她都不信。不过孩子们都有自己的想法，更何况是阿沉这样的。梁母反而感到欣慰，来到这里后他没有一个朋友，现在有晏枝这样的朋友，能够互相学习帮助，挺好的。

梁母去做饭，不让他们俩跟进来，梁沉不听，晏枝也闲不住，两人跟商量好一样往厨房走。晏枝主动打下手，一边洗白菜叶，一边跟梁母聊天，后来聊到她上学的趣事。

"大东跟我说，只要是我不认识的人都不要信，也不要跟他们走。结果那天他让他同事来接我，没穿警服，我就以为是坏人。"

梁母笑："后来呢？"

"后来叔叔打电话给大东，大东没接，我就更确定他是来拐卖我的。

"最后我一路狂奔到派出所，叔叔在后面追。我想报警来着，结果看见穿警服的哥哥跟追我的叔叔打招呼，我才知道叔叔是真警察。"

梁沉把肉切完搁在碗碟里，听到这儿，嘴角往上微扬。

梁母真心被逗笑了，她说："那位叔叔一定对你记忆深刻。"

晏枝又去洗辣椒："叔叔当时对我说，小姑娘，安全意识挺强啊！"

这其实只是晏枝生活中的一件小事。大东时常喝酒感叹，我女儿长这么大不容易，没被狼叼走，长得也是个人样。

晏枝把洗好的辣椒递给梁沉，她看着被切好的肉片，凑过去问他："你要给我做爆炒肉？"

梁沉把刀柄往里移，女孩凑得近，也不知道什么是距离感，两只眼睛水灵灵地望着他，他从里面读到了两个字：感动。

他心下微动，开了个玩笑，语气从容："给刚哭过的人做。"

晏枝先是愣怔，随后哼唧一声，大摇大摆地从他身后经过，傲娇地走了。

梁母对于他们之间的互动只摇头笑了笑，她喜闻乐见。

到吃饭的点，梁母把菜端上来，那盘爆炒肉看起来格外美味，除了片状的青辣椒，还加了不少尖尖的红辣椒，很符合晏枝的口味。晏枝乖巧地坐下来，看梁母把各种菜都往她碗里放。

中国式家长的疼爱，都诚意满满。

梁沉坐在晏枝身边，问她想喝什么？晏枝想到什么，瞪他："不是西瓜汁就行。"

话里有满满的幽怨，梁沉的眉头忽而舒展开来，他说行，看起来心情不错，给她倒了一杯牛奶。

晏枝礼貌地朝他说谢谢，非常假，完全是因为梁母在这儿。梁沉没应，这回他不太想配合某个人。

瞧瞧，瞧瞧，晏枝举起牛奶喝，在背后瞪梁沉。可她马上注意到梁沉的手指有些红，尤其是左手，中指和食指过分红，像火烧似的。联想到他今晚切辣椒，晏枝有点过意不去。

吃完饭，趁梁母在厨房收拾，晏枝盯着梁沉的手问："是不是被辣椒辣的？"

梁沉看她一眼，沉沉地"嗯"一声。他挽起袖口走到阳台边，身上有种说不出的闲适。

晏枝认为这样的梁沉很少见，她从没见过这样的梁沉，她静静地看着他，幽暗的环境会让人的脸上产生一种似真似假的朦胧感和忧伤，在梁沉脸上体现得更甚。

少年手撑下巴眺望远处，一向清冷的眸子露出零星趣味。风从远方来，吹皱一池浓墨，晏枝盯着他的眼睛，夜风里，他的眼睛仿佛会说话，还藏着无数故事。

晏枝用食指轻戳他的手："喂，你的手还辣吗？"

梁沉摇了摇头，此刻他像漫画里的美少年，有着谁都走不进去的世界。

"那怎么还红着？"

梁沉的手出奇的好看，交叉搭在胳膊上微屈着，带点红更显得有点晃眼。晏枝不敢想，决定不再去看他的手。

夜风吹得人舒适，心情便容易沉静下来，晏枝的双手搭在围墙上，静静看着无边的夜色。从这里能看到通往小区外的一条小路，路上有老奶奶推孙女出门，也有腆着大肚的中年男人对着电话在骂天骂地。

人间百态从来不在乎地点和时间，晏枝乌溜溜的眼珠轻垂，神情稍显落寞。她假装打哈欠,转身往外走。

"我走了,朋友。"晏枝拍拍嘴,道别。

梁沉没回身:"明天见。"

他们的友情现在应该有五分熟,晏枝伸了个舒服的懒腰,又去跟梁母告别,最后一个人默默回到自己的家。想起茶几上还没泡的泡面,晏枝把它的口子封住,放进冰箱里。做完这一切,她"嘿哈"一声躺在沙发上,掏出手机来玩。

大东问她梁家的饭菜好吃吗?好吃,特别好吃。晏枝很喜欢梁母的厨艺,也很喜欢那盘爆炒肉,但她最喜欢的,还是大东的厨艺。

有点无聊,晏枝打开死党群:你们猜我今晚吃的什么?

周小敦和何合格或许在忙别的事,没有回她。

晏枝放下手机去洗澡,然后直接躺床上。她记得第一次一个人在家的时候,很开心,认为这就是她的天下了,想看电视就看电视,想不写作业就不写作业,多爽。

后来她总想让大东陪她,你看,其他小孩都有人陪,凭什么她没有?大东总跟她说抱歉,可哪有老父亲总跟女儿道歉的。

晏枝原谅他了,她哼一声,把脸藏在被窝里,过了会儿,她拿被子擦眼泪。没骨气,晏枝拉开棉被,抬眼看见窗外有一只麻雀歪着头在看她。去年冬天的时候,有只麻雀来找她讨过食,今年,麻雀来陪她了。

"士之耽兮，犹可说也。女之耽兮，不可说也。"

最近语文老师带他们学了一首诗歌《氓》，教室里一女生愤怒地把书合上，横眉竖眼："男人不是好东西！"

给她当同桌的男生悠悠地瞟她："这同桌你还想不想做了？"

听到这儿的晏枝笑得嘴里的水差点往外喷，她赶忙把瓶盖合上，跷起的腿也在窗外老刘的注视下识相地收好。等老刘走后，晏枝凶巴巴地看向陆独傲："老刘来了你为什么不跟我说？"

陆独傲冷目扫她："你自个儿没长眼睛？"

晏枝想起《氓》，出口便道："'渣男'。"

陆独傲立马接上："'贱女'。"

"……"晏枝正要回怼，瞥见教室门前站着一位细腰美女，美女五官整体偏冷，有点眼熟。

齐桑拿着两张单子站在十二班教室门口，她是来找梁沉的。当她看到坐在第五排低头写字的梁沉时，没有理会试图跟她搭话的男生，径直往梁沉那边走。

"梁沉？"齐桑在梁沉桌前站定，挡去一大片阳光。

正在做题的梁沉抬头，晏枝吃着干脆面，听到了前桌疏离的语调："什么事？"

"这个是数学竞赛的报名表，刘老师让我转交给你。"齐桑的声音也很冷，但晏枝还是从她的动作中感受到了其他情绪。

"谢谢。"梁沉伸手接过，手堪堪捏住表格边缘，和齐桑没有任何接触。

"没事。"

齐桑眼睛往下移，一眼就看到梁沉的腕骨。她喜欢手好看的人，梁沉的手自腕骨处往下延伸，每一处都恰到好处的好看，手指骨节匀称，修长却有力。意识到自己该走了，齐桑拿着自己的那张报名表离开了十二班。

等她走后，班里的议论声渐起。

"她爸是律师，她妈是法官，她之后好像也准备走法律这条路。"

"那她来找梁沉……会不会是因为想见梁沉？"

"人家什么身份，需要亲自去送报名表吗？说不定是咱们班长先让人家帮忙拿的呢。"

晏枝默默听着，一股微妙的情绪在心里勾起。

陆独傲不也要参加数学竞赛吗？

晏枝推搡他："你没报名表？"

陆独傲想睡觉呢，他抬起一只眼，开玩笑似的回复："你去帮我拿？"

晏枝没说话了。齐桑是特意拿的两张报名表，专程来到十二班想给梁沉的。晏枝隐隐猜测，齐桑对梁沉有好感。不过这关自己什么事，晏枝从课桌里掏出扑克牌，把陆独傲拉起来。

"下节课老师们都去开会了，历史老师肯定又让我们抄试卷答案，咱们来打牌。"

陆独傲的视线落到她拉他衣袖的手上，微一挑眉："行啊。"

"再叫上周小敦。"晏枝说干就干，不过周小敦坐得比较远，但没关系，晏枝后座是陆独傲玩得不错的同学，陆独傲一开口，周小敦与晏枝的后座顺利换了座位。

这事他们进行得悄无声息，而临时被老师叫出去的梁沉回来后站在讲台上告诉他们，这节课誊抄答案。本来在黑板上誊抄答案这件事是历史课代表的活，但由于历史课代表是个有点小巧的女生，誊抄人变成班长，也就是梁沉。梁沉个子高，又写得一手好字，站那儿还养眼，同学们一致同意。

等梁沉开始在黑板上写字，晏枝立马将身体转过去，掏出一早就准备好的扑克牌。周小敦开始洗牌发牌："咱们这么光明正大，班长会不会发现？"

晏枝旁边的人"哧"了一声。

陆独傲懒得抄答案，用笔撑着下巴，神情散漫："我陪你玩，你不得给我抄答案？"

晏枝："人不能想得太美。"

陆独傲没再开口，拾起自己的牌夹在手上，一张张摆好，一副没睡好请别惹我的模样。

周小敦："要论牌技，我是第一。"

晏枝听不下去："但你牌品很差。"

两人说话间，陆独傲已经甩出一个顺子，然后又丢出三个2，最后差点没把两张王扔他们脸上。

周小敦："……"

晏枝："……"

这真的让人很没游戏体验感。

"下一局下一局！"周小敦死活不相信事实，准备重洗一次牌。洗到一半，他突然给晏枝递了个眼神。

晏枝收到，二话不说把自己刚买的牌收起来——转身，低头，握笔，一气呵成。梁沉恰好走到她桌前，微屈两指敲桌面，静静凝视她。

晏枝不仅装瞎，还装模作样地拿笔戳陆独傲："黑板上第六排第一个字写的啥？"

陆独傲瞥一眼梁沉，再瞥一眼晏枝，嘴角勾起笑容："答。"

"……"晏枝有些装不下去了，她抬头面向梁沉。

梁沉正经肃目时，眼里就没有那股平和，反而变成冬日里的冰雪寒霜，观赏性很强，承受性却因人而异。

"拿来。"他再度敲桌面。

"什么？"晏枝显然不打算给他，并且有点有恃无恐。她和班长什么关系？一起吃过饭的邻居，五分熟的友情进行时。

梁沉微微弯下腰，与她对视，平和中占据绝对主导权："牌。"

晏枝压实了课桌。

梁沉垂眼看到她的小动作，像松鼠努力护住松果，他没丝毫动容："改天我找晏叔叔请教一下牌技。"

庸人动武，智者擒王。晏枝直接跪地求饶，她掀开课桌把牌递给他。开玩笑，连大东都搬出来了，她能不束手就擒吗？

梁沉接过牌，手指擦到她的手背。

"还会还给我吗？"临到头，晏枝死死拽住牌，如果梁沉说以后都不会还给她，她就不放手。

"看你表现。"梁沉转身，手部的接触也到此为止，而刚拿过来的牌被他随意放在他课桌的右上角，孤零零地躺着。

周小敦踹晏枝的凳子："老大，他认识晏叔叔？"

这是什么问题，晏枝嫌弃："你们家邻居不走动的吗？"

周小敦摇头："不走动。"

"……"

晏枝转头去看窗外的天，乌云沉沉地往下压，好似要来一场瓢泼大雨，就像她此刻的心情。

今天放学晏枝故意没等梁沉，放在他课桌的牌她也没敢拿，毕竟上次翻桌的争吵历历在目。梁沉是个很有边界感的人，这是晏枝在这些天里的发现。她踩着小碎步一路飞奔到楼下，校园喷薄欲出的吵闹，要不是有广播音乐做和声，大抵班主任又要头疼。

天空传来两声闷雷，不大，却让晏枝的脚步戛然而止，她不害怕下雨天，却讨厌打雷。她思虑再三，两手捏着书包肩带，给自己找了个不得不返回去的理由，"噔噔噔"重新跑上楼："我牌没拿。"

梁沉还没走，他每次都是最后一个走，今天也不例外。晏枝站在教室门口，眼神真诚，假装咳嗽："那个啥，你好了吗？"

梁沉从她面前路过，说了四个字："迷途知返？"

他的神情特别像当初他给她倒西瓜汁时的模样。晏枝低着头不说话，让他这种性子的人损一句，也没啥大不了，所幸梁沉也没再损她，两人相安无事地下楼，直到走到自行车放置处，晏枝都像个识趣的奇趣蛋。

梁沉推出他那辆黑色山地自行车，没骑。远处天边乌云吞光，他出声："晏枝，你想说什么？"

晏枝抠抠眼角，随便扯了个理由："是这样的，我的自行车坏了。"

梁沉去看她那辆"粉红猪"，平静的眸子巡视一圈，真没看出哪儿出问题了。他跨上自行车，问道："一起回家？"

"好啊，好啊。"晏枝迅速抬头，立马坐上梁沉自行车的后座，生怕他后悔。

天空又打了两声雷，这次是响雷，伴随一道闪电，晏枝往梁沉后背躲，双手揪住他的校服外套，头像乌龟般缩起，她太讨厌打雷了。

梁沉似有所感，往后瞥了一眼被她揪住的腰部，没说什么，蹬上自行车驶出校园。

校外车水马龙，走在路上的人脚步比以往快了些，梁沉也加快速度，校服领子翻飞。到一处花店时，他停下。天气预报说今天会下雨，请人们不要过多停留，带好雨伞，防患未然，花店老板弓着腰把放在外面的盆栽一盆盆往里搬。

梁沉走进去，指着内白外红的花，对店员说："来一捧康乃馨。"

晏枝仰起头："买花干什么？"

梁沉："母亲生日。"

晏枝若有所思，她也想给大东送花，便问梁沉："如果送给大东，我该买什么花？"

梁沉的目光放在某一处："可以考虑石斛兰。"

晏枝顺着他的视线看过去，白色的小花和绿色的花苞，正是石斛兰："那就它喽。"

店员把两人的花束包装好，牛皮绳牢牢系住底端。晏枝接过两种花，抱在怀里。

"你好好骑车，我仔细抱着花。"晏枝分配任务。

梁沉点头，相当自然："拜托了。"

自行车穿过人流，少年骑车的速度比之前更快，但即使如此，风雨欲来时，仍是毫不留情。晏枝的头发被吹散，细密的雨珠落下，她说了句"糟糕"，随即把校服外套脱下来。

路况不好，到最后七拐八拐，梁沉忽地停下，两条长腿稳稳踩地，刹车刹得毫无预兆，晏枝的脑袋被迫撞上他的腰。

梁沉怔了下，脱衣服的动作不减，他解下校服外套，转身扔给晏枝，却发现她的校服外套早就脱下来罩在两捧花束上。

晏枝不想让花淋雨，这让梁沉觉得有点意外。他把车停在有遮挡的地方，校服外套轻柔地套在晏枝脑袋上。晏枝两双乌黑的眼眸一眨不眨地瞅着梁沉，少年敛眸，眸底生得明亮，不含一丝杂质，很平静，也很守礼。

梁沉扣上外套拉链往上拉，拉到那颗圆溜溜的脑袋处停下，还是问了句："要不要拉到眼睛处？"

这场雨像一场过渡雨，带走炎热的高温，迎来姗姗来迟的深秋。冷气钻进晏枝脖子里，她抱紧怀里的花，随口说道："要不你看着办？"

"可以试试效果。"梁沉接着把拉链扣往上拉，手指碰到她脸蛋时特意避开，等拉到她眼睛处就停下，最后嘴角微动，似乎是笑了。

晏枝已经猜到他在笑什么，眼珠子瞪圆："你给我拍张照片，我要看。"

"行。"梁沉没拒绝，真掏出手机给她拍。

无美颜，无滤镜，有点丑，晏枝看到这张照片时，不想再看第二遍。

雨依旧很大，晏枝却一点也不在意，她跑到雨中，朝梁沉抬了抬下巴："走吧，班长！"

梁沉顶着细雨重新跨上自行车，听晏枝在后座说："如果我的书包湿了，我希望我的作业也一起湿，这样我就可以不用做作业了。"

梁沉无情地打破她的希望："我可以给你重新打印一份。"

说完，他骑着自行车从斑驳的小道离开。晏枝感觉到他的速度更快了点，这样的体验是兴奋的。晏枝仅露出一双眼睛去看世界，瞟到梁沉湿透的黑发，雨水顺着脖颈往下流，打湿后背，露出微弯曲的脊椎线……

路旁蹿出一条哈巴狗，追着他们跑，也可能追了挺长时间，晏枝这会儿才发现它。哈巴狗边跑边望着他们，四条腿虽短小但健壮。晏枝觉得有趣，就盯着它看，谁承想哈巴狗朝她点下巴，然后超过了梁沉的自行车。

晏枝大声说话："班长，你刚才被狗鄙视了！"

其实是她被鄙视了。梁沉"嗯"一声，他不可能对这些事情生气。

岂料超过他们的哈巴狗又停下来，回头等他们，就像妈妈等孩子。晏枝看到这一幕，先是发愣，然后哈哈大笑："快快快，超过它。"

梁沉无奈地摇头，骑着自行车压过水洼，在哈巴狗的注视下驰过。雨幕都往后跑，唯有少年和女孩的身影显得格外明晰。

淋雨的后果就是感冒，两人都感冒了。期中考试时晏枝脑袋迷糊得不行，但即使这样，她的成绩还是在中游游走，维持得很稳定。周小敦进步很大，一跃成为班里的一匹黑马。

于是晏枝就问他："你背着我'内卷'了？"

周小敦："我女神让我好好学习。"

粉丝行为，晏枝自愧不如。

梁沉是班里的第一名，现在每个老师都把他当宝贝。尤其语文老师，将他写的那篇作文单独打印出来展示，其他班的老师也把他的试卷拿去借鉴，大概意思是，百年出一个的人才。

晏枝认为这是在捧杀，转头问梁沉："你听着压力大吗？心虚吗？"

梁沉的感冒还没好，说话带点磁性："还有别的事？"

明显不是很想搭理她。

她又去问同桌陆独傲："作为班里的第二名，你作何感想？"

陆独傲："请别把你的感冒传染给我，谢谢。"

晏枝凑得更近点，这回陆独傲不让她滚远点了，反倒是晏枝自己先撤离。

周末，晏枝去找何合格玩，何合格建议他们弄个周末野炊，做烧烤，吃水果，看蓝天和白云。晏枝说行，她行动力强，叫上周小敦准备食材和道具，在风和日丽的星期天开摆。

何合格好倒霉，前天摔了腿，今天仍跟他们出来野炊。晏枝让何合格做大小姐，自己来烤，但她和周小敦都没什么经验，煳的、半熟的、咸的，一句话总结：浪费钱。

偏不巧隔壁一群人也在烧烤，男生一边烤一边自吹自擂："能吃到你李哥的烧烤，是你们的福气，知不知道？"

有人问："李哥每天摆摊很累吧？"

"我雇别人摆摊，坐着收钱，累什么累！"叫李哥的人懒得继续烤下去，询问，"沉哥呢？我好不容易来一趟芜城，怎么不见人？"

"来了。"

说话间，穿着黑色卫衣的少年从他们身后走来。

晏枝定睛一看，竟然是梁沉。她看见那几个男生纷纷跟梁沉拥抱，场面一度很和谐。周小敦也看到了，指着梁沉问："那不是那谁吗？"

何合格感到憋屈："说人名！"

周小敦："梁沉，我们班班长，就'西瓜汁'那位。"

何合格不是没听晏枝在群里说过梁沉，只是此刻见到梁沉，忍不住道："我感觉他又变帅了。枝枝，既然认识就凑一起呗，还能多交几个朋友。"

"我才不去。"晏枝往那边望了一眼，没有动身。

何合格想到什么，随即摆摆手："不去就不去吧。"

晏枝以前进过一个滑板圈，四五人的那种，但始终融不进去，每次都是自己一个人默默玩滑板。所以这让她对于已经成型的固定圈子，总是小心翼翼地退避，她怕触及心底的那个点。

"海绵宝宝能和蜡笔小新一家人成为朋友吗？"晏枝灵魂发问，不是一家人进什么一家门。

她的眼睛盯着那边的烧烤，周小敦看见后摇头："你这个比喻不对，他们根本就不在一部动画片里。"

晏枝"哦"一声，低头给梁沉发消息：你们的烧烤看起来好香哦。

晏枝：可不可以卖给我们一点？

晏枝：打五折？

他们现在是五分熟交情，所以晏枝才敢这样发消息，朋友，就是用来客套的。不出意外，他一定会回"不用，免费"。

"叮咚"一声，他回了，晏枝连忙低头看：可以，不打折。

晏枝：？

晏枝：为什么？

晏枝：我们的友情呢？

梁沉：？

好大的杀伤力！晏枝掰开一根香蕉，将手机扔到一边。

何合格朝那边望，还是心有不甘，瞧瞧那边的男生一个个长得多帅啊。但碍于晏枝此刻要爆炸的脸色，何合格提议："来来来，我们来打牌。"

不提还好，一提晏枝就想到还扣在梁沉那儿的扑克牌，到现在都没有还给她。手机再次响动，上面弹出一条消息：来拿。

晏枝弯身，还没看明白，第二条紧跟着跳出来：我跟他们商量了下，如果你和你朋友不介意，可以和我们拼桌。

晏枝仿佛能看到梁沉打这句话的表情，他一向真诚待人，虽性子冷，但做事很有自己的一套准则。

晏枝：他们愿意？

晏枝隔着远远距离去看他们，刚好梁沉放下手机，也朝她看过来。他旁边的男生对着她吹了声口哨，轻佻得很。朋友是互补好呢，还是形似好呢？但晏枝认为梁沉的朋友，五花八门。

梁沉旁边的男生叫李朝彬，头上的棒球帽反着戴，耳朵上有骨钉，很邪性，跟她打招呼的第一句话就是："小妹妹，你好漂亮哦。"

晏枝很受用。

紧接着，他问起她的名字："你叫啥？"

这回轮到晏枝反问："他没跟你们说过我？"

晏枝口中那个"他"指的梁沉，她显然不相信，在自己快在死党群把梁沉的一切卖光的时候，梁沉在他朋友面前连有关她的半个字都没提过。

李朝彬笑着说："没有。

"你在他那里可没这么重要哦。"

明明可以不说后面那句话的，晏枝佩服他的真实，同时用一双受伤的眼睛去看梁沉——你看看你朋友，认真的吗？

"我确实没跟他们提过。"梁沉实话实说，没丝毫察觉，"还有，他说话比较直。"

直的意思就是，他说的话虽然很伤人，但也是对的。晏枝压下心头那点别扭，她左看右看，突然用胳膊肘撞梁沉："有喝的吗？我想喝酸奶。"

梁阿姨说她正在长身体，要多喝点奶，她刚好看到梁沉身旁的一整盒酸奶，就挺馋。晏枝有时候很喜欢用撞这个动作，梁沉已经被迫性习惯，直接从身旁拿了一瓶酸奶递给她。他的兄弟偶尔投过来几眼，眼神里分明透着不可思议。

晏枝兀自插上吸管开始喝，何合格和周小敦已经顺利打入内部，一群人凑在一起玩起了游戏，晏枝没有参加。按理说，这种热闹她最愿意凑了，现在没有主动凑上去，原因无非就一个，她不愿意凑。

梁沉也没凑热闹，在跟李朝彬说话，其实多半是李朝彬在说话，晏枝支起耳朵听。

"你主意挺好，我爸听说我在做小生意，也不冻结我卡了，但每个月提现有额度，虽然有点少，但也足够。"

李朝彬嘴里叼根草："你那会儿扔给我几个选项，我以为你要我摆摊呢，谁想是让我雇人摆摊。我心想这能赚几个钱啊，没想到还真能。沉哥，还是你牛！"

梁沉在剥橘子，淡淡地说了句"事在人为"，好像也不打算说什么了。

晏枝看准时机把手伸过去，明显想要他手里的橘子。梁沉也不吝啬，她自然地伸手过来，他就自然给，中途没一句交流。

晏枝把橘子放嘴里，刚好对上李朝彬的眼神。这个男生从一开始就对她似有不善，眼睛从上到下瞧她，虽然什么话都没说，但晏枝感觉他什么话都说了。不就是你没得吃吗？晏枝当着李朝彬的面把橘子吞进去，然后转向梁沉："梁沉，再帮我拿点烧烤。"

梁沉看出今天的晏枝有点故意的意思，不过他没多想，很多时候晏枝都是想一出是一出，只要没触碰他的底线，也无伤大雅。他正要起身，却被李朝彬拦下。

李朝彬指着晏枝，一点都不在乎她会是什么感受，也不用在乎："怎么，你自己没长手？"

李朝彬的语气又冲又刺耳，晏枝接受不了，站在一旁的梁沉朝李朝彬投去警告的一眼。

李朝彬心里窝火，邪气地挑眉，火气更大："怎么着，还不能说了是不是？咱沉哥是你爹还是你妈，有手有脚做断手断脚的事儿，噢……你是千金大小姐，还是千年一遇的公主啊？"

其他人被这架势惊到，一时间都愣在原地。

何合格无条件偏向她的朋友："怎么说话呢你！"

晏枝的脑海浮现曾经有人跟她说过的话：你觉得大家都喜欢你吗？想多了还是吃多了？

她的坏情绪上来，干脆破罐子破摔："我就是公主怎么了？我还有公主病，你还是个长舌妇呢。"

晏枝会骂人，她要是生气，那就六亲不认。李朝彬被她惹恼，"噌"地站起身，指着她的鼻子："骂谁呢！"

"骂你！"晏枝捋起袖子，"来啊，骂街啊。"

眼看两人要打起来，边上的人终于反应过来，双方开始劝和。

梁沉低头烦躁地揉眉骨，没有想到事情会发展成这个样子。

"朝彬。"梁沉开口，眉头蹙得很深。

李朝彬和晏枝同时停下，晏枝认为梁沉是个好人吧，可是他谁也不帮，再一细想，他帮，帮理不帮亲。要说他俩谁更亲，李朝彬。谁更有理，李朝彬。她深吸一口气，拿起自己的包就走。

晏枝还没加入那个滑板团前，那群人踩着滑板从她小区路过，羡煞她的眼，她想加入他们。后来，为了加入他们，她特意守在他们可能出现的地方逮人。人是逮着了，他们也表现得很乐意她加入。可真当她加入，她才发现他们在无形中排斥她、打压她，玩笑声一到她那儿就会停。那种明里暗里的排斥，像极了角落里发霉的裤子。

堂堂晏枝小时候一拳打三，这会儿却怀疑起自己是不是哪里不够好，最后她开始自我反思，反思来反思去，甚至给自己列了一张缺点表。后来她把这张缺点表拿给何合格和周小敦看，希望他们监督她改掉。

何合格气得直接把表撕掉，她那天十分生气："改什么改！我姐妹哪里都好！就这样！你敢改一个毛病，我就不跟你做朋友！"

所以后来晏枝很不喜欢加入别人的小团体。今天如果不是梁沉发的消息，或许她也不会去。去了会闹矛盾——晏枝心里有这个不成文的认知，然而再次一语成谶。

晏枝一路跑回家，气喘吁吁地给自己倒了半杯水。死党群里消息炸锅，何合格和周小敦在她走后也收拾东西走了，他们为她把各自压箱底的"优秀语言"都挖了出来。

何合格：什么人啊这是，枝枝你别理他。

周小敦：就是，敢骂我老大！

何合格：等我的腿好了就找人去揍他！

何合格：你可别为那样的人生气，没必要。

周小敦：不值得！！！

晏枝把消息翻完，心里暖暖的。她回想刚才的事，下意识地开始反思自己是不是哪儿不对。刚反思两秒，她立马打住。没错，不可能有错，晏枝躺房间睡大觉。

大东又连着两天没回家，却没忘记给她发消息，每天早中晚一遍问候，别家孩子有的，大东也会竭尽所能尽量给她弄到。

晏枝躺床上打字：大东，今晚回来吗？

大东最怕女儿问这种问题，今天他是真回不来：爸爸今天值班，你自己好好照顾自己啊。

晏枝：好嘞。

晏枝面无表情地打完字，把手机一扔，睡大觉。

等她醒来已经是夜晚，窗外挺亮，是城市路灯发出的光。晏枝翻手机，没看见那个人给她发消息。她心情颓丧，起身准备去何合格或者周小敦那里蹭顿饭。临近晚上九点的时候，晏枝家门口站了一个人，那人抬手敲门，没听见里面有人应。

新的一周举行升旗仪式，升旗人是梁沉，护旗手是齐桑。晏枝戴上纪律委员的牌子，开始一个班一个班检查他们的仪容仪表。入了秋的校园处处透着一股冷气，晏枝把脖子缩在针织毛衣里，检查完就站在空旷处往台上看。

晏枝看向站在主席台上的梁沉，他面容肃穆，仰首面对红旗，不卑不亢。秋风打着旋儿来来回回，偏生就他一人一动不动，正气使然。晏枝环抱胳膊，眼里有气。梁沉正对准主席台上的麦克风，声音穿透操场的每个角落。

"今天我推荐的书是美国作者E.B.怀特的儿童文学著作《夏洛的网》。"梁沉的声音能展现他个人的沉稳，不慌乱，也没有播音腔，像旧人讲述故事一样娓娓道来。

"也许你们的关注点会在儿童文学上，或许，我们可以试着把关注点放在这本书的奇妙之处。

"小猪威尔伯和蜘蛛夏洛是朋友……"

晏枝听得逐渐走神。学校开展读书日，每周升旗仪式由宣讲人介绍一本书，她有点听不进去梁沉在说什么，反而把视线放在站在一旁的齐桑身上。齐桑作为这次升旗仪式的护旗手兼主持人，她扎着高高的马尾，站在离梁沉五米远的侧方，光明正大地直视他。

他俩也是朋友了？晏枝把校服拉链拉到脖子处，逐渐回神。

"友谊不是一个话题，我想它更代表理解和尊重……

"我们一身的毛病，却渴望被爱。

"也需要朋友陪伴。"

……

晏枝静静听着，眼睛无意瞟到梁沉，才发现他往她这边投来一眼。

看我干吗？晏枝反应慢半拍把手放下，眼神往旁边躲。

升旗仪式结束，回到教室，刚好直接上课，晏枝把数学课本拿出来，蔫了吧唧的精神直接好了一半，也不知道谁安排的课表，第一节就是数学。

梁沉除了是班长，还是数学课代表，晏枝突然想起来班里那群小姐妹八卦的时候说到齐桑在他们班不仅是班长，也是数学课代表，神一般的缘分。连职位都如此相同，怪不得学校会有人把他们进行配对。

数学课后，突然有人冲到梁沉身边："班长，齐桑来找你了！"

梁沉走了出去。

晏枝掀开课桌捣鼓自己新买的魔方，努力让所有面都是同一个颜色。周小敦凑过来："老大，你别难过，即使你没了梁沉这个朋友，即使他有了新朋友，你依然有我们陪着。"

晏枝觉得周小敦真是哪壶不开提哪壶，喜欢在她伤口上撒盐，她干脆扭转魔方不吭声。

周小敦："你不好奇他们在说些什么吗？"

"你去问问不就知道了？"晏枝反问。

周小敦："我不敢。"

晏枝把魔方放回课桌，手撑着脸蛋，十分诚实："我也不敢。"

"特报！特报！我们学校打算组织同学们看一场电影！"

秋风寥寥的下午，还算安静的高一（12）班教室内，响起一个激情四射的声音，被打扰的同学们在他们听清内容的那一刻，口中的埋怨瞬间消失。

"真的？"

"造谣要负法律责任的喽！"

"学校能这么好心？"

大家又激动又怀疑，正好梁沉从教室前门进来，同学们便逮着他问："班长，看电影这事是真的吗？"

梁沉的目光一一从他们脸上掠过，最后定在晏枝的脸上，"嗯"了一声。晏枝在他看过来的瞬间把头低下，把玩手里的魔方。

一只手伸过来把她的魔方拿走，陆独傲显然是看不下去："这么长时间，你连一面都没拼出来？"

晏枝狡辩："拼出来了啊，不过就是有一列颜色不同而已。"

"那也是没拼出来。"陆独傲把右腿搭在左腿上，身体后仰，状似无意地问，"你跟那谁闹矛盾了？"

那谁？晏枝下意识地瞥了一眼在讲台吩咐事宜的梁沉，摇头说道："没有。"

陆独傲拼魔方的同时还转头瞧她："你跟我犟什么？我是个瞎子，看不出来？"

晏枝心情很丧："你能不能好好说话。"

陆独傲扭头："不能。"

晏枝："那你把魔方还我。"

陆独傲"啧"一声，正要说什么，却发现全班人的目光似乎聚集在他们这边。晏枝也发现了，她不解地眨眼。

周小敦紧急救场："老大，班长让你说说你有什么想推荐的电影。"

学校这次组织看电影是全校一起，因为是学生看，所以尊重学生的意见，投票来定下看哪部电影。晏枝被迫起身，脑子里一片茫然，她看见梁沉将摊在讲台上的记事本合上，抬头，一双漆黑如墨的眼睛对上她。

"劳动委员，你有什么看法？"

晏枝的眼睛斜到他身后的黑板："暂时没有。"

"好，想到了记得跟我说。"梁沉将放在她那里的视线移到别人身上。

晏枝坐下，陆独傲刚好把拼好的魔方放她桌上，说了句不明不白的话："学校禁止早恋。"

晏枝扭头，彻底听不懂："啥？"

陆独傲深深地看着她，似乎在确定什么，最后他放松一笑，口气一如往常："没什么，逗你玩。"

晏枝："神经病。"

陆独傲："哦。"

直到放学，大家都没讨论出来具体要看什么电影，梁沉不想耽误大家回家，于是决定改为线上讨论，把自己想看的电影发在班级群里，他来统计。

晏枝不在乎看哪部电影，毕竟不上课才是开心的点。她把今天的作业整理好收进书包，非常明确地拒绝陆独傲跟她一起回家，独自走出教室门。

这时，一个人拦在她面前。

05 第五章
/ 晏枝，你不用感到为难 /

梁沉没走，晏枝是可以理解的，但他堵门口，她不能理解。

"聊聊。"梁沉靠在墙上，双手放在宽大的校服口袋里。

晏枝死鸭子嘴硬："有什么好聊的？我讨厌你，讨厌你们，没什么好聊的。"

梁沉没说话，只是看着她，冷意渗透的眸子里透出一些了然于心的情绪。晏枝跳脚的样子特别像不能打鸣的母鸡，是个情绪使然的人。

他问："是他的话伤到你了？"

"没有。"

他接着问："还是说我也伤到你了？"

晏枝的声音直接大了一个度："没有，我说没有就没有。"

反正梁沉说什么，晏枝都会反着说，她是想解决问题吗？不，她只是想发泄情绪罢了，可她发泄情绪的背后不过是觉得委屈。

"如果他来跟你道歉，你会不会好受一些？"梁沉的问话又冷又温柔。

晏枝捏紧书包的背带，刚准备脱口而出的话被她使劲吞回去，这让她怎么发脾气？

僵持间，晏枝眼前出现一双鞋，山地靴，彰显鞋子主人的性格。她盯着那双鞋，片刻后抬头往上望，看见李朝彬那张脸。

"喂，对不起！"李朝彬看她一眼，眼神交错的瞬间，又不好意思低下头去，他站姿虽吊儿郎当，但眼底还算真诚。

"那天是我不对，没分清青红皂白就朝你发脾气，对不起。"李朝彬歪着头瞅晏枝，伸手拍了拍她的肩膀，"多担待哈。"

晏枝被他拍得脑瓜子一震，她抬头用眼神询问梁沉，结果他回了她一个眼神，把看好戏的姿态摆得很足。

晏枝这个人吧，还得是大东的那句评价——"爱咆哮的纸老虎，一戳就穿。"她僵硬地回拍李朝彬的肩膀，思索片刻，低着头说："我也……对不起了，我每次发脾气的时候都控制不住，大脑发昏，你也……多担待。"

此刻的晏枝很乖巧，李朝彬看到她这一面，觉得好笑，于是他还真就笑出声来，整个人随性很多："嗯，看出来了。"

晏枝："……"

梁沉转头无声地笑了下。

鉴于初见不太美好，两人一致决定吃一顿加深了解。梁沉提议那就吃烧烤吧，算是照顾两人都爱吃辣的性子。

去烧烤店的路上，三人成为路人频频回头的风景线，毕竟两男一女，颜值都很高，还很年轻。

芜城有很多小吃街，三人拐过一条巷子，没到达目的地，先听见一声惨叫，晏枝第一个往前冲。狭窄的巷子内，几个染着五颜六色头发的混混围住一个女生，逼着她退到窄巷角落。刚才那声惨叫，明显是女生过于害怕发出来的。

眼看那群人就要往女生身上凑，晏枝心想这还得了，甩下身上的书包，二话不说起势，预跑几步加速，最后愤怒地踹倒其中一个人。

梁沉拉都拉不住，李朝彬只看到一个影子飞快地从他身边奔过，然后，仿佛从天而降的勇者一样，迅猛地踹了别人一脚。

好勇猛！所以自己当时是怎么敢骂她的？李朝彬完全不敢相信眼前的一切。

晏枝没注意到他俩的内心世界，她走到几个混混面前，双手叉腰："瞪什么瞪？就你们弱不禁风的身体，还敢跟我斗？"

大东真有先见之明，教会她不少防身术。而听到这句话的李朝彬可怜兮兮地扯梁沉的袖子："沉哥，她说我们弱不禁风呢。"

梁沉抬头看向不远处的晏枝，对她会武这件事，仿佛意料之外，又在情理之中。

几个混混没想到来的是个练家子，而且还是个女生，难以置信的同时被狠狠打脸。他们看到晏枝身后还有两人，便不敢轻易冒险，几人互相递了个眼色，没再纠缠角落的女生，转身就跑。

晏枝立马把角落里的女生扶起来："你没事吧？"

"没……没事。"那女生躲开她的手，擦掉欲掉没掉的眼泪，默默捡起地上的书包准备离开。

等女生走后，晏枝回到梁沉和李朝彬身边，不可思议道："你们就这么看着？"

梁沉把她的书包拎在手里，反问一句："需要我们？"

"不需要嘛！"李朝彬接话，看晏枝的眼神变化莫测，"你会武？"

"嗯。"晏枝说，"我爸是警察，我小时候他就教我一些防身的招式，后来为了让我觉得不那么枯燥，武术什么的也会教，所以……"

晏枝故意停顿，举起拳头看向他们，语气半撒娇半威胁："我力气很大哦！"

吃完烧烤，李朝彬说他该回北城了，梁沉和晏枝送他去车站。夜里冷风肆意，卷起地上的枯枝和碎叶，飘飘荡荡在老胡同口。从地铁出来，三人走了大概十分钟的路程，到达车站门口。

"行了，别送了。"李朝彬最见不得送别这种场面，对梁沉和晏枝摆手，"下次见。"

梁沉像个老父亲："别再跟叔叔闹矛盾。"

李朝彬不爱听，但也不想在这个时候反驳梁沉，挥挥手，没一点离别的情绪。走之前，他犹犹豫豫半晌，最后看向晏枝，邪气一笑："你那个瘸腿的朋友，介绍我认识认识？"

"……"

这晏枝是真没看出来啊。

和梁沉回去的路上，晏枝反问他："你看出来了吗？"

梁沉不好说，索性就不说。

晏枝也不好说，她不好说的原因是刚才吃烧烤的时候，何合格还在愤慨她的遭遇，又将李朝彬从头到脚骂了个遍，直到晏枝一句"我和他和解了"，何合格才急急刹住车，然后打出一句话：我有句脏话不知当讲不当讲。

晏枝：当讲当讲。

缘分真是妙不可言。晏枝走到昏黄的路灯下，砖瓦路上投射出她和梁沉的影子，一高一低，相得益彰。路边开了一家小卖部，像是独立存在于这个快时代的城市，木板隔出整个空间，露出中间可以买卖的地方。

梁沉走到小卖部前，朝里面的老爷爷道："来两瓶汽水。"

橘子味的汽水，到晏枝手里时还是冰的，瓶身冒着水汽。她用食指提起拉环，易拉环被轻巧拉开。

"班长，你是喜欢戴上紧箍咒的孙悟空，还是喜欢被五指山压之前的孙悟空？"晏枝问了个没由来的问题。

"戴上紧箍咒的孙悟空吧。"梁沉微屈的手指握着易拉罐汽水，指甲剪得平整而秀气。

晏枝低头，她喜欢被五指山压之前的孙悟空。梁沉这个答案在晏枝的意料之中，一个有规则且理性的人，多半选择前面那个答案。像晏枝这种风风火火的，就爱大圣的肆意妄为，或许这就是她和梁沉价值观的不同。

"是你让李朝彬留下的？"仰头喝了一口汽水，晏枝换个问题继续问。她不傻，虽然当时有些没反应过来，但事后隐隐约约猜到，李朝彬能多留一天跟她道歉，而不是和他那些兄弟一起回去，梁沉在其中占据很大部分原因。

"嗯。"他从不说假话，都是大方承认。

"噢，谢谢啊。"晏枝也毫不吝啬自己的感谢，甚至承认自己在某些地方有些过分。譬如那天跟李朝彬吵架，她特意疏远梁沉，认为他也是个小人。

有个词叫以己度人，也有个说法叫殃及池鱼，晏枝事后反应过来，发现自己就是这样。可梁沉不一样，他给人的感觉好比看书时为了记住页数而被折起的一角，瞧着特别安心。

"晏枝，你不用感到为难。"梁沉在路边停下来，身影在朦胧街道中显得冷酷又温柔，"我们是朋友。"

几缕凉风吹来，晏枝缩起脖子，心里却是小鱼儿打挺似的愉悦，她的眼睛控制不住地往上弯："嗯。"

从梁沉嘴里说出是朋友，那就真的是朋友。她想到他今早介绍的一本书《夏洛的网》，是讲友谊的。

"你今早的发言很精彩，但我没听。"

梁沉丝毫不意外："嗯。"

"你怎么不问问为什么？"

梁沉配合她："为什么？"

晏枝："没有为什么。"

梁沉反应过来，似是无奈地笑了下。

晏枝连忙问："那本书讲的是个什么故事，你能跟我再说说吗？"

可能是他今天心情好，也可能是朋友的离开让他多了一些话，总之，他愿意单独讲给她听。夜里的路依旧萧瑟，灯影绰约，晏枝耳边传来梁沉浅淡而不失韵味的声音。

"蜘蛛夏洛遇见小猪威尔伯的第一天就问他，我可以做你朋友吗？我是夏洛，我观察你一整天了，我喜欢你。

"小猪威尔伯孤独了很久，他刚好渴望一个朋友，而夏洛来了，即使他是一只蜘蛛，他们体型不同，也没有相似的经历和价值观。"

……

梁沉有做配音员的潜质，他的声音像一杯泡好的茶。

"那他们最后成为朋友了吗？"晏枝停下来，仰起头问。

"嗯。"梁沉低头看她，随后目光移到前方光秃秃的大树上，"他们是彼此最好的朋友。"

在全校师生的共同努力下，通过投票计数，终于选出一部影片《怦然心动》，这是一部有爱情教育意义的电影。

看电影当天天气欠佳，狂风大作，种植在操场外的树折弯了腰。学校把三个年级的学生组织在一起，在四面透风的操场上被迫老老实实地坐着，他们在冷风中叽叽喳喳，抱怨这坏天气就不能挑个好时候出现？

晏枝裹紧自己的卫衣，外边还得套个比鼻涕虫还难甩掉的校服外套，整个人像个圆滚滚的球。学校前几天还在吹露天电影很浪漫，这会儿老师透过话筒说出的话都带着凉气。

梁沉在清点完班里的人数后就坐下，他坐在最后面，是晏枝扭过整个脖子才能看到的位子。后边风小，抱着这样的想法，晏枝提起自己的凳子，弯腰往最后一排走。

"让一让，让一让。"她把凳子往梁沉旁边一靠，整个人圆滚滚地落座。

三秒后……

"看我干吗？"晏枝朝他吸了吸鼻涕。

梁沉："怎么不坐前面？"

晏枝瞅了眼正在跟别的老师说话的老刘，悄悄靠近梁沉，小声说："前面就是用来做挡风板的。"

梁沉若有所思，以晏枝的身高来看，确实是。这时倒数第二排的周小敦转过脸来："老大，你咋坐后面了？"

他的声音过大，惹得不少同学往后面望。陆独傲侧目过来，又没什么情绪地回头。

晏枝面不改色："我喜欢坐后面。"

周小敦"噢"一声，没再问，隔着两个班级去看他的女神。

电影正式开始，晏枝缩低身体把卫衣帽子戴上，一边吸溜吸溜地吸鼻涕，一边看电影。其实这部电影她看过，大概是在初中那会儿。

梁沉整个人显得很安静，他不说话，就衬托出晏枝的吸鼻涕声更加响亮，且有节奏感，某人看了她一眼。操场的风不要钱似的刮，晏枝吸鼻涕的声音却戛然而止。

"你是不是嫌弃我？"她幽怨地看着梁沉。

梁沉难得一顿，他的视线从电影银幕转到晏枝哀怨的眼神上，觉得自己有必要解释一下："没有。"

他的解释只有两个字，通常这种解释被称为敷衍，晏枝的眼神转为怨恨。

"你就有。"

"……"

梁沉从口袋里拿出一包纸巾，递给她。

纸巾的包装上印着海绵宝宝，晏枝伸手接过，低头看到梁沉微微有点不正经的坐姿，一条腿往里屈，另一条腿往外随性伸展，狂风刮过他笔直的腿，露出了脚脖子。

在这个好多人不穿袜子的高中时代，梁沉无异于一股清流，白色袜子包裹住整个脚脖子，配上浅色的牛仔裤，青春气息扑面而来。

晏枝默默往下拉自己的裤脚，头往上抬时，好巧不巧和梁沉的视线对上，她的动作僵住："你干吗老看我？"

梁沉不这么认为，他手指电影屏幕，说出一句让晏枝瞬间错乱的话："你比电影有趣。"

这句话是有些浪漫的，但从梁沉嘴里说出来，就好比医生指着他的病人说，你的脸色很好看。认真的夸赞，有时候容易达到反讽效果。

晏枝打了个喷嚏，苦着一张脸："朋友，你别这样，我会很难过。"

梁沉微扬嘴角，头顶被吹起的几束头发轻轻摇晃，一如他稍显愉悦的心情。

周小敦突然转过来："老大，你懂的。"

晏枝迷糊着眼，她心想我该懂什么，视线往下移，看到周小敦手里的折纸，清楚地懂了，还是为了他的女神。

最近周小敦不知道从哪个网站学来一个方法，据说只要折上一千只千纸鹤送给她，你的女神和偶像就会多看你一眼。晏枝说这纯属扯淡，告诉周小敦，他女神只会觉得他多此一举。周小敦不信，一腔孤勇投入各种营销套路，迷恋得真诚且费力。

神奇的是周小敦折的千纸鹤跟别人的还不一样，每一只千纸鹤上都印有"like you"，而周小敦让她在每一只千纸鹤上写上他女神的名字。晏枝不忍熄灭他的一腔热情，勉勉强强地答应。

周小敦见晏枝表情松懈，从怀里掏出一沓老厚的纸递她，把朋友利用得明明白白："老大，辛苦了。"

流年不利。晏枝放弃看电影，决定给周小敦写他女神的名字。

她一边吸鼻涕一边写，偶尔还神经病到描摹了一遍千纸鹤上印着的英文。操场的风似有停歇之意，逐渐变得温柔起来。晏枝眯紧开始发烫的眼，察觉到旁边的梁沉终于松动身体。他看电影时没说一个字，没动，也没笑，这会儿动了，很新奇。

晏枝突发奇想，看着梁沉，从腿边随手拿出一张纸，熟练地折起来，折完递给他："喏，送你的。"

粉色带花纹的小千纸鹤，在冷风的吹拂中仿佛活了，在梁沉眼底招摇。他看了好一会儿，才将目光投到晏枝的脸上。

"收下了。"梁沉接过千纸鹤。

电影进入尾声，晏枝揉揉手腕，把写好名字的折纸拿给周小敦，剩余的也不打算写，抬头欣赏电影。

影片正播放到男主外公对男主说的话。

Some of us get dipped in flat, some in satin, some in gloss.

But every once in a while you find someone who's iridescent, and when you do, nothing will ever compare.

晏枝看的是英文下面的中文注释：有的人浅薄，有的人金玉其表，败絮其中。有一天，你会遇到一个彩虹般绚烂的人，当你遇到这个人后，会觉得其他人都只是浮云而已。

斯人若彩虹，遇上方知有。晏枝鬼使神差地看向梁沉，少年静默不言语，眼尾透着淡淡的冷意。她又默默转回去，觉得自己多少有点病。

忽吹一阵柔风，梁沉藏在卫衣口袋里的手微动，他莫名地，自己都很难理解地，滚了滚喉结。

电影安排的时间很恰当，看完刚好卡上放学的点。深秋季节，校道两边都是掉落的枯黄残叶，人群三三两两勾肩搭背踩过，有说有笑。晏枝独自一人走在校园大道，梁沉临时被老刘扣下，虽然不知道是什么事，但目测这件事，只和他有关，她这个成绩一般般的好像搭不上边。

回到家，晏枝发现大东今天竟然在家。

"大东，任务完成了？"这是晏枝经常问的一句话。任务完成就表示，大东这段时间比较闲，能陪她久一点。

晏东从厨房出来："完成了，回来陪咱们枝枝。"

晏枝很开心，把书包随意地扔在沙发上坐下后，腿忍不住跷了跷，手撑起脸蛋，看向晏东："大东，你长胡子了。"

黑色稀疏的一团长在下巴，大东伸手摸了摸粗糙的胡楂，轻轻敲她的额头："枝枝啊，这叫中年男人味。"

晏枝不太能理解，她还是喜欢少年味，但不妨碍大东是她最爱的人。说话间，晏枝听到她的房间有不小的动静，很像天宝鼠偷偷躲进抽屉偷亮晶晶的东西。

晏枝以为自己幻听，没打算查看，可大东转身进厨房前却"咦"了一声："会不会是小猫闯进了你的房间？"

"大东，说胡话也是要讲一定逻辑……"晏枝话没说完，先是呆愣一阵，随后快速从沙发起身走进自己房间，而大东笑着去给她做饭。

晏枝小心翼翼地打开房门，果不其然看见窗台边蹲着一只不大不小的猫，通体白色，圆溜溜的眼睛犹如蓝宝石，是一只优雅的"贵妃"。和它对上眼的那一刻，晏枝竟觉得一眼万年。

"嗨！"晏枝招手跟它打招呼。

长尾白猫："喵……"

晏枝：啊啊啊啊！！！

她冲出去对大东喊："老爸，我爱你！"

晏东在炒菜，锅铲和肉块碰撞，他忠厚地笑："给它起个好听点的名字！"

晏枝重重点头，万万没想到对猫毛过敏的大东会给她买猫。她走近那只会眉目传情的猫，弯腿和它平视："我很喜欢猫，但在所有猫中，我最喜欢你。"

因为你是大东带回来的，最特别的一只。长尾白猫仿佛懂她的意思，微荡它的尾巴，神态像极了真贵妃："喵——"

真是可爱死了，晏枝立即决定："那你就叫'贵妃'吧。"

贵妃不怯生，晏枝拿出手机对着贵妃拍了一张照片发到死党群里，美滋滋地打字：你们有的我也有了！

吃完晚饭，晏枝带上贵妃去天台消食。大东让她把拖鞋换成棉鞋再走，晏枝老老实实地换。到天台后，强劲的风让她咧大了嘴，风真大呀！

坐在天台长椅上的梁沉听到声音回头，和刚上台阶的晏枝对视。片刻后，梁沉抬起手里的汽水往上扬，跟目瞪口呆的晏枝打招呼。

晏枝抱紧怀里的贵妃，快跑几步，走到他身边坐下："你不冷吗？"

少年闲适地将两手撑在长椅两侧，任由长风穿过他的身体："还行吧。"

说完，看向晏枝怀里的猫，平和的眉眼微抬："新成员？"

"嗯。"晏枝抬起贵妃的一只脚搭在梁沉的手背上，轻轻摩擦两下，然后开启"精分"模式，"这位朋友你好，我叫贵妃，你叫什么？请问我可以跟你做朋友吗？"

天台外是一片璀璨灯火，万家不熄，梁沉轻笑："梁沉。

"当朋友的话，你主人同不同意？"

"同意同意。"晏枝声音俏皮，"我主人说，配合帅哥食用猫粮更有食欲。"

昏暗光线不清晰，梁沉的笑却很明朗，晏枝是个逗人开心的高手，他的嘴角微抿，面向万家灯火时眼里的光停留在城市的黑暗处。

"like me？"他突然问，千纸鹤上被他拆开又重装，被描摹的"like you"一览无遗，小心思被知道得明明白白。

晏枝抬头，贵妃被她支起身体挡住半个脸。落在梁沉眼里，可能是有点害羞，于晏枝而言，单纯是为了让贵妃替她挡风。

这句英文问话，梁沉说得又低又快，晏枝没大听清："什么？"

女孩子会不会因为害怕被拒绝而装作什么都不知道？梁沉的视线第一次落进晏枝眼睛里，一般遇到这种事情他通常都是冷处理。晏枝不一样，她表面大大咧咧，咆哮怒吼，实则内心敏感又脆弱。

"你的梦想是什么？"梁沉打开搭在天台的树灯，橙黄的光线笼罩了他们。

晏枝不明白他的问题为什么这么跳跃，但还是认真回答："不知道。"

对每年拥有三四个梦想的晏枝而言，她的梦想是短暂且神经质的，所以到现在，她没有一个正儿八经的梦想。于是她反问他："那你呢？你的梦想是什么？"

梁沉淡声道："我喜欢飞机和航母模型，它们渺小又伟大。"

晏枝瞬间反应过来："所以你的梦想是当飞行员？"

梁沉摇头，他从来没有哪一刻像现在这样认真："我想为祖国的航母事业添砖加瓦。"

晏枝终于想明白他的房间为什么有那么多的飞机航母模型。

她低下头，边揉贵妃的毛边想，梁沉的梦想很远大，那自己呢？自己的梦想是什么？自己所热爱的东西是什么？

晏枝还没想明白，梁沉的头侧过来，语调平淡许多："晏枝，恋爱是我三十岁以后才会考虑的事情。"

有一瞬间，晏枝以为梁沉的这句话是专门对她说的，不过她会习惯性否定自己的想法，以及这样认为：眼前这个人只是在认真地告诉我未来的规划，他是一个有远大志向的人，而自己，对比之下才开始思考自己的梦想。

晏枝发现贵妃被风吹得毛发乱飞，猫身微抖。她抱紧贵妃，如同抱紧同样傻傻的自己："梁沉，我认为你一定会成功的，你在我这儿是这个。"

晏枝竖起大拇指，梁沉端起汽水和她的大拇指碰了碰，同时想：她一点也不伤心。

"咳咳！"身后传来两声矫揉造作的咳嗽，假得要死。

晏枝迅速回头，看见何合格和周小敦站在他们背后不远处，进也不是，退也不是。天啊，晏枝差点忘了，她在饭后叫了何合格和周小敦来天台打牌，不过四个人凑一桌麻将，好像也不错。

晏枝第一次上天台是初中那会儿，这里视野开阔，适合群体活动。来的次数多了，他们就在一面挡风墙的后面摆放了一张桌子，想玩什么都可以，累了还可以在桌子后面支起的帐篷里睡觉，于是她问梁沉要不要跟他们一起玩。

梁沉本打算拒绝，可他在晏枝还有她的两个小伙伴一副我好崇拜你、你别走的眼神中，本能地留下。每人"割据一方，占山为王"。

周小敦瞅着对面，这样铺垫对话："我亲戚家那个大学生回来了，一本呢，我妈让她教我高一的数学，我连零食都给她准备好了，结果她拿起题目看了足足十分钟，当着我的面默默拿手机拍照搜题。"

何合格："听说有的大学生在上大学后智商会严重倒退。"

周小敦点头附和，看向梁沉，有种莫名的尿："班长，我要是有不会的题，能找你请教吗？"

梁沉说行，还亲自加了周小敦的联系方式。周小敦受宠若惊，像加到偶像，豆豆眼又眯成一条缝。何合格也主动把码放到梁沉面前，期盼这位冷人儿加她。

一顿试探下来，两位闹腾的人确认新朋友只是外表清冷，内里礼貌又绅士。晏枝在搓麻将，搓完还贴心地问了梁沉一句："你会吗？"

这话问得多少有点晚，梁沉好脾气："嗯。"

于是晏枝兴冲冲地扔出去一圈麻将，她对自己的麻将技术很有信心，以前跟何合格还有周小敦打麻将，她永远都是运气爆棚的那一个。

周小敦："老大，手下留情。"

晏枝哼笑一声。

何合格打麻将时喜欢讲故事，而且最喜欢讲职高里的爱恨情仇，她扔下一个筒子牌，气势十足："有位比我高一届的傻……那位妹妹被男朋友骗了。"

何合格及时刹住她那张嘴，晏枝瞅一眼梁沉，他不动如山，明显是听见了也当没听见。刚熟悉的人，不管在梁沉面前多造作，只要别作到他头上，他都能很礼貌，晏枝已经深知他的品性。

对面周小敦默默和了，晏枝接下何合格的话："大东也跟我提过，他叫我以后交男朋友千万要擦亮眼睛。"

其实大东还说了一句话，以后交男朋友就照着梁沉那样的找，她不好意思说出来。

晏枝又瞟一眼梁沉，他说他三十岁后才考虑恋爱的事，她却想高中一毕业就谈恋爱，所以，梁沉和她估计上大学后就会分道扬镳。

想远了，晏枝变得有些伤感，没来得及掉眼泪，在她扔下一张牌后，刚好给梁沉凑了个整，和了。他似乎猜到晏枝会打这张牌，脸上写着四个冷漠的大字"了然于心"，她的伤感立马变味。

接下来，在梁沉的第 N 次和牌之下，他给他们上了一课，告诉他们打麻将不是纯娱乐，其实也靠脑子。

"标准麻将牌包含筒、条、万、风、箭五套花色，而每种牌有四张是相同的，对不对？"梁沉捏一枚麻将在手里，声线清冷，身体后仰靠在椅背上跟他们说话。

何合格和周小敦频频点头，上课听讲都没这么认真。

"14 张牌可以凑成'23333'的排列组合，成为和牌。"梁沉继续，看了歪着头的晏枝一眼，随即很快挪开目光。

"我们用数学语言来定义每种牌型，c 代表花色，n 代表具体数字，组合起来就是（c，n），现在我们分别用 0、1、2 代表条、万、筒，那（1，5）代表的是什么？"

梁沉的目光落在呆滞的三人身上，他极有耐心地等了等。

晏枝低下头狂眨眼，心想，我怎么知道，就你那个讲话速度，我还在消化题目呢。何合格也心虚地低头，别看我，我是学渣。只有周小敦在认真想，梁沉静静等他想完，听他说出答案："五万？"

梁沉点头，这就是个简单的数列，他不懂他们为什么能想这么久："我们能凑成 14 个（c，n）的数列集合，这个集合代表麻将完整的牌面。"

"班长，算这个有什么用啊？"周小敦弱弱打断。

梁沉耐心地解释："你可以算出和牌的条件。"

周小敦："……"

何合格："……"

晏枝："……"

你的牌与我的牌好像不一样呢。

梁沉以为是自己没说明白，就给他们举例子："如果你的牌面是简单的清一色，5 个对子外加一个杠，那你的缺牌数是 3。如果你的牌是多花色，就让它任意组合，缺牌数就是 6，但……"他缓息片刻道，"要置换 6 张牌才能和，只能说明你运气有点差，它是最烂的牌。"

夜风徐徐，梁沉平静陈述，他将手中那张牌丢在桌上，抬头看向三人："听懂了吗？"

寂静，除了寂静还是寂静。他们没见过这样的人，打麻将算概率、讲策略！

输不起的晏枝扔牌，她感受到梁沉是真的认真在教他们，但他们也认真表示，听不懂，完全听不懂。她轻轻抠脸蛋，开口打破寂静的局面："算懂了吧。"

其实她听了像没听一样。周小敦和何合格纷纷躲避梁沉的眼神：不好意思，学生太蠢。

梁沉好似从他们的眼神中明白了什么，他的手搭在桌角边缘，匀称的手指点在打出去的牌上："通过已经打出去的废牌，算你需要的牌在对方手上的概率，这个总会吧？"

沉默，依旧是无边的沉默。

梁沉深呼一口气，捏着一张牌在手心转，好像也不知道该怎么教这群笨学生了。

"来，消消气，消消气。"晏枝识相地拿过他的汽水递给他，小眼睛猛眨，意思是咱们还是快点结束这个游戏吧。

梁沉伸手接过，手指无意碰到晏枝的手背，敛眉退让。

又玩了一会儿，何合格和周小敦先行回家，凄冷寒风中，就剩下梁沉和晏枝。

"说实话，我觉得你今天很厉害。"晏枝趴在桌子边缘，侧头看梁沉玩手机，她现在竟认为他这样的人肯定不会娱乐。为了验证这个想法，晏枝突然起身凑过去。

"你在看什么？"

细碎的头发垂落几根擦过梁沉鼻间，携带着风的气息。梁沉眼睛忽动，身体无声地后移，他脑海蓦地浮现她送给他的那首诗——

投我以木桃。

报之以琼瑶。

匪报也，

永以为好也。

古人最是会比拟。
晏枝作怪般帮梁沉玩连连看,梁沉几次欲开口,最后什么都没说。

第六章

/ 晏枝，我好像，很关注你 /

芜城的冬季来得大张旗鼓，气温骤降，除了天气预报给提示，大家都在议论今年的秋季比往年更短。晏枝给自己加上一条毛茸茸的围巾，也嘱咐大东记得防寒添衣。大东近两年来腰越来越不好，每到冬季，他的膝盖就会疼，老毛病了。

"再去加条裤子。"大东看到晏枝只穿了一条裤子，不由得皱眉。

晏枝瑟缩身体，不听，从他身后溜出去。

"大东，我晚上回来。"晏枝像个留后话的剑客。

芜城的冬季别有一番风韵，城市街道的树全部光秃秃，还有阿姨炒年糕的味道老远就能闻到。晏枝骑上自己的"粉红猪"，专从小路走。城市道路四通八达，她喜欢这样形容：往往都能绝处逢生。这不，她以为自己走到死角，转头，一条狭窄的小路出现在她眼前，仅供一人出入。

晏枝扛起自行车通过小路，偏巧，同样扛着自行车准备经过的陆独傲神情错愕地停在原地。

"你怎么在这儿？"晏枝在风中凌乱了好一会儿，手酸地放下自行车。

陆独傲也把自行车放下，他拍拍沾了黑东西的手，眼睛往地上瞥："巧合吧。"

晏枝没多想，她人已经从小路出来，跟他打完招呼就打算离开：

"芜城来了明星，我去凑凑热闹，先走了，同桌。"

陆独傲没看她，腿跨在自行车上懒懒地坐着，"嗯"了一声当作回答。晏枝骑车离开，等她走后片刻，陆独傲迅速捋起卫衣袖子，两手稳稳抬起自行车穿过小路。

这条小路见证过很多历史，就晏枝知道的，有打架、骂街、狗拿耗子多管闲事……晏枝骑车折返，停在小路出口，双手环胸。以她对陆独傲的了解，他刚才的反应明显不对劲，而她又是一个很爱凑热闹的人，所以她得去看看陆独傲在干什么。

扛着自行车折返回去，晏枝并没有看到陆独傲。这儿延伸出两条路，另外一条路也很窄，但曲径通幽处，最是精彩，尽头隐隐传来吵闹声，晏枝把自行车停在原地，人走进去。

"要打就打，哪那么多废话！敢打我的兄弟，以为我这身腱子肉白长的！我今天不打死你，名字倒过来写。"

"我呸，你兄弟自己凑过来找打，关我们老大什么事！"

"我呸！我兄弟那么弱小一个人，他看见蟑螂都躲！"

"……"

听起来很精彩，晏枝拿出口袋里大东给的枣往嘴里扔，脚在地上有一下没一下地点着，自动脑补了一场大戏，可为什么没有陆独傲的声音？她正疑惑时，一个轻佻还有些嚣张的声音响起："还打不打了？"

这是陆独傲的声音，晏枝提起精神。

手机在这时响动，晏枝立马捂住手机关静音。

梁沉：什么意思？

消息还配有一张图，图里是贵妃。晏枝从墙壁后微微探出头，见双方压根没注意到她，转过身回梁沉消息：没人陪贵妃玩，我怕它孤单。

梁沉的消息很快过来：你呢？

晏枝：在外面。

梁沉：好。

放下手机，他看着媚眼如丝的贵妃，跟它对视三秒，最后双双转头。这到底是谁家的猫，怎么三番五次地往他这儿扔。

晏枝没管这么多，她认为自己和梁沉现在是铁兄弟，刚好到可以给她照顾猫的程度。

发消息间，两边已经打起来。两方势头都很足，打法很不要命，每拳都是实打实的。晏枝蹲在墙角等他们打完，也不嫌无聊。不过她万万没想到，战斗结束速度非常之快。她听到求饶的声音，想一探究竟，刚站起半个身子就被人堵住。

"好看吗？"陆独傲堵在她面前，似笑非笑。

晏枝往后退两步，心虚："挺好看，我是说你长得挺好看。"

陆独傲不吃这一套："这事我自己知道。"

晏枝：要不要脸？

"那我先走了？"晏枝两只手指做出装作走路的动作从他面前划过，转头就准备溜，刚走没两步，被他拉回来。

陆独傲拽住她围巾："走？走哪儿去？看完就走是个什么道理？

"免费观看好莱坞大片式打斗现场，买票了吗？

"噢，白看啊？

"不厚道吧？

陆独傲N连问成功地让晏枝回头，她轻咳两声："碰巧路过。"

陆独傲："继续。"

晏枝："你放心，我不会告诉老刘的。"

陆独傲："呵。"

晏枝："还有，你能不能放开我？"

陆独傲的视线停在她脸上，手指摩挲围巾的布料，两秒后放开："下回别让我看见你。"

他人往前走，晏枝边松围巾边跟上他："可是你在打架耶，这很酷。"

陆独傲又停下，看着晏枝，散漫的神情变得格外严肃。

班里人都发现，晏枝跟陆独傲最近走得有点近。两人是同桌，走得近也没什么，关键是他们放学后都是一起走的。梁沉第二次被晏枝告知她今天有事，不能跟他一起回家，然后跟陆独傲堂而皇之地离开教室。

周小敦凑过来："班长，你别难过，即使你没了晏枝这个朋友，即使她有了新朋友，你依然有我陪着，我是你坚强的后盾。"

梁沉低头收拾东西，侧头深深看他一眼，那一眼大概意思就是"你姑且没病吧"，但梁沉是个文明人，才不会说出来。

周小敦还在继续："班长，既然老大不要你了，那你跟我一起回家吧，我会罩着你的。"

梁沉把包提到肩上，人没走，倚在桌边静静思考一会儿，抬眼问他："你们认为她把我抛弃了？"

周小敦的语气天经地义："不是吗？"

梁沉垂眸，几秒后再次抬眼："不是。"

他那天跟晏枝说得很清楚，他们是朋友，朋友不是把另一个人锁在对方身边，而晏枝想要结识谁，他应该保持中立的态度。

不过，女生变心都很快吗？梁沉并没有表露出自己的想法，他从课桌边离开，语气相当自然："有人找我，你先回去。"

周小敦睁大豆豆眼，果然看见一个大美女停在教室门口。他再定睛一看，这人谁呀？噢，齐桑啊。他虎躯一震，这下好了，双双"叛变"了。

周小敦拿出手机给晏枝发消息：老大，你还记得大明湖畔的梁雨荷吗？

发完消息，周小敦心累地叹了一口气，他希望老大别太顾此失彼，不然就会失去梁沉这个好朋友。

晏枝没看见，她和陆独傲各骑一辆自行车穿梭在大街小巷，一前一后，稀碎的深冬光芒投射到他们身上，像故事落幕的尾声。

"叔，我这么说吧，你不买，还有别的买家要，咱别讨价还价，我也挣不了几个钱，没劲。"陆独傲收起手上的摩托车零件，转身就要走。

"小兄弟等等！买！我有说我不买吗？"男人急急忙忙地掏钱，边掏边数落，"我说你们现在这些小年轻啊，对大人怎么这么没耐心，不就是多问几句吗？"

"你说得对。"陆独傲脸色臭得很。

"怎么，耽误你们的时间了？"男人看了看安静待在一边的晏枝，很懂地笑了笑。

　　这回陆独傲没说话，他麻利地收了钱，转身跨坐上自行车，脚猛地一踢踏板，朝目瞪口呆的晏枝抬下巴："同桌，走不走啊？"

　　晏枝反应过来："你为什么不解释？我的声誉很重要。"

　　陆独傲蹬上自行车扬长而去："烦！"

　　晏枝在背后呸他："'渣男'。"

　　陆独傲："'贱女'。"

　　晏枝决定不跟他计较，她侧过头，目光定在一堵黑漆漆的墙上，那里有几个大字"向新时代进发"，后面还跟着大大的感叹号，强调大大的希望。

　　这里的小区老旧破败，设备像 20 世纪的，阳光都投射不进来几丝光线。

　　陆独傲说，这是被芜城遗弃的地方，他住在这里。

　　"喂，你的脚是冻住了吗？"微微透进光亮的小路，陆独傲回头看晏枝。

　　晏枝："你别说话！"

　　那天打架她告诉他，打架很酷耶，陆独傲立马变了脸色。后来晏枝才知道，陆独傲是从小打到大的，为了赚取生活费，他几乎什么事都干，像上门修摩托车、卖零件这种事，俨然已成为常态。

　　陆独傲说："晏枝，你可别可怜我，我很烦你们这种眼神，搞得我像活不下去一样。"

　　晏枝请他吃了一碗最便宜的面："我比较可怜我自己。"

　　两人互瞪一眼，然后齐齐忍不住笑了。

　　生活真的是不完美，晏枝唏嘘大东没对象，自己没妈妈，偶尔还感叹梁沉是怎么活成大人口中别人家的孩子。但现在看到陆独傲的遭遇，她收敛起自己的心思，因为人比人，上限无限，下限其实也无限，陆独傲自强不息，比她见过的任何人活得都坚强。

　　吃完面，两人各回各家，各找各妈。夜色静悄悄，晏枝收拢围巾，对站在白炽灯光下的陆独傲说："总之，我还是很敬佩你。"

　　陆独傲冷笑两声："那我谢谢你？"

　　晏枝："那还是算了。"

两人同时转身，一个神情散漫脸色张扬，一个傻乎乎尾巴翘老高，又一同停下。

哦吼，梁沉怎么在这儿？晏枝看向不远处的梁沉，他也在看她。梁沉身边，是齐桑。

在这儿碰见梁沉，是晏枝万万没想到的，对面两人正往这边走，她考虑要不要打个招呼。

齐桑是个冷艳大美女，长腿细腰，主动跟晏枝说话："你好，晏枝，我叫齐桑。"

这是很符合她个性的打招呼方式。晏枝把手从温暖的棉袄里伸出来，跟她的手握了握："我叫晏枝。"

其实两人心里都对对方有底，但齐桑这样，晏枝就只好配合着她。

陆独傲却要挑事："班长，你跟二班班长走得挺近啊。"

陆独傲故意揶揄，不知道存的什么心思。此话一出，急得晏枝悄悄用胳膊肘撞他，却不想这一动作被梁沉注意到。梁沉知道她习惯做这个动作，且不论对象是男是女。梁沉垂落眉目，平淡无波。

"我请梁沉参加下周六我的生日宴会。"齐桑开口解释。

说罢，她转头看向晏枝："晏枝，你想来吗？"

晏枝知道齐桑是好意邀请，但这个话问得她不知道该怎么回。陆独傲则站在旁边不吱声，女生之间的一来一回，很像打太极，看似气若游丝，实则刀刀致命。

晏枝发现有个人的目光一直落在她身上，她回看过去，梁沉刚好收回视线。他要去？那她还是不去好了，她跟齐桑又不熟。

"我那天有事。"晏枝低头。她说谎时眼神会闪烁，所以为避免人看出来，故意低着头说话。

齐桑没纠结："好。"

这个好，真跟梁沉有点像。晏枝吸了吸鼻子，有点冷，她想走，可有人不让她走。陆独傲把手搭在晏枝的肩上："都碰上了，一起吃个饭？"

晏枝缩起身体，推开他的手，顺便问一句："我不是请你吃了吗？"

陆独傲还笑着瞟了梁沉一眼："啊对，我给忘了。"

"那就一起逛逛吧。"这时梁沉开口，率先往前走，他的语气像谁给他灌了三杯北冰洋的水。

不应该，晏枝暗自摇头。动怒是感性之母，但他是理性的。

这条街没什么好逛的，四人排成一排挤在一起，表情各异。晏枝和齐桑在最里边，两个男生在最外面，像一个保护层，男生保护女生。

这里的夜市很热闹，两侧都是油烟沸腾的小吃摊，种类却大都相同。奇怪的是没几个老板招揽顾客，他们反而喜欢用眼神留住人，从上到下的那种。

"元旦晚会要来了，你们有表演节目的想法吗？"

晏枝深觉气氛过于尴尬，主动寻找话题，再过一两周就是元旦，一中作为芜城德智体美劳全面发展的学校，自然会给学生展示的机会。

陆独傲很快接了她的话："表演四肢僵硬？"

晏枝认为这个笑话甚冷，又去看另外两位从始至终没出声的人。

梁沉神态轻松："没想法。"

齐桑："学生应以学业为重。"

说罢，这场短暂的四人行被她画上句号。齐桑转头面向梁沉："我家有门禁，得先走了。"

晏枝瞅了眼手表，谁家门禁是晚上八点？

世界之大，无奇不有。

陆独傲耸动肩膀，也没有继续逛下去的心思："走了。"

他不喜欢强行熟络的感觉，天生讨厌这种场合，他提出吃饭只是想气气某人。

两人接连离开，街口就只剩下晏枝和梁沉。寒冷的冬天，室外吹口白气都能看见，晏枝踩踩冰冷的脚，仰头望向只留给她一个侧脸的梁沉，他大概有一点点生气。

晏枝不会拐弯抹角，直接问出来："梁沉，你今晚是不是心情不好？"

晏枝很多时候喊梁沉"班长"，偶尔喊他名字，令他有些不适应。

路灯闪亮，梁沉的头发被金黄的光一点点穿透，显得柔和而清冷。他挑了下眉，睫毛细密可见，语气并不冷："嗯，他们说你抛弃了我。"

说是抛弃，梁沉脸上却没有一点被抛弃的表情。他能感受到自己今晚有点不对劲，可他无法弄清这股不对劲来自哪里。

"假的。"看到晏枝惊讶的表情，梁沉改口，平和的脸上出现松动。

晏枝小心翼翼地拿拳头捶他的胳膊，算是示好。

这事，也就她能干出来了。梁沉瞥一眼"纸老虎"，莫名笑了，仅一瞬又恢复高不可攀的模样。

"走吧。"他迈开长腿往前走，心里那点莫名其妙散掉了，嘴角不自觉往上扬了扬。

越到冬天越不想离开被窝，晏枝花了十成力气都没能顺利起床，最后被大东拿碗和筷子在耳边敲。

"枝枝，起床啦！"

深冬的树枝上连个鸟影都没有，小区很安静。清晨六点，天还没亮，雾蒙蒙的，像进入废墟世界。晏枝在电梯碰见梁沉，准确来说，是梁沉在等她。两人很默契，一人交换面包，一人交换鸡蛋，中途没有一句对话，直到某人"呀"了一声。

晏枝举起手中的纸袋，很惊讶："今天的鸡蛋是剥了壳的！"

"太神奇了！"晏枝的瞌睡直接醒了一半，抬头夸赞，"梁沉，你是我见过的最体贴的人。"

梁沉轻"嗯"一声，整个身体放松下来，之后什么都没说。

他们来到教室，早读的课堂透出一种疲软和无力状，大家穿着厚棉袄，把手缩进口袋，只有翻页的时候才拿出来。陆独傲最头疼英语，蒙头直接睡觉。

灰蒙蒙的天依旧阴郁，晏枝低头捂嘴吃面包。教室前门来了一个人，冬天还能穿这么好看的，二班班长齐桑算一个。她裹着白色围巾，正往十二班教室里面望，两只细白的手露在外面。

有人看到齐桑，便转身喊梁沉的名字，声音还很大，吵醒了陆独傲。陆独傲不爽地蹬腿，头却没抬起来，继续睡他的。

晏枝听见原本背书的女生在议论，无非还是重复那几句，晏枝默默听着，也开始八卦起来。

其实梁沉对齐桑挺特别的，至少除了她，齐桑是第二个和他走得近的女生，而且他不排斥。晏枝被班里女生洗脑，也开始认为梁沉对齐桑另眼相看。她往外看，刚好看到齐桑在对梁沉笑，很少女的那种笑。

梁沉刚好抬起手，似乎要对齐桑做什么。晏枝下意识地低头，一眼都没多看。

早读就是他们的背书时间，漫长而困顿，途中老刘过来一趟，让梁沉坐到讲桌前盯着他们背书，反正班长是块砖，哪里需要往哪里搬。

晏枝好心提醒陆独傲，拿一支笔敲他桌面："再不起来就等着被记名字。"

陆独傲微微抬眼，搭在课桌上的手直接攥住她的笔，嗓音嘶哑："别闹。"

晏枝急忙撒手，浑身鸡皮疙瘩掉一地。她恶狠狠地瞪他，看到他得逞的笑容后，才明白过来自己中计了，过分！下回不打算喊他。

陆独傲则舒服地伸懒腰，他的胳膊伸展开，顺势搭在晏枝的椅子上，挑衅地看向坐在讲桌上的人。

晏枝浑然不觉，相反还主动跟陆独傲说话："会背了没？"

陆独傲盯着台上的人回她："不会。"

教室内背书的声音时大时小，而窗外的第一缕阳光正透过云层洒下，梁沉翻过一页书，余光中全是他们靠近的身影。

今晚放学晏枝还是跟陆独傲一起走的，周小敦都为梁沉不值："班长，我总觉得你一腔深情错付了。"

梁沉并不想自己陷入奇怪的情绪之中，他问："周小敦，晏枝没有跟你一起回家，你会认为她错付了吗？"

周小敦："这什么问题？不会啊。"

梁沉试图纠正他的想法："那我也不会，懂了吗？"

"可是……可是你们不一样啊。"

"有什么不一样？"

"说不出来。"周小敦挠头。他就是觉得老大和梁沉之间有一种天然磁场,具体的他描述不出来,但这种磁场就像动画片中的虹猫蓝兔不可分割一样?

睿智的梁沉遇事都会深究,追寻本质,在晏枝的这件事上,他头一回烦躁。恰好此时有人来找他,他往外瞥见齐桑等在门口,他拿包出去,把异样情绪扔在身后。

周小敦默默掏出手机:老大,古有双剑合璧,今有二猪合璧。

两人的聊天界面还停留在上次晏枝回他的消息:这你就不懂了吧,我是给梁沉和齐桑创造单独相处的机会。

周小敦摇摇头,有种众人皆醉我独醒的感触。

晏枝依旧没看见周小敦发的消息,她正在跟陆独傲堵一帮子人。起先陆独傲压根不想搭理她,女孩子去凑什么热闹,赶着挨拳头是吗?直到晏枝在他面前耍了一套他压根看不懂的武术,他承认,别人挨拳头的概率比较大。

他们选的地点靠近晏枝和梁沉放学回家的路上,在一个小树林里,晏枝背靠一棵光秃秃的树,站起身拉伸腿和胳膊……心理活动预设到了一半,她被陆独傲狠狠拽下去。

"你在干什么?"陆独傲问。

晏枝:"拉伸啊。"

"拉啥啊!"陆独傲差点暴躁,"低调点,你想待会儿因为他们看你不爽这个原因被群殴吗?"

晏枝往右边看,果然,有些人虎视眈眈地盯着她,她将身体缩成一团,老实了。

天冷,而晏枝这边的人手又多了一位。新来的长得高,蹲在她身边状似不经意地问:"哎,你一个女的怎么也来掺和?"

晏枝:"你瞧不起女的啊!"

"没。"新来的看她一眼,片刻后又莫名顿住,盯着她的脸仔仔细细地看。

"再看挖你眼睛。"晏枝瞪大眼睛装凶狠。

新来的眼神一暗。

谈话间,从树林外冲进一群人把他们拒制住,风风火火,夹杂着"不许动",以及爆粗口的对话,还没等他们反应过来,谁都跑不掉了。

晏枝傻眼,这身警服有些眼熟,正巧她旁边新来的那位,手撑着膝盖站起身,朝两方人马吹口哨:"都给我蹲好了啊,要是让我看见谁动一下,我就踹谁屁股!"

晏枝动了下屁股,不是挑衅,而是她看见还有两个人正在往这边走,一个是大东,一个是梁沉。

陆独傲也看见了,他的脸色变得难看起来:"谁举报的?"

晏枝也纳闷,纳闷之余更多的是惊慌——该怎么向大东解释这件事情,还有,梁沉怎么也在这儿?她看见梁沉透过几棵树定定地看向她,目光清澈,然后迈步朝她走来。

警察局迎来史上最独特的欢迎仪式。所有在小树林打架的人抱头蹲在警局大厅两边,没有指示不准把手放下来。

晏枝觉得屈辱,把头低得死死的,尤其是这里还有一堆她认识的人。

叔叔一:"晏枝?犯啥事了?"

叔叔二:"大东说了不准搞特殊化,蹲会儿,等我们把手头的事解决了就来教育你们。"

就连前台新来的警察小哥哥都笑她。晏枝快把头低进泥土里,偏偏旁边的陆独傲还在问她:"他们怎么都认识你?"

晏枝满口胡诌:"军民一家亲。"

好一个军民一家亲,梁沉跟晏东来到大厅,就听到这个回答。晏东暂时没管他们,拍了拍梁沉的肩膀:"孩子,辛苦你了,先回去吧。"

梁沉的目光落在晏枝身上一瞬:"叔叔,我留下来。"

既然梁沉说留下来,晏东也不好多说什么。他径直往里走,作为一名警察的风范立马出来:"左边第一个,进来!"

这是准备一个个进行思想教育,晏枝的心理活动更加复杂,她扭头看向门外,两只脚闲不住开始左右动。

梁沉转身进休息室,却被一个声音叫住。

"是不是你举报的我们？"陆独傲盯着梁沉的背影。

晏枝也是一惊。

前台摆放了一盆绿植，梁沉看到绿植的脉络，像极了人的生长轨道。他没有回答陆独傲，也可能是不太在意，直接关了休息室的门。

"萝卜蹲"里有一个"萝卜"忍不住爆一句粗口："真拽！"

问话进行得很快，这里面有很多人不是第一次进警局，回答警察叔叔的话异常熟稔。到晏枝时，接待她的人并不是大东。晏枝垂下眼，小嘴再也扬不起来，不安分地揉自己的手。完了，大东真生气了。

接待她的是在小树林跟她搭话那位，剪着寸头，干练的语气和做派："晏枝？"

"嗯。"晏枝情绪不高。

看到她这个样，他的语气带上安抚："别紧张，能把你参与这场打架的原因告诉我吗？"

问话结束，晏枝被警察带出来，他摸摸她的头，临走还在安慰："好了，你可以回家了。"

晏枝直直瞅着等在门外的晏东。穿着一身警服的晏东，严肃的面庞软下来，手抬在空中停留片刻，最后落在她背上："路上注意安全。"

晏枝乖乖点头，半天没响动的梁沉从休息室出来，说了两个字："没哭？"

要是换作平常，晏枝肯定会瞪他，但现在她死死抿住嘴，一副"你再多说一句，我可真就破防了"的模样。

这时陆独傲被晏东叫进谈话间，他是最后一个，经过晏枝身边时侧头问她："这是你爸？"

晏枝眨眼，轻轻"嗯"一声。

"走了。"看到他俩的互动，梁沉接过晏枝怀里的书包拿在手上，推开警局的大门。

近八点的深冬夜晚，警局门外一片清冷，风从四面八方吹过来，挑起前额松软的头发。梁沉眯眼，好一会儿才适应料峭寒风。峥嵘季节里，人的情绪容易被放大。

这一条路要拐过三个弯才能到家，梁沉陪在不说话的晏枝身边，感受第一场初雪静静降落。路灯经久不修，发出微弱的光芒，一闪一闪提醒路人尽早回家。

梁沉在灯下停住脚步，听到身旁渐渐传来微弱的哭声。他放在口袋里的手往外抽，他面对晏枝，正要有所动作的手又缩回去，掌心攥成拳。

"叔叔不会怪你。"

"可是他会对我失望。"晏枝抹眼泪。她是一个人民警察的女儿，跟别人打架打进大东任职的警局里，让全警局的人都在看他的笑话。

"他一定对我失望了。"晏枝根本听不进去梁沉在说什么，"他肯定觉得我给他丢脸了。"

雪势温柔，梁沉终于把手拿出来，他将双手覆在晏枝腰上，托起她放在后面的石台上。这样他能和她更好地说话，毕竟她低着头完全沉浸在自责中，真的无法有效沟通。

晏枝被梁沉的动作弄蒙，也不哭了，就这么坐在台上静静看着他。

"你现在安静下来，听我说。"梁沉重新将双手置于口袋，嗓音似冬雪般治愈，"为什么怕让他失望？"

晏枝收拢裸露在外的手，思绪跟着他走："因为我给他惹事了。"

"为什么要惹事？"他想拨开她的思路。

"我想给他买加热护膝套。"晏枝脸上还挂着未干的泪，白里透红，"大东一到冬天膝盖就非常疼，可他又不跟我说，还骗我没事，没事能大晚上找护膝套吗？我让他买加热款的，他骗我说买了买了，结果没买，今年冬天他的腿又开始疼，腿上啥东西都没有！"

晏枝挺激动，吸了一下鼻涕继续："然后我就想我给他买，每周省点零花钱出来。"

"正巧赶上陆独傲替别人消事赚钱，我从小跟大东学武，能不伤害到自己又可以赚钱。"晏枝说完才敢抬眼看梁沉，"然后就是你们看到的那样。"

梁沉也没想到事实是这样。他稍稍靠近一步，想到周小敦说的抛弃、陆独傲的挑衅，他承认，他在意，很在意。

我们总是会被其他人的想法影响，从而忘了自己该作何选择。

梁沉为自己冒头的偏见道歉，并安慰她："晏枝，我一直能感受到，你是你爸的骄傲。"

晏枝不明所以："那是你。"

梁沉轻笑一声，他的笑似春风拂面，也有酒后的丝绒醇香。

"既然事出有因，就跟叔叔好好说，他肯定会明白的。"梁沉走到她旁边靠着，坦诚内心，"我认识的晏枝不是个胆小鬼，她很真诚，是个值得夸赞的女生。"

晏枝被夸得面容羞红，同时又纠结："那他为什么不审问我？"

这个问题梁沉只能以他个人视角给她解答："他可能不知道该怎么面对你。或许，他也在自责，自责不是个称职的父亲，自责对你疏于管理，但这些都是出于他爱你，因为爱，所以格外小心翼翼。"

像大东这样的父亲，会把所有错责揽在自己身上，他们不会怪罪子女，因为子女是宝贝。

过了半响，晏枝沉沉"嗯"一声，原来大东是这样想的啊。

她是个情绪来得很快同时又去得很快的人，擦干眼泪，她跷了跷悬空的双腿，抬头看向从天空飘来的雪花。

"我一直期待第一场雪，现在它终于来了。"

梁沉换了条腿撑地，配合她问："需要拍照吗？"

"还是不要了。"哭过的她不大好看，但……

"你站过来。"晏枝拉扯梁沉的袖子，让他站到她对面，其实她几乎没用力，梁沉自己被她牵引过来。

"你想做什么？"梁沉微垂眼问她。

头顶的灯光失调，晏枝神秘兮兮地笑。她觉得此刻的梁沉有种近乎光辉伟大的气质，冷欲的眉眼恰逢一枝春。她不说话，只是屁股往前挪，然后，双手一点点环住他，头紧紧挨在他的胸膛，胳膊收紧。做完这一切，狡黠女孩偷偷笑了。

"梁沉，谢谢你。"

梁沉瞬间僵住，女孩子小心翼翼、柔软又霸道的拥抱，汲取他身上的力量，也给他强大的俯冲力。夜灯在嘲笑他，梁沉微抿嘴唇，双眼悄然垂落，听心脏角落里传来的温暖回声。

回到家，雪势蔓延整个小区，晏枝推开房间窗户，如团状的雪花簌簌落下，美丽至极。

房间外传来钥匙丢到茶几的声音，大东回来了。他在屋外徘徊几圈，最后站在晏枝房门口，假装清嗓子："枝枝啊，睡了吗？"

晏枝放下贵妃，捏着鼻子回："还没。"

"那给爸爸开一下门？"

晏枝想到梁沉说的话，她打开门，小心翼翼地探出头，一边揉眼睛一边问："怎么了？"

装得还挺像。晏东懒得戳穿她，从口袋掏出一百块钱放她手里："拿着，不是要给我买护膝套吗？你看这些够不够？"

晏枝直接演不下去了："你知道了？"

晏东叹息一声，送陆独傲回家的路上，他问陆独傲："她在学校过得怎么样？"

陆独傲说："晏叔，你放心，没有别人欺负她的份。"

这一点晏东知晓。他那个女儿啊，从小打打闹闹惯了，脾气时好时坏，但永远不会让自己吃亏。今天的事他才不怪她，青春叛逆期嘛，谁还没有过了？但他难过啊，别人家的女孩，养得多好啊，什么金枝玉叶，什么嘴里含着怕化了的宝贝。他倒好，把女儿养成一个假小子性格，枝枝的奶奶要是还在世，一准要骂他。

晏东叹气，内心无比惆怅。他送陆独傲到家时，陆独傲忽然转头："晏叔，她没学坏，她是为了给你买护膝套才打架的。"

晏东转身间微愣，半晌才点头："嗯，叔叔知道了。"

……

"知道我女儿体贴她老爸。"晏东靠在晏枝房间的门框上，心想这么多年过去，她从小小一个长到了一米六多。

"警局那一群单身汉还羡慕我有个懂事的女儿呢。"

"真的？"晏枝可不信。

"爸什么时候骗过你！"晏东佯装凶样，接着问，"打算网上购物还是线下看啊？"

晏枝摸着红票票，仰头笑："不告诉你。"

长大了，晏东也笑，叮嘱她几句后回房休息。

晏枝跳上床，立马给梁沉发消息：事情解决了！

梁沉回得很快：那就好。

他放下手机，旁边是被拆开的千纸鹤。过了片刻，他关掉台灯，清冷眸底坦坦荡荡。

晏枝，我好像，很关注你。

第七章
/ 梁沉的私人领域开放 /

趁着双休，晏东独自走访了一趟陆独傲的家。陆独傲的家在下城区一片狭窄的巷子里，家里只有他一个人，不像一个家，更像一个临时住所。晏东了解到陆独傲不愿意领取助学补助，用他自己的话说，没穷到那个地步。

陆独傲是个有血性的孩子，晏东原本想给陆独傲钱的想法被掐断，但他能带陆独傲去吃饭，也可以带陆独傲去买一身新衣服。这些，晏枝都不知道。

新的一周，大家都在讨论即将到来的元旦晚会，学校要求每个班级出一两个节目，当然，高三除外。周小敦从室外回来，手里还拿着一瓶水。

"老大，你看我最近有没有瘦？"

周小敦在被女神说胖后，毅然决然去操场散步，每天雷打不动，晏枝艰难地描述："有那么点变化。"

梁沉从前门进来往讲台走，他头发剪短了些，从侧面看更加利落，脖颈线条被修饰得很好。晏枝忍不住盯着梁沉的后脖多看两眼，谁承想被周小敦揶揄："老大，你像被美男迷倒了。"

晏枝默默扭头，又对上梁沉的目光。她莫名有种被抓包的感觉，正要低头，听见梁沉对她说："晏枝，帮我拿一下班务日志。"

"课桌里最上面一本。"他在讲台上翻阅什么东西。

晏枝慌里慌张地"哦"一声，站起身，反应过来又坐下去。课桌？确定是课桌？

此时，梁沉抬头看着她，一双眼意味深长。

晏枝犹犹豫豫地再次起身，想起之前自己翻他课桌而吵架的事，怎么几个月过去，允许她翻了？

走到梁沉的课桌前，晏枝还有些扬扬得意。

梁沉的同桌是个浓眉女生，看见晏枝过来，语气有些酸："他不准别人翻他课桌。"

晏枝一把掀开梁沉的课桌："我又不是别人。"

浓眉女生把书翻得哗啦响："……"

晏枝则将手探进梁沉的课桌，他的课桌看着真的非常整洁，比起她半个月才收拾一次的课桌好太多。她从右边抽出班务日志，走上讲台给梁沉。

"拿来了，有什么报酬吗？"晏枝嘴角咧开，闪亮双眼看着他。

梁沉接过班务日志，问："你想要什么？"

晏枝却有些魔怔，今天的梁沉怎么有点怪怪的？

教室后面忽地一阵哄闹，晏枝和梁沉一同往后看，陆独傲和他的一帮兄弟正拿着篮球走进来，有说有笑。瞥到晏枝，陆独傲的面色愉悦，看到梁沉，他的脸色又一下子晴转阴。

关公变脸都没他快，晏枝不太确定："他是不是有点讨厌你？"

梁沉："不止。"

打架被抓进警局，陆独傲认为是梁沉举报的他们，但晏枝不这么认为，她比陆独傲更了解梁沉一点。虽然这很像他会做的事，但在他出现的那一刻，晏枝就十分确定不是他举报的他们。

"你们要不要解除一下误会？"他们俩坐得近，而两人都是她的朋友，晏枝夹在中间很为难。

梁沉："打一架？"

晏枝扭头："可以，但不提倡。"

梁沉轻笑，不再多话。

回到自己的座位，晏枝开启个人世界，她想参加元旦晚会，但又不好意思说。

班里女生凑一起说得天花乱坠，什么吊威亚从上面下来，或者踩着滑板悠然而过。不怕想法异想天开，就怕想法最后只是想法。

课一节一节地结束，同学们一个个往上报，最终在放学后，晏枝站在梁沉面前扭扭捏捏。梁沉收起笔，靠在窗户边，平静地看她将自己扭成麻花。

教室里空无一人，梁沉想了想，还是选择一种最朴实无华的问话方式："想报节目？"

晏枝点头。

"想好做什么类型的节目吗？"

晏枝摇头。

"……找好伙伴了吗？"

晏枝眨眼："Solo。"

梁沉低头轻咳，他手掌抵在唇间，垂眼似乎在考虑什么。片刻后，他抬头："学过什么？"

"武术，二胡，还有古典舞。"

大东小时候给晏枝报的古典舞班，后来她从古典舞班离开后，虽然没有天天练，但在家无聊时还是会拿碟片出来照着练。

梁沉点头，没有说行还是不行，晏枝也没打算接着问，反正来他这儿报节目被打回的不止她一个。

晚上回到家，晏枝早把这件事抛在脑后。她从书包掏出给晏东买的加热护膝套，推开他的卧室悄悄将其放进去，希望大东今天能睡个好觉。

梁沉刚洗完澡，端着一杯牛奶来到电脑前，往搜索栏输入字：武术与古典结合的舞种？

一只猫轻盈地跳上来，凑在电脑前用脚踩了踩键盘，搜索栏上瞬间出现一堆乱码。梁沉仰头喝牛奶，对这个场面已经能做到不慌乱，他从容地将贵妃抱在怀里，指尖轻抚它的脑袋。晏枝的猫，在晏东回家后就往梁沉这里放，时间再长点，贵妃估计要重新认主。

梁沉删去那一行乱码字母，点击搜索。晏枝会武术，又会古典舞，这样她能同时兼具力量和柔和，找到适合她的舞种，或许能在元旦晚会上大放异彩。

门外有走动声，不一会儿，梁母靠在门边柔声询问："阿沉，睡了吗？"

"没睡。"梁沉顺手将桌上的千纸鹤放进抽屉里。

梁母进了房间，找张椅子坐下："阿沉，我们找个时间回北城一趟，你父亲想见你。"

梁沉放在鼠标上的手一顿，他没有表露出什么，只问："什么时候？"

梁母观察他的反应："这两周吧。"

梁沉："好。"

等母亲走后，梁沉轻轻将贵妃放在地上。他房间的角落放有猫屋和猫粮，要是晏枝看见，定要说一句这是贵妃的第二个家，还是免费的。

梁沉倒了点猫粮给贵妃，手机在这时弹出一条消息：阿沉，在芜城怎么样？

发信人：梁正山。

梁沉把手机放在桌上没有管，打开舞蹈视频看难易程度。

这周六算冬日里的好天气，晏枝在出门前收到梁沉的信息：来一趟我家。

原本准备出门逛街的晏枝停在门前：大东说没事别到处乱跑。

梁沉微挑眉，贵妃在他怀里乱蹭，不太像样。他腾出手打字，输入一半又停下，因为晏枝又发来两条消息：但你除外。

晏枝：我勉强可以过来。

两秒后，梁沉的耳边传来敲门声。他抱着贵妃去开门，走得有些急，到门口时又缓了脚步，扭转门把打开门。

晏枝在他开门的一瞬抬眼，跟进自家门一样熟门熟路，压根不需要他同意，从胳膊下迅速钻过，巡视一圈。发现梁母不在家，她更加放肆，小手一挥，学古人说话，调调又比古人搞笑："曰。"

曰？梁沉迈着步伐向她靠近，在距离她半米处停下，他有些想笑，因为她的古怪。

"喊我来什么事？"晏枝假装咳了咳。

"进来说。"梁沉走在前面，他穿着款式休闲的卫衣，背部薄得恰到好处，随即打开卧室的门。

跟在身后的晏枝嘴巴张成鸡蛋状，不是说，私人领域不可进入吗？

"我能进去？"怎么着，最近私人领域开放了？

话是这样说，晏枝的目光巡视他的卧室。顶上挂有飞机模型，或大或小，看着像闯入异世界。整个房间主调明朗，一眼望到底的整洁和舒服，窗帘随风而动，不知从哪儿飘来一阵清香，像温和的春日。

"进来吧。"梁沉将房门半敞，先在书桌旁坐下，贵妃顺势跳上电脑键盘。

连贵妃都能进，我为什么不能进？晏枝的关注点十分奇怪，心里甚至还有点气。她大摇大摆地走进来，看到梁沉旁边有摆放好的椅子，就直接坐下。

"说吧，什么事？"晏枝中气十足。

梁沉没读懂她莫名的情绪，他将电脑斜到她面前，正要开口，手机直接进来一个电话，但他还是把话说完才接的电话。

"还想参加元旦晚会吗？"梁沉虽接通电话，但他的眼睛定在她脸上，在等她的回答。

晏枝当然是想的，她点头。梁沉"嗯"一声，倾斜的身体转过去，这才理会电话里的人："什么事……恐怕去不成……可以。"

晏枝没听懂对话的内容到底有关什么，但梁沉接电话没有回避她，这点让她感到意外。

"我出去一趟。"

正当她走神之际，梁沉推开椅子往外走。他手里还捎带一个东西，是个精致的礼盒，晏枝陡然想起一件事——齐桑的生日宴。

梁沉走了，临走前让她等他。晏枝坐在电脑桌前，和贵妃眼对眼，心里都在说同一句话：他不会回来了。

转而晏枝又想，梁沉去参加齐桑的生日宴无可厚非，他去是正确的，可这不是她的真实想法，她现在只想打个电话给梁沉，并说：你要是在半个小时内回来，我就原谅你，毕竟被晾在这里，真的不好受。

晏枝的嘴角向下垂，摸摸贵妃的毛，试图跟它建立沟通桥梁："你爹地走了，真走了！

"虽然你爹地是去见喜欢的人吧，但是，放我们鸽子是不是不太好？

"反正不是放我们鸽子就是放她鸽子，既然我们已经沦落到承认自己是一只'鸽子'，怎么着也得做个有志气的'鸽子'吧！"

晏枝抱起贵妃，起身准备往门外走，房门半掩，她腾出一只手推门。

"嚯！"

门外，有个梁沉。

好吓人！晏枝后退一步，呆呆地愣在原地。

回来的梁沉深深地看她一眼，也不知道把话听了多少，但看这脸色，十有八九全听见了。晏枝已经完全说不出话来，相反他很淡定。

梁沉重新回到座位上，一张脸不显山露水，只微微偏头说了两个字："要走？"

"谁？"晏枝踩着步子过来，重新把贵妃放到电脑桌上，"谁说要走？"

梁沉没拆穿她，他如果拆穿她，她真的会窘迫和不好意思。

"那我们继续。"他将视线放回电脑，点开其中一个舞蹈视频，"我根据你的特长给你敲定了几个视频。"

视频画质一般，晏枝搬着椅子凑近，心里又是疑惑又是震惊。晏枝两只手搭在电脑桌上握在一起，悄悄抬眼，十分虔诚地看着梁沉。

梁沉整个人透出一股清冷感，虽然眉眼看冷欲，但若细看，其实很温柔，尤其当他认真地谈论一件事的时候。晏枝看见他眼睛闭了一下，接着那片唇也合上。

"晏枝，"梁沉垂下眼和她对望，眼里有零星的镇定，"选哪种？"

哪种？晏枝眨眨眼，视线默默从他脸上转移至电脑，落在红衣美人舞剑的手腕上，她的注意力瞬间被分走。

"我跳这个？"晏枝指着自己。

"嗯。"梁沉盯着她夸张的表情。

晏枝的表情一直是很丰富的，很多时候还会无意识撒娇，当然，暴躁也是其中的一部分。

"No！

"不可能！

"想都别想！"

晏枝坚定地拒绝。

梁沉也不意外："为什么？"

"我做不到。"晏枝很实诚。就视频里那个眉清目秀的美女，和她这种女神经气质八竿子打不着。

"你可以做到。"梁沉不是在说假话，人都喜欢低估自己，降低期待值，因为怕失望，更怕别人对自己失望。

"我不能。"晏枝不听，此刻晏枝承认自己是胆小鬼。

"不试试怎么知道？"

梁沉起身，从角落里拿出一把剑……剑！是的，晏枝看得很清楚，那就是一把玩具剑！

"胜者靠的是勇气。"梁沉把剑放到她面前。

"不行。"某人退避三舍。

"我害怕我跳得不好看，"晏枝低头自言自语，"我也害怕别人说我跳起来像丑小鸭，我还害怕别人对我指指点点，我更害怕我在舞台上失误。"

晏枝抬头看着梁沉，还有一点，她不想丢面子。

"你其实害怕的是丢脸。"梁沉准确无误地道出她心里在意的点。

晏枝想要反驳，她直起身，最后又缩回去："好吧，你说得对。"

"……也没有那么对。"她还是不承认。

"但是你更想在同学面前展示自己。"梁沉接着道。

晏枝不吭声，他说对了，成功地让她的脸羞红。她小声嘀咕："我害怕还不行吗？"

"可以。"梁沉坐到她身边，静静道，"看到他们表演节目，你是不是也想上去？"

梁沉让晏枝越来越无地自容：想出风头的人不愿意冒险，那就得体会失落。

"那我试试吧。"晏枝抿着嘴，拿起桌上的剑，"我就试一个动作，你帮我看看。"

晏枝低头不敢看梁沉，一只手握着剑站好。其实那个视频有很多动作她都学过，现在无非是复习一遍。决定好，她的表情变得严肃，挽一朵剑花推至前后，做了个回旋翻，利落干脆。

做完，晏枝把剑藏在身后，不太确定地看向梁沉："还可以吗？"

一个人认真起来的时候魅力最大，同样，给人带来反差感的时候，也更威慑心灵。

梁沉的目光落在她脸上，手心微震，牵动嘴角："很好。"

"真的？"晏枝反复问。

"嗯，你做得很好。"梁沉的眼神稍稍离开她，在她看不见的地方掌心握成拳。

"太好了！"晏枝扔掉剑，高兴得手舞足蹈，"梁沉，谢谢你，我先回去吃饭了，待会儿再来找你。"

"等等。"梁沉叫住她。

晏枝停在门口往回看，见少年恢复平静，身体也松弛下来，认真地同她说："我不是去见喜欢的人。"

这是……听到她的自言自语了。

晏枝呆愣片刻，最后吐出一个字："噢。"

回到家，晏东做好饭喊晏枝来吃，晏枝走过去坐下，忽然问："大东，我能喊梁沉来我们家吃饭吗？"

"当然可以。"晏东放下排骨汤，说罢就去准备碗筷。

晏枝低头给梁沉发消息：想不想来我家吃饭？就现在。

晏枝：有排骨汤、爆炒腊肉、西红柿炒鸡蛋、麻辣豆腐。

几秒过去，手机传来回信：荣幸。

元旦晚会的准备节目拉开排练序幕，晏枝有两周都专心致志地投入到这件事中。他们班准备的是一个串烧节目，梁沉考虑到班里很多人都想参加节目，因此决定把将近五分钟时长的节目拆分成不同的表演形式，又使每种形式的表演都能串联在一起，感情层层递进。晏枝是串烧节目的压轴。

说到这儿，晏枝觉得梁沉很厉害，他能让大家的长处得到发挥。怪不得梁沉会给她选舞种，她并没觉得自己是多特别的一个，直到她在排练室休息时，女生们闲聊的话传到她耳朵里。

"我是班长主动告诉我，他说我可以从擅长的方向入手。"那女生特意强调主动。

另一个女生也不甘示弱："我也是！"

"我也是。"

晏枝将腿往下压，劈成一条直线，耳朵却在听她们的话。

"然后我就去网上找合适的舞蹈视频。"

"我也是，也是去网上找。"

"我也是。"

晏枝保持一个动作不动，咦，难道梁沉不是对每个人都亲力亲为吗？唯独帮她把视频找好了？

她抠抠头顶束发的发带，有点搞不懂了。

偏不巧那几个人还在讨论：

"这次主持人内定是梁沉和齐桑，别想了，学校决定的。"

"他们不会真的是……"

……

"都是好学生，老师肯定睁一只眼，闭一只眼，说不定到时候回母校，还能制造一段从校服到婚纱的佳话。"

"不过我听说，"其中一个女生弱弱开口，"我们班长没有去参加齐桑的生日宴。"

"什么？"

"啥！"

另外两个女生明显感到不可思议，就连挥舞剑来一个侧翻的晏枝都差点栽倒，她在软垫上狼狈地起身，红色发带掉了下来。

"真的，我听其他班男生说的。"那女生怕她们不信，声音都扩大分贝，"他们班有个男生准备跟梁沉一起去齐桑的生日宴，结果男生都到梁沉小区楼下了，梁沉却只是下楼让那个男生帮忙带一份礼物，然后说有事无法去，就又上楼了。"

那女生举手示意："我甚至没有加修饰词。"

晏枝想起那天梁沉确实只下去一会儿就上来了。她古灵精怪地转动眼珠，最后似乎是在确认，梁沉真的不喜欢齐桑。因为喜欢一个人，会想见到对方。

几个女生聊得投入，并没注意到窗边有人。排练室的窗户外有竹子，梁沉就仿佛掩在竹木间，一双眼平静地眺向里面，落在休息够了就起身继续练的少女身上。他靠在窗边站了会儿，没有进去打扰，之后从窗外离开。

梁沉走后，陆独傲从前门进来，见晏枝还在练，拿着水在一旁的软垫坐下，开始玩手机。

几个练舞的女生眼睛忍不住瞟过去，班上的男生，梁沉像清冷的政客，而陆独傲像不服管的侠客，都颇具观赏性。

陆独傲放下手机，女生们便纷纷收回目光，希望他抬起头能看一眼她们或优雅或潇洒的舞姿。奈何陆独傲压根没看她们一眼，他背靠在墙上，双手环胸，眼尾上挑望着晏枝，眼里都是她的红裙翻飞。

晏枝认真练舞的样子，和她躲课桌后吃零食的样子一样认真。想到这儿，陆独傲忍不住笑了。

这一笑，女生们又开始想入非非。

晏枝总算停下来，她揉揉手转转胳膊，视线意外地和陆独傲对上。

"给你的。"等的就是这一眼，陆独傲把手中的水扔给她。

"你来干吗？"晏枝匆忙接住水，扭开水瓶盖，在他身旁坐下。这家伙一不跳舞，二没喜欢的姑娘，还是个天王老子的性格。

"你说呢？"陆独傲反问她。

她眼里就差没写"我哪儿知道"这几个字，是真不明白。

他只好转话题："练完了？练完了带你去吃烧烤。"

"现在？"

陆独傲："不乐意？"

"走！"

晏枝起身准备换衣服，她从包里掏衣物，意外掏出一瓶跌打损伤药。能这么像老父亲的，除了梁沉，她还真找不到第二个人。她重新把药塞回去，不可否认地感动了下：梁沉这个人，是真好。

晏枝在出校门的路上给梁沉发消息：药是你放的？

等她和陆独傲吃上烧烤，梁沉的消息才过来：嗯。

似是觉得一句话不够，他又添了一句：加油。

晏枝：那是自然。

晏枝噼里啪啦地打字，连陆独傲跟她说话都没注意，她完全沉浸在自己的世界：阿姨最近是不是不在家，大东说了，你随时可以来我家吃饭。

梁沉好像有什么事，没有回。

陆独傲大喊她一声："姓晏的！"

晏枝回神，一脸无辜："咋了？"

陆独傲满腔怒火，可是晏枝一跟他说话，他就蔫了。真是，跟她计较什么，还不允许人家一心多用了？

他没好气地扔给她一串肉："吃这个，好吃。"

街头人声鼎沸，晏枝在那一刻觉得陆独傲有点病，而这个有病的人正开口威胁她："不准早恋听到没？我可是有晏叔的联系方式。"

晏枝的关注点每次都能毫无意外地走偏——

"你有我爸的联系方式？"

陆独傲抬了抬下巴，一副吊儿郎当的样子。

这时，梁沉的消息赶着点进来：下周彩排我不在，你把握好自己练舞的节奏就好，不要慌，想象下面的观众都是静态图，别多想，也不要害怕，加油。我会赶在晚会开场前回来。

到正式表演那天，沉寂很久的学校再次热闹起来。芜城一中人多，地点在大礼堂，大家齐聚一堂，吵闹的声音能掀翻大礼堂的屋顶。老刘在嗑瓜子，不过他嗑瓜子很讲卫生，手里拿瓜子，小拇指勾一个黑色塑料袋，瓜子壳就往袋里扔。

晏枝果然没看见梁沉来。

齐桑已经穿好白色的礼服，礼服上面点缀着洁白的珍珠。一袭裙尾像美人鱼活泼的尾巴，走起路来一摇一摆，听说这是她妈妈找人专门定制的。

晏枝收回目光，摸了摸好几个小时没进食的肚子，承认自己有点饿。

何合格给她发消息：忍着，为了美丽，在所不惜！

晏枝：听何姐的。

周小敦是纯观众，不过他喜欢在老刘的眼皮子底下乱窜。他凑到晏枝面前，两只手举起手机对准她："老大，我给你拍张照！"

晏枝想也没想，立马提腰收腹，朝镜头歪头摆了个最简单的剪刀手，她身后是灯光师刚打出来的白色灯光，呈放射状如梦似幻般涌来。

好看！老大有古装美人的潜质！周小敦自拍加合拍，捣鼓了将近十分钟才肯走。之后他把照片发给梁沉，这样描述：班长，这些照片哪儿美了？我朋友圈一堆人找我要老大的联系方式。

周小敦不止拍了，他还顺手将他和晏枝的合照发朋友圈。两人算是多年好友，加上何合格，都在彼此朋友圈出现过，算不上什么。

梁沉正在赶来的路上，此刻已是黄昏时分，他侧头，跟前面的司机说："师傅，麻烦快点。"

今天庆祝元旦的地方，不止学校，也有这个热爱生活的城市，路况出现史无前例的堵。司机的目光紧盯着缝隙横插过去，不忘回他："小伙子别急，相信叔的技术！"

说完，司机硬生生挤进一条道，成功地让后面的车望而却步。通过拥挤的路段，司机直接改上高速，一路畅通无阻。

梁沉侧头去看窗外，树影幢幢，一晃而过。他的脑海里浮现出一个人的身影，随即，心重重地一跳。

距离晚会开始还有将近半个小时，晏枝站在大礼堂门外等人，梁沉还没来，她替他急。周小敦陪她等，心想自己发过去已经半个小时的消息，班长还没回呢，于是怂恿晏枝发消息："你给班长发个消息呗。"

晏枝："不发。"

"为啥？"

晏枝比周小敦聪明，这时候给梁沉发消息，不纯属影响他人的心情吗？

两人你来我往，没发觉远处一个身影正往这边阔步走来。

晏枝："不发，你也不准发。"

周小敦正要开口，余光注意到走过来的人，立马拉住昂着头神情坚决的晏枝，让她往前面看。

晏枝侧头，见不远处的少年穿着一身得体西装，头发抹上发胶，不同于别人的大背头，略三七分，右侧垂下一绺刘海来，使得宽阔的额头留有余地，秀气眉头则平添韵味。浓眉深眼，真真是少年的最好模样。

晏枝直接呆住，她的目光不由自主地跟着梁沉走，一眨不眨，同时心里升起一股莫名的激动来。

学校广播在放歌，礼堂内学生们在拉歌，这两种歌声混杂在一起，一同冲进晏枝的耳朵里。她能说她现在很开心吗？真的很开心，尤其是梁沉出现的那一刻，心里有种神奇的感情在泛滥。

梁沉走到她面前停下，撞上她放肆的目光："在等我？"

晏枝翘起嘴角，偏不回答。她这人有时候爱反着来，有时候又喜欢装聋作哑，但她绝对不是个藏情绪的高手，心里什么样，全表现在脸上，没一点弄虚作假。

梁沉也不说话，发现自己在离开的四天里，挺想她的。人和人之间的情感有一种无法言说的微妙，就像龙舌兰糖浆，微醺略甜。不管这份感情属于什么，是友情、担当、思念，或是其他，梁沉选择接受。他摊开手，眉头往上挑，嗓音温柔："抱一下？"

晏枝毫不犹豫地抱上去，她十分确定，她爱死梁沉的怀抱了！

周小敦认为自己有点多余，为了让自己看起来不那么多余，他也试着凑过去："老大，班长，我来了！"

周小敦宛如一个赛跑选手，张开双手冲过去，和他们抱在一起。晏枝表示，气氛烘托到此刻就有点气愤了，不过，这也没什么。

之后，梁沉去后台做准备，晏枝也溜回演员席，拿了一份表演节目单来看。他们班的节目算是在中下部分，因此有充足的时间来等待。老刘走到演员席嘱咐他们多穿点，虽然礼堂开了暖气，但架不住大部分表演者是女生，还穿着裙子。晏枝在老刘的凝视下套上长过膝盖的羽绒服。

晚会开始。全场"唰"地变黑，舞台的幕布也被缓缓合上。而在幕布之后，能听到一个声音在缓缓倒计时。

"十、九、八、七……"晏枝听得出来，这是梁沉的声音。

学生们自觉地跟着他一起倒数，到最后三下时，有些男生直接吼出来，嗓门响彻整个礼堂。

梁沉缓缓一笑，温和地喊出最后一个数字："一。"

音落，舞台边缘冲出白色礼炮，同一时间，角落里的所有灯光全部亮起，照亮从舞台两边拥上台的舞蹈演员，全场也因此沸腾。

芜城一中一直遵循一个原则：学，就好好学；玩，就好好玩。把气氛搞起来才是重中之重，因此，舞台上第一个节目，爆裂！震彻！炸翻天！热歌劲舞，帅哥美女，一切都致敬每一位高中生！致敬青春，致敬我们认真对待、努力向上的高中生活！

晏枝被搞得有点嗨，不止她嗨，她身边的人就没有一个不嗨的。后台的幕帘被掀开一块，梁沉往外看，朦胧暗影中，他的身形笔挺，晏枝说不出为什么，可她就是在别人没注意到梁沉的时候注意到他，并且兴奋地朝他招手。

梁沉好像在看她，又好像没看她。灯光错落，晏枝嘴里嚼着口香糖，她想到什么，拿起手机打字，打完立马支起来给梁沉看。

节目还在继续，世界很嘈杂，梁沉看清了手机上滑动的大字"梁沉最了不起"。

她很激动，激动得要跳起来。梁沉见到她的模样，笑了，他的眉眼渐渐柔和，任各种情绪放纵，似冬季赛寒，万物却可复苏。

到晏枝他们的节目的时候，她开始有点昏昏欲睡。不得不说学校会安排，把他们的节目排在相声后，这样保证了学生们的兴致，不会激动过火，也不会安静无声。她脱掉长羽绒服，去后台准备，窗口似乎有一丝风溜进来，她打了个抖，弓着腰走进后台。

后台，梁沉在看稿，齐桑在他身旁，似乎有点紧张，嘴里在念词。

瞧见晏枝进来，齐桑念词的动作一顿，跟她打了个招呼。

晏枝回以微笑，没去找梁沉，老老实实地按队形站到最后面，候场。其实她也很紧张，只不过没有表现出来，只有不断给自己心理暗示，她心里才好受一些。

"放松，深呼吸，吸气，吐气。"晏枝自言自语，"好，重复一遍。"

听到声音，梁沉把手中的稿子放下来，侧头往晏枝那边看。她不断地在吸气吐气，像河豚，有趣极了。

上个节目正在收尾，梁沉收回目光站起身，准备给他们班的节目报幕。因为他们的节目是串烧，所以一开始晏枝不用上场，等到最后两分钟才是她的主场。快要到她的时候，梁沉从台上下来，经过晏枝的位置特意弯下腰，低声说加油。

晏枝重重"嗯"一声，紧了紧头顶的红色发带，提着剑，掀开遮挡的幕布上台，伴奏的音乐也因此改变，降了一个调。

晏枝如一只蝴蝶上场，红裙飘动，长剑在手柔柔转动，忽而又急急刺出去。后面的背景是她模糊的身影，婀娜多姿，有柔有力。

少女苍劲转身的瞬间，红色发带擦过脸颊，凌乱长发甩出一个潇洒弧度。梁沉站在窄门幕布旁观看她的舞蹈，品出一种英雄儿女逐浪潮的乱世之感。

齐桑原本准备在报幕时临时插一个梗，她转身，看到站在幕布边一动不动望着台上的人，歇了心思。很多人都说，梁沉这么急地赶回来，一定是为了她，但她知道，他是为了那个在台上舞剑的女孩。

周小敦在观众席乐疯了，张嘴嗷嗷叫，念叨"老大牛啊"。陆独傲早就收起手机，坐直身子紧紧注视着台上的人。比起其他人的狂热，他更显安静，一种内心波涛汹涌的安静。

两分多钟快要结束，在舞台表演的晏枝一直都很紧张，她能尽自己所能地释放，最后一部分甩掉剑飞跨到空中，红裙四方张扬，她脸上露出开心的笑，底下的人看得也很震惊。可就在这时，观众明显地看见，台上飞旋的人因地板太滑而没踩稳，直接在地面劈了个长叉。

第八章

08 /"没名没分"同学走了/

变故出现得突然，底下的观众都忍不住"咦"了一声。在地上劈叉和从半空中掉下来强制劈叉可不一样，但台上的人垂头压在腿间，一动没动，长发遮挡住她的面部，他们看不清她的神情。

梁沉不由自主地往前一步，盯着台上的人，捏紧手稿。周小敦停下鼓掌的手，他也没有想到会出现这种变故——千万别啊，老大那么爱面子的人，这可怎么办。

"加……加油。"周小敦弱弱地说。

旁边的陆独傲放轻呼吸，鹰隼般的双眼紧盯台上的人。

台下骚动异常，窃窃私语。但几秒后，台上的人很快反应过来，她犹如堕落的蝴蝶抬头，任由双手缓缓自由向上，追捕灯光。灯光师也很聪明地熄灭舞台的灯光，只留一盏灯照在她白皙的脸上。

因此晏枝直接改动作，她借着长劈的姿势起身，在灯光的笼罩下不信邪地飞奔几步，继续表演空中连踢。一次又一次，底下的人都替她捏把汗，按理说刚跌倒的人都会规避这个动作，但晏枝偏不，她非得哪里跌倒就从哪里爬起来，凭着心中的一股气在空中狂踢。

"漂亮！"陆独傲摸摸心口，心想刚才吓死我了。他站起身"啪啪"鼓掌。

底下的观众重新沸腾起来。其实谁都看得出来，晏枝完美地化解了这场临时危机。她长劈后，缓缓抬手，更像是为掉下来做铺垫，直接改了整体基调，变成浴血蝴蝶重生。尤其连踢时的杀气，看得出来那是真的气。最后落幕，台上的人终于反应过来，不踢了，她用脚踢起长剑，利落收尾。

台下的掌声如洪水般袭来，梁沉重新靠回幕布边，松了一口气。

晏枝跳舞的视频意外走红，女孩临危不乱的勇气，成为网友称赞的点。芜城一中兄弟学校的男生更是通过各种途径认识晏枝，一时间，晏枝的课桌被塞满信，好友列表里来了一堆不认识的人。

陆独傲说她堪比林黛玉出闺，七大姑八大姨都来凑热闹，然后把她的课桌打开，将里面的信折成纸飞机，一个个扔进垃圾桶。晏枝在干什么？她举起一面圆圆的镜子，对着下巴的一颗痘照了四十二次。

“咝——”晏枝疼得眉头皱在一起，她最近不忌口，辣的吃得多，痘痘冒出来好几颗。

梁沉收作业时瞥到，多看了两秒。晏枝立马用镜子遮住，眼神忽闪：“看到了？”

梁沉表情沉默：“看到了。”

晏枝：“……”

梁沉：“还有什么要问的吗？”

晏枝僵硬地摇头，梁沉点点头，收完作业闲庭信步地离开。

于是一整天，晏枝都会用手挡住下巴，尤其窗边有其他班的男生过来瞧她，她会默默拿起一本书遮住半张脸，期间还不忘摆个不错的姿势，直到一只手把她的书本扯下。

陆独傲扯下她的书放到课桌上，让她下巴上的几颗痘暴露无遗。

保护罩被撤开，晏枝下意识地低头，用手捂住下巴。等她再次抬头，窗外的男生已经没了影。

晏枝恶狠狠地看向陆独傲：“姓陆的！”

陆独傲：“你不是妲己。”

晏枝没法反驳，继续支起书挡住下巴，一抬眼，余光瞟到讲台上的梁沉。他好像很早就在看她，而且眼神有些古怪。晏枝咳嗽一声，尴尬地放下书本。

晚饭期间，学校广播准时放歌。

"接下来即将播放的一首歌，是由高一（12）班某个不愿意透露姓名的同学点播的，我们暂时称他为'没名没分同学'。"

女播音员调侃地说："没名没分同学为高一（12）班的晏枝同学点播一首 *What Makes You Beautiful*，希望晏枝同学可以正视青春的一切，包括看起来不太美妙的青春痘。"

音落，伴随着歌声响起，还掺杂着女播音员的两声笑。是该说这位男同学有心呢，还是无心呢？

被点到名的晏枝同学抬头望天，表情十分有趣。她跟一名女同学在操场散步消食，走着走着，听到自己的名字，半晌没反应过来。

You're insecure

你总是没有安全感

Don't know what for

不知道为什么

You're turning heads when you walk through the door

你连走进门前都得四处张望一下

Don't need make-up

不需要化妆

To cover up

把自己隐藏起来

Being the way that you are is enough

做你自己就足够了

······

歌曲活泼有趣，晏枝思考很久，内心百转千回，这到底是谁给自己点的？晏枝毫无头绪，缓缓抬头，意外瞥到撑在黄蓝栏杆上的梁沉，他在跟别班的男生交谈，会不会是他呢？

晏枝跟女同学告别，装作什么都不知道，跑到梁沉身边。偏偏她不说话，待在梁沉旁边看看蓝天，看看绿草。梁沉瞥她一眼，结束和男生的对话。几个男生笑得意味深长，互相推搡着离开。

"有事？"蓝天白云，他仿佛置身其中。

晏枝抿住嘴，使了好几个眼神，她想从梁沉眼里看出是不是他给自己点的歌，但梁沉的眼神最不好猜。她站在他面前，摇摇头："没事，就是有点好奇没名没分同学是谁？"

梁沉原本低着头，听到这句话，他缓缓撩起眼皮，似把问题丢给她："知道了？"

"不知道。"晏枝盯着梁沉看了一会儿才说。果然，她什么都看不出。

"我得表扬一下点这首歌的同学，虽然我不是很能听懂这首歌的意思。"晏枝边说边瞅梁沉，"他安慰人的方式，真是与众不同。"

晏枝故意问："班长你说，他为什么要这么安慰人？"

"不了解。"

他不上套，晏枝一噎。但是她没看见，梁沉把头侧过去，嘴角上扬，笑得隐晦又明朗。看到她头顶有一片枯叶，梁沉抬起手捏去枯叶，这时有人大声喊晏枝的名字。

周小敦跑来："晏枝，陆独傲找你有事！"

"你跟他说我马上来。"晏枝听到立马应和，说完，她人往前走，想起身边的梁沉，转头跟他挥手说拜拜，"走喽。"

梁沉站在原地，嘴角微扬，目送她离开。他手中那片枯叶，风轻飘飘一吹，就掉了。

"梁沉，"齐桑早就看到梁沉，等晏枝走后，她才敢大大方方地走过来，"快要放寒假了，你有什么打算？"

梁沉收回投放到远处的视线："没想。"

"听说你是北城的，寒假我爸准备带我去北城玩，到时候你会不会接待我？"齐桑知道梁沉寒假会回北城，因为他的亲人都在那边。

"北城的城市地标比我更热情。"梁沉不声不响地拒绝了齐桑。

齐桑一滞，但并不气馁："听说梁叔叔病了，代我向他问好。"

"你怎么知道？"梁正山生病这件事，梁沉没跟别人说起过。

其实齐桑还有话没说出来，梁叔叔的病情很重，听说撑不过一年了，需要亲人陪伴，这是不是代表着下个学期，梁沉会转回北城学习？

她看着眼前的少年，他几乎对谁都能保持平和，唯独对那个女生不是。如果他知道自己下个学期、明年一年都不能见到那个女生，他会怎么做？

"我先走了。"齐桑最终没说出口。

晏枝并没有找出是谁给她点的歌，她找不到人，偶尔会神神道道地念"没名没分同学是谁呢"。这一念就到期末，芜城又下了一场雪，不大，雪后太阳冒出来，宛如新生。她用手擦掉窗户上的雾气往外看，早晨的阳光缓缓照进来，透过玻璃打在她白皙的脸上。

梁沉抬眸，刚好撞见这一幕，少女明媚，尚且还处于不知道愁是什么滋味的年纪。梁母告诉他，他父亲是胃癌晚期。他父亲这一生驰骋商场，最后悔的就是没有照顾好自己，也没有照顾好他们。

冰雪消融，学校在同学离校前安排了一场捕鱼活动。学校有一片池塘，按理说夏天才是捕鱼的最佳季节，但因为校领导决定把池塘改做他用，所以决定抽干鱼塘，组织学生捕鱼。

"我不爱劳动教育，我爱学习，学习使我快乐。"周小敦在胡说八道。

"但我觉得你乐在其中。"抽干后的鱼塘成了泥塘，晏枝拽起沉重的筒靴，转头对周小敦哼唧一声。

"不用上课，一切就万岁。"周小敦拍拍胸脯。

两人边说话边往外走，没注意到身后有两个女生故意凑近。

"每次这种活动班长都不在，他都快成老刘的助理了。"周小敦不明白，正要问晏枝，却听耳边"扑通"一声，身边的晏枝直挺挺倒下。

紧接着，身后两个女生同时道歉："对不起对不起，我不是故意的。"

这个歉道得多少有点假了。晏枝吃了一嘴泥，她手掌撑地爬起来，全身上下都是泥。她一抹脸，手上除了黏腻的泥，还是泥。

周小敦起先是想笑的，但他憋住了。男生粗线条，想不到是两个女生故意撞的。晏枝隐隐约约能感觉到，凭她的第六感，仅仅只用看一眼她们幸灾乐祸的样子，就知道是故意的。如果她以彼之道还施彼身，会怎么样？不太行，一个满身是泥的人怎么做，都像是故意的。

晏枝没去看那两个女生，就当吃了个哑巴亏，当务之急是赶紧把这一身泥弄干净。她爬上临时搭的梯子，拒绝了周小敦陪她一起回去的好意，一个人走在宽敞的校道上。

千万别遇见熟人。晏枝低头想，在她拐过一条道时，身后传来熟悉的声音，似不太确定地喊她："晏枝？"

她身后被拖出一条长长的泥道。晏枝一脸泥地回头，瞥见一身清雅的梁沉正往这边走。梁沉在看到晏枝的脸时怔了怔，随即径直朝她走来。

这天的风很寒冷，晏枝没在他脸上看到嘲笑，她不禁鼻头一酸，泪眼汪汪想要靠近他。可在接近的一刻，想到自己满身泥，她立即止住，放下双手。算了……她被风吹得打了个哆嗦，刚要后退，已经走近的梁沉顺势从她放下的双手空隙穿过去抱住她。

头顶声音响起："怎么把自己搞成这副样子？"

梁沉永远都能在晏枝最无措的时候捕捉到她，晏枝被他抱得一愣，亲眼看见自己身上的泥沾染上他洁白的卫衣，变得脏乱不堪。

"有人故意推我来着。"晏枝心里委屈。她被人围观了一路，之前打死不出声，现在碰到梁沉。就像一个孩子，在找到自己信赖的人后，将信任全部交托给他，情绪瞬间释放出来。

梁沉用大拇指擦去她眼睛旁边的泥，动作轻柔，声音也跟着降低："那要我帮你报仇吗？"

他搭话搭得太过温柔，晏枝倒有些不好意思："不用了，且饶她们一回。"

晏枝从梁沉怀里退出来，兀自哼了几声，完全就是一副被欺负后还努力傲娇的模样。她往水池边走，低头先把脸上的泥洗掉，洗完，抬头没看见梁沉，原地转了一圈，还是没看见。

兴许走了吧。晏枝拍拍手低下头，准备找个熟悉的女同学借宿舍洗澡，这时后脑勺被人轻敲了一下。

"拿着。"晏枝转身，梁沉递给她一件纯白T恤。

晏枝下意识地接过，发现这件衣服带有温度。她抬头，发现梁沉还穿着那件沾上泥的白色卫衣，里面却空了，露出微凸的锁骨。

"你的？"晏枝不确定地问。

"嗯。"

"会不会不太好？"

"那你还给我。"少年对她温柔，被拒绝后也会变得一如往常的清冷。

"我是怕影响你以后找对象。"晏枝在他手伸过来的瞬间躲过去。

她说的这句话挺戳人心肺，梁沉盯着她好一会儿，最后只能偏过头，当作没听见。

"我先走了。"晏枝不敢让他的白T恤沾上泥，拿在手里与自己隔老远，腾出一只手挥了挥，跟他说拜拜，"谢谢你的衣服啦！"

梁沉摇头轻笑，来到水池边洗卫衣上的泥。很多时候，他认为自己是个有洁癖的人，但今天，有人分明在用行动告诉他，他不是。

他把最后一点泥渍洗净，双手扶在水池边没有走，黑眸乌沉，思考自己为什么会这样。

旁边来了两个女生，一边聊一边打开水龙头，其中一个笑着说："你没看见她那样子，想骂又不敢骂，我当时都快笑出声！"

"那还不是她自找的，自以为表演了个耍剑的节目就不得了了，天天搔首弄姿，摆给谁看呢。推她一下算轻的。"另一个女生甩掉手里的水，精明的眼里透出一丝傲慢。

"就是就是，也不看看自己儿斤几两。"

"真搞笑。"

"'她'是谁？"两个女生说得起劲，有人冷声道。

精明女生看过去，在看到是梁沉后，表情明显变得有些不自然："我们班的。"

梁沉和晏枝的关系，其他人多多少少能看出来一些，他们的关系一定很好。

"你们班有谁表演剑舞了？"梁沉侧头反问。晚会节目单上，只有晏枝一个人表演剑舞，除了她，没有别人。

精明女生意识到不好糊弄，但转念一想，只要咬死不承认，谁管呢？再说了，梁沉能把她们怎么样，于是她张口就来："想不起来了。"

"鱼塘路口有监控。"梁沉不紧不慢道，"想不起来不要紧，监控记得。"

两个女生一听这话，霎时大惊失色。她们这脑子去做坏事，哪还管旁边有没有监控，要是真被拍到了，面子事小，处分才大。

"你打算举报我们？"精明女生知道自己没办法，泄了气。

"自己去道歉。"梁沉低头，将捋起的衣袖扯下，"可以做到吗？"

两个女生不吭声。

梁沉偏头看过去，其中一个女生狂点头，精明女生有点不情不愿，不过还是点了头，反正她最后去没去，他又不知道。

"我会确认的。"谁知，下一句，梁沉这么说。

两个女生脸色都很难看。

晏枝从宿舍出来，穿上梁沉的白 T 恤，又去教室把自己的羽绒服套上。自从穿上梁沉的衣服后，她总觉得哪儿怪怪的，心想回去就赶紧把衣服还给梁沉。

"老大。"周小敦调侃，"变干净了？"

"把你的臭嘴闭上。"晏枝眼下看见他，很不快乐。

"别啊。"周小敦继续调侃。

周小敦："对了，我回来的路上听到有人说班长要转学，你知道吗？"

"哪个班长？"

"梁沉啊。"

晏枝不说话了。

"你不会真不知道吧？"周小敦颇有些诧异，立马改口，"说不定我听错了，这种事得问本人才行。"

晏枝还是不说话，想到元旦晚会前梁沉失联那几天，他说是回北城，但具体什么事，他没跟她说。难不成他真的要走？她原本还不错的心情暗了下来。

"假的。"快放学了，晏枝开始收拾东西，不相信梁沉会走，"你别老听外面谣言，都是假的。"

冬季漫长，谁都不知道最后一片叶子什么时候掉，晏枝收拾完东西坐在原位等梁沉。周小敦请他女神吃饭去了，用他的话说，这叫赏脸。所以晏枝，也赏脸等梁沉一回。

"晏枝？"也不知道等了多久，梁沉终于过来，"怎么不走？"

晏枝抬头，把双肩包背上："等你呢。"

"下回不用等我。"梁沉弯腰收拾东西，平和的眉眼稍敛，有种安静的气质。

"哦。"

出了校门，晏枝也一直跟在梁沉身边。察觉到她有话说，梁沉跨坐上自行车，没走："自行车又坏了？"

拿以前的事笑她呢。晏枝抠抠眼皮，说："有两个女生来跟我道歉，她们说是你要求的，谢谢你。"

"没事。"梁沉继续看着她，"还有其他事吗？"

晏枝抬头："我记得鱼塘那里没监控啊。"

"嗯，这个我知道。"梁沉淡定道。

"还有什么想跟我说的吗？"梁沉问。

晏枝想问他转学的事，可话到嘴边，没问出来。他不跟她说，她问什么问："没了。"

"好。"两人顺利结束对话。

学生们期待已久的寒假终于到来，因此最后一天显得格外躁动。晏枝望着前面梁沉的空位置，陷入沉思。

周小敦从过道路过，看到她这模样，忍不住说了一句："看，我说吧。"

晏枝换个边撑脑袋，不理他。

周小敦接完水故意从另一个过道回来，继续说道："看，我说吧。"

她需要出去冷静冷静。

晏枝站起身，刚走出教室后门，梁沉便施施然走进教室前门，似乎余光捕捉到她，他又从前门退出来，走过楼道来到她身边。

"怎么不进去？"他先开口。

"梁沉，你是不是要走了？"晏枝终于问出她想问的话。

教室里热闹得过分，外面却很冷清，梁沉看着她，"嗯"一声。

"行吧。"晏枝靠在白墙上，问完了，也不知道该说什么。

"我在等你问我。"梁沉也没着急进去,人靠在她旁边,揉了揉眉眼。

"那你怎么不先跟我说?"

"很难开口。"梁沉双手环胸,偏头瞧她,说出的话真心实意,"总觉得,我会比你更难过。"

梁沉说的这句"我会比你更难过",晏枝没听懂。听不懂,那就直接略过,她把手放进口袋:"那你还会回来吗?"

来芜城半个学期,刚混熟,人又要走了,晏枝叹口气,真心实意舍不得他这个朋友。而梁沉不确定自己能不能回得来,不过他还是决定把学籍留在这边。

"能讨个离别礼物吗?"他避开了晏枝的问题,望着远处蓝天白云,风匆匆掠过。

"可以。"晏枝一拳打在他胳膊上,故意用了点力气,"我给你挑个好的。"

梁沉闷声受着,眼里流转着某种情绪,片刻后又藏起来。

离别前一天,梁母又邀晏枝和大东来做客。据梁母说的,她不会像梁沉那样会定居在北城,毕竟她的工作在这边,顶多回去几次看看梁沉。

至于梁正山,他们离婚有好些年了,那不是她该操心的事。梁沉不同,是因为那是他父亲,即使梁正山算不上一个好丈夫,但称得上是一个好父亲,最后的时光,他该陪在父亲身边。

梁母和大东在厨房一起洗菜,晏枝坐在客厅,慢慢品出二人有点不对劲。她瞅了眼梁沉,梁沉在收拾行李,他今天格外沉默寡言。晏枝不由得想起两人刚见面那会儿,他还不待见她,半个学期后,他是不是有点舍不得她了呢?

吃完饭,晏枝把离别礼物递给梁沉。他的房间里,贵妃一如既往地卧在电脑键盘上睡大觉。

"先别看。"晏枝遏制住梁沉要打开礼物的手,她说得急,手压在他干净的手指上,连带着礼物一起死死攥着。

梁沉似有所感,露在空气中的手指微微收拢,包住她一半手背。

明明温度恰当，晏枝却像被烫到一样抽回手，之后又觉得自己刚才那个动作是不是表现过于嫌弃了，脑子没反应过来，手却刻意贴上去，她感受几秒后才放下，侧转半个身体说："你手好烫啊。"

晏枝故意来这么一句，为了驱散刚才抽回手的尴尬。

面前的人一句话都不说，却总是一眨不眨地看着她慌乱无措的眉眼和她说话的唇。

"好，我答应你。"梁沉将礼物放到电脑桌上，沉稳不失分寸。

"那……还有别的事吗？"晏枝指了指门边，大东喊她回家。

"晚安。"

梁沉抱起贵妃，贵妃好似懂这位主人要离开它，用脑袋轻蹭，依依不舍。最后还是晏枝强行把它从梁沉身上扒拉下来，拽回家的。

大东知道晏枝明天要送梁沉离开，嘱咐她早点睡觉，别跟往常一样熬夜，最后嘀咕一句鹰都没她能熬。

晏枝睡不着，窗外月色朦胧，她翻身对着月亮，眼睛睁得大大的，心里全是今晚的事。

少时玩伴离开芜城，晏枝也伤心，但梁沉的离开，让她的伤心蒙上一层薄纱，似乎她的伤心不够彻底，却又真实得灼心。那种灼心感让她忽冷忽热，翻来覆去睡不着。她在脑海把跟梁沉的所有事情都想了一遍，一会儿笑一会儿皱眉，一会儿气愤又一会儿感动，最后，在天将将亮时，脑海里的兴奋被困意慢慢取代，她沉沉睡去。

上午十点，梁沉给晏枝发了几条消息，分了三个时间段。

八点，梁沉：起了？

八点四十分，梁沉：还没起？

九点半，梁沉：不等你了。

十点，梁沉：好好睡。

"完了完了。"晏枝看到消息时已是十点半，她像梦里被人打了一棍子，应激地起床，一边念叨一边火速穿衣服，中途不忘给梁沉发语音："你几点的火车啊？我马上就来！"

大东要上班，桌上留着早餐，晏枝随手抓个包子就往外跑。跑的中途她用手机打开打车软件，从小区出来，车刚好停到她身边。

坐车中途，梁沉回了她消息：还有三十分钟检票。

晏枝看完，立马对司机师傅道："师傅，请用你毕生最快的速度赶超他们！"

司机师傅扭过头："小姑娘，安全第一！"

晏枝："……"

终于到火车站，晏枝一路狂奔，在候车厅看到了梁沉，他还没走。少年望向落地窗外，好像在等什么，冷欲的双眼垂落，低头看着手机屏幕上不断过去的时间。听耳边传来播音员的播报，最后，他推着行李箱起身。

晏枝刚好与起身的他对视。看到她，梁沉拿票的手一停。

"对不起，我睡过头了。"晏枝一边小心翼翼地往他那边走，一边碎碎念，"差点失约了，不过幸好没有。"

梁沉偏头一笑："洗脸了吗？"

"没有呢。"晏枝知道自己差点赶不上，哪还敢洗脸，一分钟都没耽误。

梁沉又何尝看不出来。他心里感动，抬起一只手，原本想落在晏枝柔软的头发上，最后改了道，手掌挨在她薄薄的后背上。

车站人来人往，晏枝犹如误闯的小鹿，被他擅自保护。那只手锢在她肩膀上微微往里压，好像带了某种不可明说的秘密，让她猛然一惊。

"梁沉？"晏枝抬起头，疑惑地看着他。

梁沉将下巴抵在她脑袋上一瞬，很快就挪开。他松开桎梏她的手，恢复平和与冷静："好好学习。"

晏枝想说这事天定，不过看梁沉认真的神色，挠挠头说好。

梁沉有点像老父亲，初识觉得他人高冷又不好相处，其实他很会照顾人，真诚又温柔。人的性格有很多种，有人向往野，有人向往激情四射，但晏枝喜欢梁沉这种细水长流的性格。

"走了。"

时间不多了，梁沉推着行李箱离开候车厅去检票。晏枝送他最后几步，然后站在远处看着他进去。梁沉在最后进去时看她一眼，挥挥手让她回家。

阳光普照，芜城上空明朗温暖。等年后，就去北城找他玩，晏枝想得很美，也不怕世事难料。

梁沉走后，晏枝生活如常，她找周小敦、何合格去天台打牌，给贵妃梳理毛发，偶尔陆独傲喊她逛街，两人在早晨六点跟一群大妈抢菜。

新年快到了，晏东去超市购置一批年货，晏枝跟在后面挑三拣四，说这个不行，那个不行。

晏东把推车往她身前一靠，耐着性子问："枝枝啊，要不，爸只负责给钱？"

晏枝立马老实了："别，我干不来这活。"

超市人多，推车都挤在一起。前几天梁母也回了北城，晏枝有点无聊，开始没话找话："大东，梁阿姨回去了，你会不会想她啊？"

晏东真想拿电蚊拍拍她："你一个小姑娘天天别瞎想，你爸哪有这么矫情。"

晏枝"哦"一声，继续说："可是梁阿姨说会想我，她会想我呢，肯定会想到你。"

晏东果断推着推车远离她，直接不理自家女儿了。

晏枝觉得大东就是不好意思，脸皮薄。一个活了三十多年的大男人，脸皮还这么薄，怎么追媳妇？她生气地哼一声，默默跟上。

付款时，晏东想到什么，跟晏枝说："待会儿买份礼物去陆独傲家，咱父女俩给他收拾收拾房间。"

陆独傲家没人，他那个酒鬼父亲一年不回来都正常，挂名的都比他父亲靠谱。

晏枝说行，把年货搬到家。晏东开车驶进下城区，来到陆独傲家门前。他们去的时候将近中午，敲了好一会儿门，没人应。

"这娃不会还没起吧？"晏东叉腰说道。

"我给他打个电话。"电话接通，晏枝直接开免提。

那边传来陆独傲要死不活的声音："哪位？"

晏枝："是我。"

那边的人显然沉默了下："找我干吗？"

"过年啊。"

"等着，你小爷穿个裤衩就来。"说完，他"啪嗒"一声挂了电话。

晏枝瞅瞅电话，又瞅瞅大东。大东转过脸去，对他们的友谊感到匪夷所思。

"来了怎么不提前跟我说……"门打开，陆独傲穿着单薄T恤和裤衩出来，话语在他看到旁边的晏东时戛然而止。

"……晏叔也来了啊。"陆独傲愣了下。

晏东："怎么，不欢迎？"

"欢迎欢迎。"

晏枝躲在身后，早就笑得直不起腰。

陆独傲家其实没什么好收拾的，就是缺少人味，也没年味。晏东是个细心的男人，所以他买来对联和窗花，誓要让每个地方都充满年味。陆独傲撸起袖子，转身看见晏东踩着凳子贴对联，他立马愣住了，表情不再吊儿郎当，变得沉默。

晏枝凑过来，以为他是嫌弃："你将就看一下吧，大东的审美也就这水平了。"

陆独傲回过神，低下头没看晏枝："呵，你审美也没见好哪儿去。"

"我呸。"晏枝非常不屑，因此也没注意到陆独傲侧身的瞬间，快速用大拇指揩了下眼角。

揩完，陆独傲转过身，指着晏枝的脸对她说："你脸上有东西。"

"什么东西？"

"别动，我给你弄掉。"陆独傲说着就要抬起手。

晏枝却在他有所动作的一刻弹开，手背往脸上狠狠擦了几下："我自己弄。"

少女拒绝得明显，陆独傲不觉难堪，收回手，笑得野性。

晏东过来，看见他俩闹腾，指着陆独傲跟晏枝说："按辈分，你得叫他一声哥。"

陆独傲很上道："妹儿，叫哥。"

"不叫。"晏枝直接走人。

新年那天，陆独傲父亲没回来，晏东把陆独傲喊到自己家，跟晏枝一起守岁。陆独傲一开始不愿意，人家是一家人，他凑过去算什么，但他不会明面上说，想找个理由拒绝掉。

孤独人的骄傲，比牛还要犟，也比被踩的小草还要让人心疼。

晏东认真想了想，跟晏枝商量："你说，我认个干儿子，可以吗？"

晏东想认下陆独傲这个干儿子，他在征求晏枝的意见。晏枝其实没意见，让她纳闷的只有一件事，晏东是怎么看对眼陆独傲的？但这件事只有他们两个自己知道。

总之，最后陆独傲还是来了。他穿了一身晏枝从未见过的干净衣服，从里到外收拾得很耀眼，好像真的很期待这个新年。

晏枝也很期待，她想到梁沉，那个远在北城的朋友。他离开后，她给他发过几次消息，只是两人的时间对不上，久而久之，她发的次数就少了，怕打扰到他。而今天是新年，夜晚大家都在守岁，有很充足的时间，她拿起手机编辑很久，思来想去，还是决定句式从简：梁沉，新年快乐！

医院走廊都是消毒水的味道，楼道灯光并不明亮，三两个护士脱掉护士服，揉转脖子准备回家过年。梁沉推开术后休息房的窗户，清新的空气涌进来，一扫病房的沉闷。

"回家陪你妈过年吧。"床上的人打着吊针，说话声音并不大，苟延残喘之人，行将迟也。

梁沉沉默作答，替床上的人披紧被角，又抬头检查挂药水的吊瓶。

"今天辛苦你了。"床上的人又说。

"不辛苦。"梁沉给他倒了一杯热水，放在桌边冷着，"你要尽快好起来，至少再活个十年五载。"

"你走吧。"床上的人又驱赶梁沉，"有人照顾我，比你更靠谱，大过年的，别耗在我这个快要死的人身上。"

"爸。"梁沉喊他，放下手中的事，干脆倚靠在窗边。

"明年我留在北城，"梁沉跟他交底，顿了顿，继续说，"陪着你。"

"谁要你陪？"梁正山即使病了，口气也不小。

人口是心非的次数多了，假的真的都能看出来。梁沉没理梁正山，有人傲娇一辈子，什么都丢了。他往外走，在门口停下："有什么事就喊护士，你雇的那几个保姆也别当摆设，总要让人家发挥一下用处。"

梁正山："你要走了？"

"嗯。"梁沉说，"陪妈过年。"

"嗯。"床上人的情绪明显低落下来。

"别跟护士犟。"留下这句话，梁沉拿起外套离开房间。

门外，一个一米多高的男孩从休息椅上站起来，他擦干嘴边因瞌睡而流下的口水，小心翼翼地抬头瞄梁沉。

梁正山跟情人的儿子，一个谁都不想要的弃子。看见他，梁沉有时候也会唾弃梁正山，生而不养，又为什么要生下来。

"去房里睡。"梁沉抬手揉了揉他的头，"好好陪着你爸。"

男孩满眼的不自信和唯唯诺诺，两只小手死死绞住卫衣帽子的连绳，低头不出声。

梁沉轻叹一口气："他要是再赶你出去，你就告诉他，是哥哥让你进来的。"

"哥……哥？"男孩不确定地问。

"嗯，允许你叫。"梁沉把手中的外套套在男孩身上，他没有错，错的是大人。

梁沉从医院离开时，是晚上九点，寒冷的冬风从通道口呼啸而至。北城的冬天比芜城冷多了，风也是。路边车辆很少，梁沉站在路口叫车，他一个人静立在路灯下，直到一辆车过来把他捎走。

"大过年的，怎么一个人在外面？"一上车，司机就唠起嗑来，"是不是跟家里人闹矛盾了啊？"

"您不也一个人在外面吗？"梁沉将手搭在车窗边，巧妙地反问。

"嘻，为了生活嘛。"司机打开听歌软件，播放了一首《好运来》。

喜庆的歌声蔓延整个空间，梁沉握着手机停留在某个界面。他打字"新年好"，总觉得这样官方且正式。他删掉刚编辑出来的一段文字，思索这条新年短信怎么发比较合适。这时，停留的界面先跳出来一条消息：梁沉，新年快乐！

车窗外是万家灯火，礼炮齐鸣，绽放在空中一角。梁沉盯着那一行文字，手心渐渐收拢。没有人可以单独生活，谁都需要主动迈出那一步，他直接拨通了电话。

晏枝纠结半天的短信终于发出去，然而没过多久梁沉的电话就打来了，她如同拿一块烫手山芋般将手机丢在床上，拍着胸口缓了缓，这才拿起它，接通："喂？"

少女的声音好久不见，如风一样别来无恙。梁沉看向窗外，黑发被吹散："新年了，跟你说声新年快乐。"

他的声音平淡，却又不那么平淡，晏枝无意识地揪贵妃的毛："那你也新年快乐。"

"行。"梁沉笑了，如微醺的酒，让人沉醉。

"北城好玩吗？"晏枝换了个姿势，"我年后去北城找你玩，怎么样？"

"可以，随时欢迎。"梁沉把拍好的视频发给她。

"那你给我当导游。"

"行，免费服务。"梁沉低头垂眸，翻转到手机壳那一面，眼里荡出一层温柔。

晏枝也说好，完全没注意自己房门被打开，原本准备喊她出去点烟花棒的人，此刻站在门口听见她的笑声。

陆独傲又把门关上，扯唇笑一声，提起裤脚，坐晏东旁边看春晚。

晏东："她不去？"

陆独傲一脸无所谓："她在红包群大杀四方。"

过了会儿，晏枝从房里出来，视线一直在电视上的陆独傲抬头："喂，跟不跟我出去？"

"干吗？"

"放烟花。"

没到年后，晏枝就迫不及待想去北城玩，周小敦说他也想去，何合格虽没去过北城，但她并不想去北城。晏枝没问什么，大概是因为李朝彬，据说两个人闹矛盾了。

晏枝不好评价，所以最后只有周小敦跟她一块去北城。

周小敦开始还会碎碎念，梁沉一定不想见到他，到时候他就自己一个人玩，叫晏枝不用管他。晏枝问为什么，周小敦竟敢骂她傻。

临行前一晚，芜城体育馆那边举行盛大活动，政府打算围绕湖边放一场盛大烟花，为庆祝元宵节。每年往往到这个时候，街上都人满为患，晏东作为一名警察，都会带一批人去那边维持秩序，今年也不例外。

晏枝一个人在家看电视，看到差不多的时候她就去洗漱、睡觉，不出意外的话，明天可以顺利和周小敦坐上去北城的火车，千里迢迢和梁沉会晤。

这都是不出意外的预想，但事实是出意外了。

晏枝接到电话的瞬间整个人蒙了，她努力让自己冷静下来，慢吞吞地重复电话那头人的话："大东他……在医院？"

"对，希望病人家属尽快过来。"

晏枝赶到医院后，被医生告知晏东在手术室。手术室前围着一堆人，有的穿武警服，有的穿便装。看到晏枝过来，其中一位叔叔无言地摸了摸她的头。

"晏枝。"有人喊她。

晏枝回头，一个寸头的年轻警察站在她面前："还认得我吗？"

晏枝点头，上次进小树林打架，他假装混混问她，一个女的怎么也来打架，后来进警局，也是他审问的她。

"别担心，他会没事的。"年轻警察宽慰她。

"能告诉我发生什么事了吗？"晏枝努力压抑想哭的冲动。

年轻警察领她在手术室外的长椅坐下，打开自己的手机，播放其中一段监控给她看。

技术部那边刚传过来的监控，热闹的芜城街道，有人趁黑夜枉法。晏枝看得不是很清楚，但她知道里面那个正在交谈的人是晏东，他不喜欢刮胡子，所以下巴那里有点黑。警服一定要穿宽松一点的，因为吃饱了，肚皮那里的扣子不会被撑开。

监控里，大东站在车前，一边驱散人群，一边严厉制止身前那辆车停下。谁想车里的人发疯，发动引擎毫不犹豫地撞上去，车头狠狠撞击大东的腹部。

大东反应不及被撞倒在地，人群轰散而开，他快速从地上起来，绕过车头到车窗前，手指猛烈敲击车窗，让醉酒的人清醒过来。醉酒的人置大东的警告于不顾，在车门被打开的情况下，嚣张地拖行大东数十米。另一位交警在车的左侧，也被拖行。

晏枝抹掉脸上的泪水，看见监控里的人，头被车门碰撞，为了避免更多人遭殃，努力控制醉酒的人。

年轻警察关掉视频，递给她一张纸巾。

手术室外的指示灯变绿，手术结束。主治医生从手术室出来，一群人围上去询问情况，晏枝擦干眼泪，目光炯炯地看着医生。

"病人无恙。"医生笑着说。

晏枝紧绷的神情终于放松。大东那么善良温暖的一个人，怎么会有事呢？

手术后，晏东被转入普通病房，晏枝留在身边陪他。她今天吃了晏东做的汤圆，结果大东自己都没来得及吃几个，就套上警服离家了。晏枝想起他跟自己说过的，做我们这一行就是要随时待命，所以晴晴才跟他离婚。

晴晴是晏枝妈妈，刚开始嫌弃大东只是个辅警，后来大东辅警转正，却又嫌他不顾家，陪母女俩时间少。晏枝认为晴晴做得最正确的一件事，就是把她留给大东。

"你说你，三十多岁了还让人这么操心。"晏枝守在大东病床前，深沉地叹了口气，"想让你平安无事真难。"

周小敦这时候给她发消息：老大，你东西都收齐了没？我们明天几点出发啊？

晏枝沉默地打字：我不去了，你去吧。

周小敦：为啥？

晏枝：大东生病了。

晏枝回完这句就把手机搁在一边，任凭手机怎么响动，都置之不理。她在病床前睡了不安稳的一觉，等到第二天，有警察叔叔来询问情况，那个年轻警察也在。大东已经转醒，醒了的他跟平常没什么两样，照样乐呵呵的。晏枝下去给他买粥，把说话空间留给他们。

医生说他腹部受到猛烈撞击，还说他大腿皮肤与地面快速摩擦致使灼烧，不过都还好。买完，晏枝捧着一碗热粥进病房，听他们说前言不搭后语的话。

"放心，他已经被执法。"

"所以说开车别喝酒，喝酒准误事。"

晏枝沉默地把粥放在桌上，又沉默地出去。

周小敦给她发来消息：老大，我已经听说晏叔的事了，我很难过。

周小敦：等我从北城回来，把梁沉捎上一起来探望晏叔。

晏枝坐在日光照进来的长椅上揉眼睛，她有点困，手机什么的压根不想看，因此就没看见周小敦的消息。走廊闯进一个人影，风风火火，晏枝瞥一眼，眼皮跟着往下耷拉。

"晏枝！"陆独傲拽起她，"出了这么大事你怎么不跟我说？"

"好困啊。"被拽起的晏枝自动滑下去，她浑身软绵绵的，在阳光的照耀下眼皮沉沉一耷拉，终于无所顾忌地睡去。

"算了，你好好睡。"陆独傲原地转了一圈，低头静静看着她的侧颜，弯腰把她诡异的睡姿扶正。

直到晌午，晏枝都没醒。这期间一直是陆独傲在照顾晏东，他跑上跑下，路过熟睡的晏枝时，拿了张报纸罩在她脸上。晒黑了，她肯定会骂人，陆独傲不想挨骂。

晏枝是被一阵高跟鞋的声音吵醒的，高跟鞋的主人极其放肆，踩在医院光滑的地板上一点都不收敛。几秒后，高跟鞋的声音停下，来人停在晏枝面前，并摘掉她脸上的报纸。

晏枝睁开眼，眉头忍不住蹙了蹙，她看着眼前面容精致、实际年龄却跟她差不多的女孩："你是谁？"

"我叫魏西夕。"魏西夕伸出手，眼线挑得极长，"撞你爸的人，是我爸。"

晏枝一下子精神抖擞，坐直身体，神色紧张地看着面前这个看起来过分成熟的女孩。

"我想和你聊聊，可以吗？"魏西夕露出一个友好的笑容。

来人看起来很执着，晏枝同意了魏西夕的请求，两人来到医院天台。

医院天台风很大，魏西夕向后挑头发，望着楼下来来往往的行人："出事那天，其实是我生日，我爸太激动了，他喝了好多酒，我让他少喝点，他不肯，说是自己陪女儿过的第一个生日，高兴！"

晏枝静静听她说，眉头深深夹着。

"你一定不知道，他是为了我才回国的。"魏西夕抹了把眼泪，继续说，"我妈去世了，他不想让我一个人无依无靠，于是飞回国陪我。"

晏枝低头摸口袋，从兜里掏出一张纸递给魏西夕。魏西夕伸手接过，眼泪却还是不停地往下掉。

"他现在是我唯一的亲人了。"魏西夕突然抓住晏枝的手，用一张哭花的脸恳求道，"晏枝，看在我们都是单亲家庭的份上，你行行好，这件事我们调和好吗？我不能没有爸爸。"

晏枝缓缓抽出手，边摇头边往后退："不可以。"

"为什么？"魏西夕不解，"我能给你们钱，你们要多少我给多少，包括你爸的术后费用我全包了，只要你们肯调和，别让我爸坐牢就行，我求求你，好不好？"

晏枝心有悲悯，但仍旧坚定地摇头："可是你爸犯错了，做错事的人怎么可以不接受惩罚。"

魏西夕疯狂摇头："他不是故意的，我知道他不是故意的！他只是喝多了而已。"

怎么会不是故意的呢？监控镜头拍摄得清清楚楚，晏枝往后退，不想再说下去："我不接受调和。"

说完，晏枝从天台离开，大东还需要人照顾，她不能待在这里太久。

晏枝走后，魏西夕的脸色一点点变得难看。她蹲在地上放声大哭，没有了爸爸，自己该怎么办？他们凭什么不接受调和！自己都那么放低姿态了，为什么不肯放过爸爸！

魏西夕胡乱擦掉眼泪，眼里的色彩一点点变了，她掏出手机拨通一个电话。

"表哥。"

"哟，大小姐给我来电话了。"那边的男声慵懒放肆。

"你是不是要回芜城了？"魏西夕眼里藏着计谋。

"嗯，怎么想我了？"

魏西夕唇边挑起一抹笑："我要你去芜城一中读书，我看一个人不爽，你替我教训教训她。"

"怎么教训？"

"随便你。"

挂断电话，魏西夕盯着晏枝离开的方向，心想：晏枝，你不让我好过，我也不让你好过。

晏枝从天台离开后接到梁沉的电话，周小敦应该已经到北城，把这事告诉梁沉了。医院楼道上没人，她在角落蹲下，接通电话。

"晏枝。"梁沉喊她的名字，语气平稳又带着些安抚。

晏枝没什么兴致："嗯。"

"晏叔还好吗？"

晏枝手指摩挲裤子："没什么大碍。"

"那你呢？你还好吗？"

晏枝："嗯。"

"你要是这么丧下去，晏叔肯定比你先痊愈。"梁沉淡声道。

晏枝掏掏耳朵："你要骂我了？"

梁沉语气和缓一点："我不敢。"

热闹的街头，周小敦喝着梁沉买的奶茶，满脸诧异。

梁沉眼里情绪翻滚："在我见到你之前，可以丧。"

长时间的难过在这一刻得到释放，晏枝被梁沉逗得笑出声来，她好歹肯多说几个字："我真没事，你们都别来关心我，过几天就好了。"

梁沉心头松软："好好照顾自己。"

"知道了。"晏枝抬头望着楼道拐角的小窗户，有光溜进来，她不禁说道，"梁沉，这个世界对我们好苛刻啊。"

"嗯。"梁沉声音温和，"所以我们要对自己温柔一点。"

晏枝点头："好。"

之后，晏枝继续在医院照顾大东，陆独傲也每天都来。他最近不叫"晏叔"了，直接改口叫"干爹"。大东很开心，逢人就说自己多了个儿子，晏枝觉得自己的家庭地位受到严重威胁，但她没有办法。

魏西夕自从那次之后就没再来过，久而久之，晏枝都快忘了这么一个人。梁沉和梁母来芜城探望大东，带了一堆水果和零食，让整个医院的人羡慕。

"我真没想到你会来。"晏枝盯着手里的香蕉,皮都是剥开的。

梁沉:"我说过我会回来。"

"是吗?"晏枝咬一口香蕉,随便应答。他们在大东的病房里,大东不在,梁母陪他去楼下晒太阳去了。

"怎么样?"梁沉倚靠在病房窗户边。

"什么怎么样?"

梁沉:"香蕉的味道。"

"还行吧。"晏枝吃得津津有味。

梁沉轻笑一声,距离两人上次见面过了差不多一个多月了,一个多月的时间,眼前的女孩瘦了。

"我没去北城,对不起啊。"吃完,晏枝拍拍手。

"没事。"梁沉起身给她拿一张纸,"嘴边有香蕉屑。"

是她吃得过于狼吞虎咽了。晏枝不自觉尴尬,她站在梁沉面前犹犹豫豫,梁沉手里那张纸,她拿也不是,不拿也不是。

梁沉没看出她的窘迫,见她嘴上有脏东西,就把她拉到有阳光的窗户边,抬手拿纸巾往嘴边擦。晏枝全身僵直,宛如一尊雕塑。

"放轻松,"梁沉抬眼,"你绷得太紧了。"

这时,病房的门被缓慢扭开,站在窗户边的两人莫名心虚,梁沉手疾眼快地拉上米色的窗帘,同时将晏枝拉着往窗边角落躲。

进来的是大东和梁母。一看房里没人,晏东爽朗道:"两个小屁孩不知道到哪儿玩去了。"

梁母扶着他坐下:"孩子自有孩子的快乐,你啊,少操点没用的心。"

"我不操心。"晏东在病床边坐下,抬头盯着梁母,"现在只有你操心我。"

躲在窗帘后的晏枝和梁沉:"……"

大东还在继续发力:"人只有病一场才知道对自己好的人是谁,才知道谁是真心,谁是假意。"

晏枝躲在角落里,死死咬紧牙关,因为此刻她真的很想笑。

"我啊,也看清了身边人对我的关心和照顾。原来人生在世一场,不该犹豫,不该尿,要是真遇到喜欢的,应该勇往直前,奋起直追。"

大东的目光一直黏在梁母身上。

"我受不了了。"晏枝心想。因克制笑意，她的手指甲狠狠掐着梁沉的肉，牙齿也咬住他的卫衣。梁沉低头看一眼，无奈地摇头。

"先喝药。"梁母耳朵微红，端起桌上的热水壶往杯里倒水。

"我来。"大东立马接过去，"这种事怎么好麻烦你。"

"不麻烦。"梁母退到一边。

"男人凡事要亲力亲为。"大东倒了一杯热水，端到嘴边吹了吹，然后递给梁母，"你喝一口看烫不烫？"

梁母疑惑：拿我试温度是吗？

与此同时，窗帘后面爆发出一声笑，晏枝实在是忍不住了。

听到笑声，大东和梁母都下意识地退开点距离，之后反应过来，发现自己退不退好像都没用。

"枝枝！"大东头一回恼羞成怒。

晏枝和梁沉拉开窗帘出来。

四个人静静望着，相顾无言，一阵尴尬蔓延……

晏东一想到自己刚才说的那些话都被女儿和梁沉听去，就忍不住害臊，一张脸红成煮熟的虾。

"我有点饿，下去吃点东西。"瞥到大东满脸悔恨的样子，晏枝非常识趣地找个借口开溜。说完，她也不管两人听没听见，拉着梁沉往外走。

到走廊处，晏枝回头看，不由得拿手拍了拍胸脯，受惊地自言自语："大东一定很后悔，不过我好像认识到他新的一面。"

梁沉悠悠地走在她后面，不时"嗯"一声，视线落在女孩摇摆的马尾上，嘴角浅淡地勾起："我们给他们留点空间。"

出了医院，晏枝和梁沉走在大马路牙子上，冬风算不上寒，走久了鼻头还会沁出一层密密麻麻的汗。

"晏枝，想好以后在哪个城市读大学吗？"红绿灯路口，梁沉似不在意地问她。

"分数够上哪个学校就去哪里。"晏枝很实诚，同样，她的分数也很实诚。

照她这么说，梁沉算了算，可能勉强只能上一个二本，于是他问："有想过去北城吗？"

绿灯行，两人走过马路。晏枝低头认真思考，北城的学校分太高，她估摸够不到。

"想，但我估计做不到。"

"我帮你，如果你相信我的话。"

晏枝这才抬头看向梁沉。

"可以吗？"她问。

梁沉偏头瞧她："只要你愿意。"

晏枝眨眨眼，头僵硬地转正，半晌才反应过来，缓缓"哦"一声。就刚才，她好像答应了一件了不起的事情，而这件事会让她很痛苦，那就是学习。

路口驶来一辆银黑色的跑车，流线型车身，如驰风之势嚣张地从晏枝身边掠过。梁沉把晏枝往里拉，一双眼紧盯着晏枝的反应，他承认自己总想从晏枝眼里看到点什么，譬如开心，还有对未来的向往。但她的眼里只有困惑，带着一种无所适从的傻气，让他渐渐明白是自己一个人在规划。

"刚才的车好吓人！"晏枝惊呼一声，手还被梁沉拉着。

梁沉把她被风吹乱的刘海拨正，刚想要说什么，谁知那辆驰骋而过的银黑色跑车又原路返回。这回它放慢了速度，最后稳稳当当地停在晏枝面前。

跑车是敞篷的，很明显能看到里面有两个肆意的男生。其中坐在副驾上的那个男生，染一头银白色短发，耳朵戴黑曜石骨钉，长腿修长。他一只手搭在车窗上，狭长的眼明晃晃地看过来，那双眼里满是无畏、自信、张扬和肆意。

他的唇极薄，开口说话的调调比一池春水还要激荡："小美女，刚才惊扰到你，对不起喽。"

晏枝一脸蒙，犹豫着没出声。

"好像让你受惊了。"银白色短发男生笑了笑，眼尾挑得比女人还要风情，"不过，我也没什么能赔偿给你。"

他这么说，却从车里拿出一早准备好的一捧花递给她："蓝色鸢尾，给小美女赔罪。"

晏枝看着那束花被推到自己面前，立在半空中，她鬼使神差地看向梁沉。

梁沉替她答："她……"

"嘘！"银白色短发男生伸出一根手指竖在唇边打断他的话，语气疏离又嚣张，"我在问这位小美女。"

梁沉微微蹙眉，能感受到这个男生对他的不屑一顾和轻蔑。

晏枝头一回面对这种场面，她略显尴尬："谢谢，不过我不打算要。"

"那真是遗憾。"银白色短发男生微微一笑，毫不迟疑地将花向后抛去。

与此同时，坐在驾驶座上的男生启动引擎，车子重新上道。车里传来他们放肆的笑声，蓝色鸢尾花束一枝枝散开，在空中坠落，绚烂多彩。

"芜城什么时候有这么……"晏枝下了一层台阶，看着跑车离开的方向，把没说完的话说完，"放肆的人了。"

声音落在空中，没人回应。晏枝回头，发现梁沉正弯腰捡地上的鸢尾花束，她也弯腰去捡。

晏枝把花束重新拢在一起，歪头："梁沉，我好像从来没看你这样过。"

梁沉在她心中一直是个清心寡欲的人，他守礼、讲规矩，少见的松弛也是出现在晏枝看不到的地方。如果他放肆起来，想想都很令人难以相信。

梁沉却是一顿，抬眼看过去，明明是疑问句，语气却是肯定的："你喜欢这样的？"

刚刚那两个男生，明显给晏枝留下了深刻的印象，梁沉完全能猜出来晏枝心里在想什么。

晏枝被他的眼神震到，她没觉得自己喜欢放肆的，她只是喜欢这种自由的氛围而已。还记得之前她问过梁沉一个问题，答案是她更倾向于被五指山压之前的孙悟空，因为她更爱肆意妄为的孙悟空，而梁沉则相反。

梁沉并没有多说什么，他会尊重眼前这个女孩的所有想法，即使他们偶尔想法相悖。

"我觉得你的性格就很立体。"晏枝看着对面的人说道。

梁沉偏头，眼里春风万里："想看我放肆？"

被说中心中所想，晏枝低头："倒也没有。"

"一般人见识不到。"梁沉说。

晏枝火速抬头："为什么？"

因为他心态平稳，因为见识的人多了，所以对谁都可以游刃有余，保持平和，爆发也需要事件的挑起。

"鸢尾花收着吧，挺好看。"梁沉转移晏枝的注意力，避开她的问话。

晏枝接过花："噢，好。"

她被梁沉这么一转移注意力，早把要问的问题忘了。

梁沉第二天下午的火车回北城，梁母留下来，节后如果没什么特殊情况，她估计都会留在芜城。

依旧是晏枝送梁沉。在送梁沉离开之前，晏枝收到一条好友申请，紧接着，那人又甩过来一个电话号码。她起先没在意，也没搭理。

火车站人很多，年后去往大城市工作的年轻人一拨接一拨。晏枝跟在梁沉身边有一搭没一搭地说话，像只喋喋不休的麻雀，看见什么都要说一嘴。梁沉时不时在她的话里找出几个关键点，然后顺着说下去，总之，不会让她的话"掉地上"。

"所以你以后要监督我学习？"

"嗯。"梁沉一手推着行李箱，一手插在口袋里，他平和的眉眼往上抬，落在火车站门口某一处时，眼神凝了凝。

门口，银白色短发男生双手环胸，盯着这边，格外耀眼。

"我们从这边走。"梁沉语气平稳，手搭在晏枝后背，轻推着她转移方向。

"咦，为什么要绕远路？"

"消食。"

晏枝："……"

她正纳闷着，手机铃声响起，来电显示是个陌生号码。

梁沉轻飘飘地瞥一眼，满不在乎地开口："最近传销公司要比业绩。"

晏枝果断按掉电话。

送别梁沉后，晏枝鬼使神差地看了眼车站大门口，并没有看到什么，她觉得哪儿有点奇怪，包括梁沉，但她并没有继续深想。

接下来的日子过得很快，大东出院回家，梁母开始频繁出入他们家。每回梁母一来，晏枝就喊："梁妈！"

起先梁母很惊讶，后来晏枝喊的次数多了，梁母也从一开始的不太确定变成笑脸应答。

晏枝跟梁沉断断续续联系着。新学期开始，班长走了，副班长成功升为正班长，至于新的副班长嘛，是晏枝。

班长说："有人要我培养一下你的领导能力。"

"为什么？"晏枝猜到是梁沉，这人总是不打招呼。

班长："有人说你比较懒散。"

晏枝："……"

虽然是实话，但她那天气得把教室里里外外都打扫了一遍，当着班长的面！

梁沉走后，班里的女生也换了讨论对象，听说艺术班新转来一位超帅的男生，大长腿，细腰，在春天里肆意笑，篮球场上飒气投篮，完全是梁沉走后的又一位"校园明星"。晏枝总是听到有人议论他，有一回课间，连他的名字都听到了。

"他姓魏。叫魏荆舟。"

"好好听的名字。"

"而且他笑起来真的好迷人！真的好像大明星！"

晏枝被迫接收这些信息，如走马灯一样。她还沉浸在梁沉走后不适应的阶段，每每看到前桌那个男生留着炸天发型的后脑勺，就忍不住眼睛往下瞥，随后便看到脏乱的校服上写着乌七八糟的几个字"上天入地第一帅"。

她不忍直视，痛斥：还我干净的梁沉！

放学也没人陪她一起，陆独傲问她要不要一起回家，她拒绝了。

至于为什么，她自己也不知道。她一个人走到停自行车的地方，车辆毫无章法地乱放。

"你在干什么！"晏枝三两步走到她心爱的"粉红猪"面前，制止眼前这个男生破坏她的自行车。

光天化日之下，当街做坏事，她气得不行，抬头准备展开严肃教育，结果看到男生的脸，话全都卡在喉咙说不出来。

银白色短发男生，蓝色鸢尾花，跑车，晏枝脑海蹦出这几个词。

"被你看见了。"做坏事的男生摊手耸肩，眼睛挑得极亮，"小美女，好久不见！"

他的头发已染回黑色，耳朵处的黑曜石骨钉却没取下来，阳光一照射，格外耀眼。晏枝有一瞬间很错乱："是你？"

"小美女还记得我？"他一笑，腰弯下来盯着她，"我还以为你不记得我了呢。"

男生靠得很近，晏枝稍稍往后退，提醒他："你刚才要扎我的自行车。"

"没错。"男生大大方方地承认，"我不知道你在哪个班，就只好自己给自己创造机会喽。"

有这么创造机会的吗？晏枝严厉控诉："那你也不能扎我自行车。"

"对不起啊。"男生瞧她似乎真的很生气，不太好意思地摸摸头发，"我想你坐我的自行车，所以才这么做的。"

听他说完，晏枝更加错乱了，这是什么意思？

"不过，你现在也认识我了。"他灿烂一笑，朝她伸出一只修长白皙的手，"小美女，我叫魏荆舟，很高兴认识你。"

魏荆舟？那些女生讨论的艺术班的那个魏荆舟？晏枝看着眼前伸过来的手，纠结要不要也伸手过去，哪承想魏荆舟直接牵起她的手握了握，又很快放开。

魏荆舟很懂什么叫作适可而止，还没等晏枝反应过来，他不知道从哪儿掏出一枝花递给她："蓝色鸢尾，给小美女赔罪。"

一样的台词，一样的调调，笑容迷人，晏枝这回接了花。

"我叫晏枝，十二班的，我知道你是艺术班的。"晏枝说，"你

· 138 ·

要想认识我完全可以通过正经途径。"

魏荆舟的目光在她脸上扫过，似无情又有情："哦？"

这一声"哦"的意思，晏枝没品出来。

第十章

10 / 我会是特殊的那一个吗 /

晚上到家，大东不在，晏枝随便弄了点吃的，接着去卫生间洗漱。弄完这一切，她才回房间写第二天要交的作业。

像是掐着点，梁沉的消息准时发过来：准备写作业？

晏枝回：你是小灵通？

梁沉却没跟晏枝多啰嗦，他把晏枝晚上的时间分成三份，一份给学校的作业，一份给他布置的作业，一份给睡眠。

梁沉：作业上有什么不懂的都可以问我。

梁沉：我随时在。

虽然他比老师都认真负责，且温柔，但晏枝有种被赶鸭子上架的感觉，不过是她答应他的，答应他的事，她肯定会做到，但……

晏枝：我会不会太麻烦你了？

看到这条消息的梁沉停下笔，试图打消她的顾虑：我很闲。

那就好，晏枝信以为真，开始认真做题。学校布置的作业很快能做完，题的难易程度也还好，梁沉布置的作业提高了不止一个高度，晏枝很是为难，从第一题开始，她就被打倒。

算了，先做其他的，晏枝这样想。咬笔头咬了一个小时，一个小时后，她也就做出两三道题。太难了，她正准备发消息给梁沉，发现新朋友那里有好友申请，点开，看到验证消息：魏荆舟。

晏枝随手点了同意，接着发消息给梁沉：我不懂的有好多，怎么办？

她不知道少年给她设置了特别关心，声音提醒也和其他人不一样。梁沉听到声音从桌上醒来，窗外黑夜，星星一眨一眨，他闭着眼缓了缓，驱散一天里学校医院两头跑的疲惫。

梁沉先回她：没事，我们一题一题来。

然后他去饮水机接了一杯水放桌边，紧接着半开窗户让凉风吹进来，真正使脑子清醒后，他拿起手机拨通晏枝的语音电话。

晏枝放下手中薯片，手忙脚乱地接通，幸好不是视频，她莫名放松下来："喂？"

梁沉学她的口气："喂？"

晏枝咯咯笑。

梁沉揉揉眉头，直接开始："把你不会的题号告诉我，我们从第一题开始。"

"好！"她念道，"二、三、五、六题。"

梁沉："挺少的。"

晏枝："……除了这些，其他都是不会的。"

梁沉"嗯"了一声，似乎是在想怎么回话。

"可以谅解。"

晏枝："我也觉得。"

梁沉眉头微挑，心下一阵稍暖，这段插科打诨就这么过去，接下来便是无聊的讲题时间。

好在梁沉声音好听，晏枝听着听着老是容易走神，偏偏每到这个时候他都会点她一下，让她的注意力集中。黑夜静悄悄，晏枝听着梁沉的声音，擦擦改改。

第二天，晏枝起得有些晚，陆独傲问她昨晚是不是加班加点赶作业了，她说差不多，他哼笑一声，显然不信。

反过来，晏枝提醒他："陆独傲，你的英语一定要好好学一学了。"

一个学霸应该是"六边形战士"，像梁沉这样。陆独傲是"五边形战士"，唯独不爱英语。

"怎么关心起我来了？"

晏枝把大东搬出来："因为大东不喜欢英语不好的。"

晏枝是将个人见解安在别人身上，偏偏陆独傲信了，而且他理解还有偏差：晏叔不喜欢英语不好的女婿，以及不喜欢英语不好的干儿子。他看着眼前的英语书，心想着，要不学一下吧，反正也没多难。老刘过来通知今天音乐课老师请假了，全班同学默认拿出数学课本。

老刘很感动同学们如此爱学习，所以他决定补完下一句话："你们跟艺术班的同学一起上。"

"耶！"全班又把数学课本塞进去。

他们在班长的带领下走到艺术班专门学习音乐的地方，地方很大，空间非常充足。十二班的同学纷纷发出"哇"的感叹声，等艺术班的同学看过来时，他们又默默闭上嘴。

晏枝看到了魏荆舟，他半靠在第一排的课桌上，正在跟一群打扮潮流的同学聊天，气氛青春洋溢。晏枝摸索到最后一排，想到他昨晚给她发的消息：小美女，晚安。

她没回，纯粹是太晚了，所以回不回应该都无所谓。

魏荆舟也看到了晏枝，他跟她说了声"嗨"，隔着远远的距离，并没有过来。

音乐老师开始上课，多是乐理知识，伴随着哆来咪发唆拉西哆的声音。十二班的同学这节课上得真是一窍不通，晏枝无聊到抠手指，撑着脑袋听前面艺术班快乐到爆炸的笑声，头一回爱他们每次上课就放歌听的音乐老师。

好歹熬到练声结束，下面到了钢琴阶段，音乐老师撑在钢琴边说："有谁想上来展示展示？"

十二班的同学齐齐低头。

"魏荆舟同学，他们说你是钢琴小王子。"音乐老师也不好喊十二班的同学，点了魏荆舟。

此话一出，艺术班的人互相说笑，对老师喊，他弹钢琴可好听了！

"那就你了。"音乐老师拍板。

魏荆舟在全班的哄笑声中上台，他耳边的骨钉又冷又刺，人全程都是笑的。

"老师，我弹首《梦中的婚礼》吧。"魏荆舟双手放在钢琴上，一双笑眼迷倒一大片人。

"这首曲子很出名。"音乐老师投来赞赏的眼光。

魏荆舟勾唇一笑，开始弹琴。在弹钢琴上，他就像个游刃有余的老手，随性自由，气场迷人。

他的气质太过浑然天成了，就容易让人心生向往，台下不少女生双手捧脸看着他——好像在看一颗发光的珠子，晏枝这么评价。她的视线落在享受音乐的音乐老师身上，难道，只有自己一个人，没有音乐细胞吗？

一曲毕，魏荆舟绅士地鞠躬，再抬头，目光好似透过重重人群看了晏枝一眼。

晚上，晏枝照常写作业。梁沉今晚给她布置的作业不算多，大概是为了照顾她的智商，难题减少，中等难度的题变多，刚学会的题就举一反三反复练，所以晏枝今晚进行得算快。

梁沉在电话那头夸她："不错，进步很大。"

晏枝有点嘚瑟，忽然想到什么，忍不住问梁沉："你还记得那天那个送我鸢尾花的男生吗？"

梁沉稍有停顿，垂下眼接着说："记得。"

"他转到我们学校了！"晏枝声音兴奋。

梁沉在那头，听得清清楚楚。

"他这个人有点怪。"晏枝跟梁沉这个朋友倾诉，"他用钢琴弹了一首告白曲。"

梁沉没说话。

"梁沉，你在听吗？"见那边没出声，晏枝问道。

梁沉紧绷的手松开，他唇边一抹笑绽放得刚好："晏枝，好好学习，天天向上。"

晏枝"噢"一声："学习方面我得学你，恋爱方面我不能学你。"

梁沉蹙眉，完全听不懂晏枝要表达什么："你在说什么？"

晏枝："你不是说三十岁才考虑恋爱的事吗？"

梁沉当时说的话，晏枝记得清清楚楚。

"三十岁？"梁沉反问，"晏枝，你想让我孤独终老吗？"

晏枝很委屈："你那天当着我的面说的啊。"

梁沉努力控制自己，他确实说过，但万万没想到这句话被晏枝记到现在，他隐隐觉得自己给自己挖了一个很大的坑。

"我收回这句话。"梁沉平静道，因为晏枝而收回。

晏枝："你考虑谈恋爱了？"

"目前不是谈恋爱的好时机，"梁沉试图让晏枝的思想跟得上他，"我们现在是学生，主要以学业为重，所以……"

"我懂。"他话没说完，被晏枝抢走，"我非常懂！"

你真的懂吗？梁沉握着手机一言不发。

新的一天开始，晏枝骑自行车去学校。昨天她和梁沉的对话到一半就结束，他好像还有话要跟她说，不过最后只说了一句晚安。春季回暖，万物复苏，晏枝很快就把这件事忘在脑后。

女孩子讨论的对象还是魏荆舟，听说他去市里准备一场舞蹈比赛，请了两天假。但他给晏枝的消息从来没停过，早中晚各一遍，早安、午安、晚安。晏枝盯着手机，回也不是，不回也不是，她没见过这么热情的男孩子。

晚上和梁沉的语音作业一直在继续，在他的帮助下，晏枝新学期第一次月考，成功挤进班级前十。陆独傲的英语成绩也疯涨，成功挤进年级前十，倒是周小敦倒退了好几名，原因是他女神最近迷上一款游戏，他每天没日没夜地陪她打游戏，垮了。

周小敦一脸沮丧："老大，你怎么还背着我学习呢？"

晏枝："我明明是光明正大学的呀。"

周小敦："你以后学习带我好不好？"

"不行。"晏枝直接拒绝。梁沉带她一个就够辛苦了，再来一个，岂不是要整垮他，她得为梁沉的身体着想。

晏枝这么想，到了晚上，一有不会的题就查搜题器，直到搜题器给的答案她都看不懂，才敢麻烦梁沉。毕竟人家是义务帮忙，到现在她都不知道梁沉为什么会突发奇想，拯救她的成绩。

等到周末，一直未返校的魏荆舟从市区获奖归来，那天晏枝骑着自己的"粉红猪"在大街买了一袋泡芙，人刚转过身，从旁飞出一个戴帽子和口罩的男生抢走她的泡芙，速度之快，令她措手不及。

"喂，站住！"

偏偏这个时候，魏荆舟如神明一般骑着车路过她："小美女，怎么了？"

晏枝完全没想那么多，急得跺脚："有人抢我泡芙！"

"等着。"没多问，魏荆舟直接往前冲。

没过十分钟，站在原地等的晏枝远远看见魏荆舟骑着自行车过来，他手里拿的正是她才买的泡芙。

"遇贼了？"魏荆舟把完好无损的泡芙递给她，"抢一个小姑娘的吃的算什么本事。"

晏枝赞同他，她蹬上自行车，也没想到会在这里遇见他。尤其是前一个小时，他还给自己发了午安，但他每次都保持着一种不近不远的距离。

晏枝"嗯"一声："谢谢。"

"不谢。"魏荆舟满面笑容，今天他的黑曜石骨钉换成了银色的，更加好看。

"一个人在大街上玩什么？"他主动挑起话题，眼神却看向街边另外一个方向，并朝那边点头示意了一下。他示意后，那群人也点头，随后离开街边。

如果晏枝有心注意到魏荆舟望去的方向，就会发现那里刚好站着抢她泡芙的人，只可惜，她完全没注意那边。

晏枝："随便逛逛。"

"有没有兴趣……"魏荆舟狭长的凤眼看过来，"跟我玩？"

晏枝抬头："什么？"

"开玩笑。"他的唇向上弯，眼神留在她脸上，"城东新开了一家烧烤店，小美女，我请客，要不要赏个脸啊？"

美食啊，晏枝的心开始蠢蠢欲动。她咳嗽一声，假装勉为其难："行吧，那我就赏个脸。"

魏荆舟挑眉，完全没想到她是一个一勾就跑的吃货。

烧烤店刚开业,人挺少,多是些小年轻,不过这家店有一个地方特别好,那就是有包厢,魏荆舟直接把晏枝往包厢领。

"我朋友也在,介绍你认识认识。"魏荆舟率先往前走。

"……你为什么不早说?"她最怕见生人了。

魏荆舟暗淡的笑容在他转身那刻重新扬起来:"怕什么,他们都很好相处的。"

晏枝:"行吧。"

进去后,里面确实有一群帅哥靓女,围着一张大桌坐着。晏枝有"潮人恐惧症",她站在原地没动,身后魏荆舟推着她往前走。

"给大家介绍一下,这位小美女是……"魏荆舟特意看晏枝一眼,才说,"我的好朋友。"

其他人开始起哄,不知因为他的哪句话。

晏枝的脸色唰地红了,她装作淡定地坐下,魏荆舟的话没什么毛病,她没啥好反驳的。

坐下后,魏荆舟开始点餐,中途问晏枝想吃什么。晏枝没那个心情,说了句客随主便,非常客气。

魏荆舟也没多问,一群人几下就把要吃的东西点了。晏枝的眼睛则偷偷瞟过其他人,她总觉得,他们的眼神里有话。

所幸烧烤上得很快,晏枝沉浸在美食里,不再想这件事。吃到一半,晏枝起身去厕所一趟,走时没带手机,手机放在搭在椅子上的外套里。

她走后,魏荆舟拿起一根烤串,没什么形象地吃掉,另一只空着的手顺便拨通一个电话:"在吗?魏大公主。"

魏西夕:"你打给我干什么?"

魏荆舟露出笑容:"跟你报备进度啊。人我带到这边来了,你要不要来一趟?"

"你自己看着办吧。"魏西夕说,"你一定给我好好教训她。"

"啧,大小姐真无情啊。"魏荆舟挂掉电话,耳边却又传来一阵铃声,他烦躁地拿起手机,却发现不是自己的手机响。哟,铃声跟他的一样。魏荆舟从晏枝的外套口袋夹出手机,看到上面备注的是"梁沉"。

他接通电话："喂？"

听到是个男声，梁沉微微皱眉："晏枝呢？"

魏荆舟整个人陷进沙发里，手往上撑，眼不眨心不跳地开始说假话："喝酒呢，这会儿跑舞池跳舞去了，您哪位？"

梁沉："把电话给她。"

"行啊。"魏荆舟故意把手机拿远，朝虚空处喊，"枝枝，你的电话！"

一屋子的人盯着他精湛的表演。喊完，魏荆舟稍作停顿，才对电话那头的人说："她让我帮忙接一下。"

"您要有什么事，跟我说，我事后转告给她。"魏荆舟跷着二郎腿，嘴角微勾，越来越喜欢这种感觉了。

岂料对方传来一声轻笑，让魏荆舟听出不屑的笑声。

"您笑什么？"魏荆舟坐正了身体。

"让她不要忘记今晚的作业，还有，少喝点酒。"梁沉并没有多说，径自挂了电话。

魏荆舟看着被挂掉的电话，头一回觉得自己被别人拿捏住。他不爽地舔了下牙，将晏枝的手机扔到沙发上，总之硌硬到人就好。

包厢里其他人问他："舟哥，她来了你怎么解释？"

魏荆舟不甚在意："就说……开了个玩笑。"

过了会儿，晏枝从厕所出来，她拿起自己的手机，把众人敷衍得明明白白："我爸喊我早点回家。"

谁都知道她上厕所没带手机，魏荆舟也不拆穿她，让她走："那小美女下次见咯。"

晏枝溜之大吉。谁知在她刚走没多久，包厢里闯进两个人，一人一边张望一边喊："老大！我来救你了！"

何合格紧随其后："晏枝，别怕！"

周小敦嘴里还叼着棒棒糖，他和何合格一前一后闯进来，气势像加勒比海盗和美少女战士。

"你们认识晏枝？"魏荆舟重新坐直身体，恢复友善的模样。

何合格："废话！"

周小敦看何姐一眼："对，废话！她人呢？"

"那我该如何相信你们呢？"魏荆舟笑着说，完全不透露晏枝已经走了，"枝枝是我朋友，我怎么能放心她被你们带走？"

周小敦被魏荆舟唬住，正准备想证明方法，谁想何合格一巴掌拍在他后脑勺上，吼他："榆木脑袋！他连我们都不认识，怎么算是枝枝的朋友！"

好……好有道理哦。周小敦重新恢复气势，直到魏荆舟把真相告诉他们——

"她刚走，就在你们来之前。"

周小敦："……"

何合格："……"

他们在收到梁沉给的定位后立马赶过来，结果人早走了？

晏枝知道这件事时是在夜晚，周小敦和何合格连番炮轰，把今天的事告诉她。这里着重描述了周小敦对梁沉的仰慕和何合格对梁沉定位技术的夸赞，她听得心惊肉跳。等周小敦和何合格走后，她小心翼翼地拨通梁沉的电话。

"梁沉？"电话很快接通，那边却没出声，他可能生气了，晏枝认为。

"嗯。"那边的人回了她一个单音节，明显是生气了。

"今天的事，我也没想到会让你担心。"晏枝看着窗外，天彻底黑下来，一轮清月挂着，"不过你放心好了，我没去喝酒，只是去吃了烧烤。"

梁沉隐隐约约察觉到那个男生的不怀好意，可他不能妄论，毕竟里面带了他个人情绪："晏枝，我只是希望你能保护好自己。"梁沉望着洒下的月辉，"不论对谁，都应该保持警惕。"

如果她碰到坏人，那该怎么办？

晏枝也逐渐意识到，除了魏荆舟，包厢里那群人她一个都不认识。可周小敦他们分明说，魏荆舟欺骗了他们。

"对所有人都这样？那你呢？我是不是也得保持警惕？"晏枝开了个玩笑。

"我会是特殊的那一个吗？"

月色洁白，梁沉立在窗户边，白色衣领被衬得异常光洁。他教晏枝保持警惕，却毫不收敛地告诉她，别对他设限，其他人不可以，但他可以。希望你能允许我闯入你的世界，并做独一无二的那个人。

晏枝沉默了好一会儿，说："可……可以呀。"

听到满意的回答，梁沉笑了，他少有地松弛着，落在窗户下驻足的路人眼里，是一幅皎皎少年如月华的画。

"好好睡一觉，今晚就不监督你学习了。"梁沉眼里如有浓墨，"晚安。"

晏枝："晚安。"

挂掉电话，晏枝蹙眉，梁沉这是什么意思？

"不管了。"晏枝重新躺回床上。

"猎物呢，需要你一点点诱捕它，你得让它自己心甘情愿爬进笼子里，并且为你痴迷，这才是高级猎人。"魏荆舟嚼着口香糖，蹲在地上把最后一根蜡烛点上，至此，由七十二根蜡烛摆成的几个字大功告成。

"小美女，你能听见吗？"魏荆舟跳起来朝某个方向喊，热火少年勇敢无畏，表现出一份赤忱和真心，笑容迷人。

"祝你生日快乐！"

魏荆舟的声音又高又热烈，引得小区不少人推开窗户看热闹，但他只盯着某一扇窗户，那里的人露出半个头，眼睛似乎睁得大大地看着他。

魏荆舟知道晏枝不会下来，但效果达到了就行，于是继续喊："小美女，生日快乐！"

他双手张开，随即天空出现一道红色的横幅，上面写着"祝小美女生日快乐"，与此同时，电子烟花轰然绽放，夺人眼球。

睡上床没一会儿，楼下就出现这样的动静，晏枝迷茫地看着魏荆舟，内心汹涌，又有点慌张。魏荆舟好歹没有在全小区喊她的名字。她急忙掏出手机，拨通魏荆舟的电话："喂，你在干什么？"

魏荆舟身后是燃放的电子烟花，他立在其中看着她的方向，声音明朗："生日快乐。"

晏枝有点纠结要不要告诉他，她的生日是阴历生日，所以过早了，但他很用心地准备了这一切，她死活说不出口。

"我……我知道了。"晏枝胡乱地抓了一把头发，被人如此热情地祝福，她也没有办法好吗？

"你先回去吧。"晏枝跟他商量，"魏荆舟，谢谢你，谢谢你做的这一切。"

魏荆舟乘胜追击："那晏枝小美女，你可以做我朋友吗？"

晏枝觉得他这个问题仿佛在问她"我可以吃饭吗"，小朋友都没他这么幼稚。她说行，纯粹是不想成为话题中心人物。

"好哟。"魏荆舟声音愉悦，"小美女，上学见。"

晏枝狂点头，"嗯"了一声。

这次生日祝福给晏枝带来巨大冲击，同时也被小区的人拍成视频上传到网站上，引得不少人转发和评论。梁沉是在医院看望梁正山时看到的，视频里的男生有双狭长的凤眼，很熟悉，那个小区，也很熟悉。

梁沉呼出一口气，觉得自己有必要回芜城一趟。他在晚上拨通语音电话，一如既往地辅导晏枝。时间久了，他完全知道她哪些题会，哪些题一窍不通，哪些题还需要加把火候。

女孩进步很大，又怕麻烦到他，不会的题越来越少，梁沉不想这样，他减少简单的题，又将题目的难度提高一点。怕她麻烦搜题器都不肯麻烦他，他又不着痕迹地改了题目的条件和数字，只等她来麻烦他。

晏枝纳闷最近的题越来越难了，难就算了，偏偏搜题器还搜不到，她只会认为梁沉找的题另辟蹊径，完全没多想。

梁沉一直都很有耐心，不过这次解答完，他并没有挂断电话，而是迟迟不挂。

晏枝习惯性等他挂："还有别的事？"

"没有。"梁沉撑着额，闭了闭眼，又睁开，"晏枝，下周我来芜城。"

"好啊！"晏枝接着等他挂电话。

梁沉一直举着手机，他或许意识到两人之间不该只有学习，这太枯燥，所以他突发奇想了一个沟通手段："讲了这么久，你说个笑话解解困。"

"什么？"晏枝头顶三个问号……为什么要讲笑话？

但梁沉既然提了，她就试着讲一个："从前有个老头，老头从前不洗头，因为洗头很麻烦，所以从前不洗头。"

"好不好笑？"晏枝问，那边的人沉默得仿佛一丝呼吸都没有。

好智障！晏枝拍了拍脸，自己究竟为什么要答应他的无理要求！

"挺好。"梁沉反应过来，配合着笑了一声。

人世间有多种笑，苦笑、干笑、放声大笑、哈哈大笑等，唯独梁沉表达给她的，是假笑。晏枝气呼呼，欺负她算什么本事："有本事你也讲一个。"

她气得跳脚了，似乎还有些不爽。梁沉觉得这样挺好，毕竟他们之前语音通话的时候，两人除了学习就是学习，偶尔两三句问候都怕耽误对方时间，今晚看来，他们都有闲的时候。梁沉在想，下一次让晏枝干什么，唱首歌吧，唱歌可以延长时间。

果然，到第二天晚上讲作业时间结束后，梁沉提议让她唱首歌缓解疲惫。晏枝完全搞不懂梁沉为什么要她唱歌，他最近有很多奇奇怪怪的要求，每次她觉得可以挂电话的时候，他偏偏要再多说几句，然后顺利让他们的对话进行下去。

久而久之，晏枝胆子更肥了，她敢指使梁沉："我不唱，你来唱，你唱不好，我就不挂电话。"

看似是威胁，恰恰刚好戳到梁沉心里：不挂电话？那挺好。他右手旋转着一支钢笔，眼下握着钢笔的笔帽在桌上愉悦地点了点，问对面的人："想听什么？"

晏枝只是随口一说，哪能临时出题："都可以。"

"好。"

梁沉有时候真的称得上超级温柔，尤其说某些单字时，有种溢出来的温柔。而且他真唱了，唱的一首晏枝没听过的英文歌。神奇的是梁沉唱歌一点都不难听，甚至很吸引人。

"这首歌名叫什么？"她问。

"等我到芜城告诉你。"

梁沉来芜城那天是周六，天气晴朗，春季已过渡到夏季，而芜城春短夏长，城市已经热起来，短裙可以安排上。晏枝上身穿着洁白柔软的雪纺衫，衣领是如弯月般的娃娃领，领口垂下两条黑色的丝带，增加了点缀。下面穿的A字短裙，百褶款式，衬得她的腰十分纤细，盈盈一握。她坐在奶茶店里，透过玻璃窗看着窗外来来往往的人。

梁沉没让她去接他，他说，来回奔波会很累。因为他知道会有些累，所以就不想让她累到。

只是令晏枝没想到的是，这个点，这个时候，魏荆舟出现在她旁边的位置上，他坐到她旁边，耳边的骨钉又换成黑色。

"枝枝。"他喊她像演员在演一场亲密戏。

晏枝惊诧地看着魏荆舟，直接开口："你来干吗？"

这一周，魏荆舟都在死缠烂打。每每在学校的各个角落碰到他，他都会扬起笑眼跟她打招呼，然后目光不会从她身上移开，那目光带着他刻意演出来的造作，晏枝没有察觉出来。

晏枝的世界还没有复杂到能猜出他的假，她只知道，这个人好像很关注她，比朋友还要关注她。

"当然是来看看枝枝在做什么喽。"魏荆舟才不会说，他是知道梁沉会来，故意来挑拨的。眼前的女孩好像挺乐意搭理他的，但不多，他得加把劲才能骗到她。

"可是我有朋友要见。"晏枝把最后一口奶茶吸进嘴里，决定妥善处理，"魏荆舟，实在对不起，要不咱俩约下次？"

说话间，奶茶店门口出现了一个人，魏荆舟瞥到梁沉，故意抬手抚了抚晏枝的头："枝枝的朋友，我也想认识。"

晏枝下意识地往后躲，好像除了梁沉，她并不习惯来自其他人的触摸。

梁沉进来就看到男生抚摸女生头发的场面，他垂下眼，脸上什么都没有显现，只看着晏枝，轻声喊她："晏枝。"

晏枝听到声音，立马从凳子上起身，跑出去迎接他。她擦身而过的瞬间，魏荆舟捏响了指骨。

晏枝跑到梁沉身前停下，她太久没有见到梁沉了，真的有些想他。不过梁沉并没有表现得多么开心，他大概、可能、确实有一点生气。

"晏枝，他是谁？"梁沉问。

不用晏枝介绍，魏荆舟自在地起身，主动递出手："魏荆舟，荆楚，野渡横舟。"

"梁沉。"梁沉也伸出手。

第十一章

/ 某人开始食人间烟火了 /

夏季日头长。魏荆舟和梁沉见面后，两个人之间的气氛莫名僵硬。晏枝抿紧嘴，她要不要提醒一下两个人——你们已经握了很久了，正常礼仪不会握这么久的啊！

"咳。"晏枝提醒，没人理她。

"咳咳。"晏枝加重咳嗽声，转身的瞬间假装不经意地扬起手，分开两人还在暗暗较劲的手。

"走了走了。"晏枝往外走，没想到身后两个人还在暗暗较劲。

三人抵达一家餐厅，据说这家餐厅很贵，晏枝拿起菜单看价格，默默惊讶：现在走还来得及吗？ AA 制也付不起呀！

谁料另外两个人看到价格一点反应都没有，仿佛这根本就是小钱。晏枝以为他们不好意思说，于是就替他们说："贵了是吧？那我们换下一家。"

说着，她就要起身，但左右两边各伸出一只手按住她。

"不贵。"

"还好。"

两人说的话差不多，晏枝心想，所以就我一个穷人喽？

她又重新坐下来，认命地点餐。

这家餐厅提供零食、小甜品，晏枝点完餐等餐时，梁沉问她要不要吃，她点头，随后看见左右两个人一同起身往那边走。

· 154 ·

折煞我！晏枝真心觉得这个场面糟糕透了，但更糟糕的还在后面。两小杯冰激凌被推到晏枝面前，一杯天蓝色、一杯粉红色，一样的美味可口，一样的……分量足。梁沉大概不忍心看她纠结，刚推过去的粉红色冰激凌被他移回来。

　　"不用。"晏枝及时抓住那杯粉红色的冰激凌，她的心思在某些方面很敏感，譬如现在。她拿回梁沉要推回去的冰激凌，并装作满足的样子说，"两杯刚刚好，我都要了。"

　　魏荆舟的笑容有点装不下去，她还真是……雨露均沾。先前拿冰激凌，他故意问梁沉："你说，她会要你的还是要我的？"

　　他就喜欢看这种场面，特别是抓心挠肺的那种。梁沉什么都没说，晏枝不在面前，梁沉连装都不愿意装一下。

　　魏荆舟在心里嗤笑，看着晏枝快速把两杯冰激凌吃完。她其实可以不用吃那么快，但怕另外一杯化掉，所以只好加快速度。她很周到，他评价，像他自己从来都不会照顾别人的面子，不想吃就不吃，为难自己干什么。

　　魏荆舟盯着对面的梁沉，上回包厢突然闯入两个人要带走晏枝，不出意外，应该是他示意的。

　　正餐上来，他们开始动筷。魏荆舟拿公筷夹了菜放到晏枝的碗里："枝枝，尝尝这道菜，这家餐厅的新品。"

　　晏枝大脑仿佛"宕机"，魏荆舟给她夹菜，她说不上多喜欢，但也没有那么反感，毕竟不好拂了他的好意，不过她还是说："谢谢，我自己来。"

　　人不能过于软弱和随便，否则就会被别人看穿，然后被牵着鼻子走。魏荆舟就是看穿晏枝不好拒绝这一点，笑着说："好，枝枝说什么就是什么。"

　　"这道菜你要是不喜欢，那就尝尝这道。"魏荆舟笑眼里是汹涌澎湃的兴奋，尤其当他不经意看到对面人沉默的脸色时，更加兴奋。

　　连着夹了三道，要夹第四道时，晏枝抱着碗不动声色地往后退。他们虽然是朋友，但关系还没好到这个地步，晏枝的手默默拢上碗口。

　　魏荆舟看到了，当作没看到，他抬起手，视若无睹地靠近她，却被梁沉直接拦下："她不喜欢。"

晏枝是个不会破坏和谐关系的人，相反，她会努力保持周边平衡，但梁沉不会。

魏荆舟被制止，收敛起脸上的笑容，冷淡了神色："你不是她，你怎么知道？"

"我了解她。"梁沉毫不退让。

梁沉说的每句话都很肯定，但又不是每个人都能轻易说出口。"她不喜欢""我了解她"，要多熟才敢肯定地说出这两句，魏荆舟自然了解，他放下手，恢复从容和笑脸，耳朵处的那颗骨钉在阳光下，闪着奇耀的光。

"行。"魏荆舟毫不在意地拍拍手。他不觉得自己败了，正准备来第二场，结果电话铃声响起。

晏枝下意识地拿手机，发现响的是魏荆舟的手机，魏荆舟也不放过这个机会："小美女，我们真的是心灵相通。"

对面的梁沉重重地把刀叉搁下，周身清冷无比。

晏枝拿纸巾擦嘴，心想凑巧吧。

"喂？"魏荆舟心情愉悦地接通电话。

"表哥，你在干什么？"

魏荆舟莫名看了眼晏枝，降低音量："吃饭呢，大小姐找我有事？"

魏西夕隔着一条街看着二楼靠窗户的男生，她大声喊："我让你收拾她，不是让她收拾你！"

魏荆舟很不爽她这个语气："你说什么？"

"你先好好看看自己在做什么！"魏西夕要气死了，"你就像只求爱不成的孔雀！"

魏荆舟不认可，严肃道："表妹，我在做什么，你会不知道？"

他没直接说出"演戏"两个字，然后直接挂断电话。晏枝和梁沉在这时看过来，魏荆舟心情烦躁，他随意瞥了眼窗外，直接起身："突然想起来有事，我先走了。"

魏荆舟走得突然，晏枝直直瞅着，感叹那通电话的力量，里面好像是个女声，而且那个声音竟有些熟悉。魏荆舟则没管她在想什么，他在证明自己说的话没错。孔雀？他哼笑，看，他不是想来就来，想走就走，想什么时候抽身就什么时候抽身。

晏枝放下刀叉，她早就吃饱了，眼下面对梁沉，一点都不带装的："我实在吃不下了。"

梁沉"嗯"一声，有很多话想问她，最终什么都没说，只问："出去走走？"

"好！"

街头拥挤，晏枝和梁沉走在宽阔的广场上。

"对不起啊。"晏枝跟他道歉，"我事先申明，我真的不知道他会来。"

梁沉自然知道，他已经深知晏枝的性格："他是祝你生日快乐的那个？"

晏枝点头："嗯。"

"他的性格，和你有相似之处，又有不同之处。"梁沉评价道。

"那多冒犯啊。"晏枝打死不承认自己和魏荆舟的性格有相似之处，"我和你的性格才有相似之处，我们都是十佳好青年。"

梁沉笑了，可能因为那句"我和你的性格才有相似之处"。其实一开始他并不打算和晏枝做朋友，她过于闹腾，像只没日没夜鸣叫的百灵鸟，与他性格相冲，可到后来，他改变了这种看法。

明明她没做什么让他觉得惊艳的事，明明他们都是普通人，可就是这样一般的相遇，他自己都觉得普通的相遇、普通的相处，却让他对她有了不同的注解。

路过的人步履匆匆，手肘撞了晏枝一下，晏枝瞬间没了支撑力，她踉跄着向梁沉倒去，而梁沉稳稳接住她。少女好像喷了香水，飘拂的发丝都带着幽香，萦萦绕在梁沉的鼻间，似有若无。

晏枝慌张地抬头看，正巧撞进他如海星一般的眼里，她连忙从他怀里退出来："人好多啊。"

"嗯。"梁沉也自然而然地放下手，"小心点。"

"噢。"晏枝没敢抬头，因此没注意到身边人微红的耳尖，以及不太平静的双眼。她左顾右盼，反正就是不去看梁沉。

奇怪，明明之前连拥抱都觉得还好，怎么现在撞一下却觉得不好意思？晏枝以为是他们之间生疏了，所以才这样。

广场对面，街边角落站着一个女生。那个女生是齐桑，她偶然瞥到梁沉和他身边的女孩，漂亮双眸垂下来。

多么好的氛围啊，齐桑看着眼前的这一幕想，但她才不会去抢，也不打算争夺，她会好好学习，然后遇见比梁沉更好的人。

街头拥挤，她转身就走。

晏枝跟梁沉回了家。门没锁，晏枝猜测大东应该在家，她打开门，首先入眼的是陆独傲，他拿着一瓣橘子，坐在沙发上吃得好不自在。瞥见晏枝以及她身后好久没见的梁沉，他一愣。

"哟，来客了！"陆独傲抻抻裤子，熟稔的语气仿佛他在这个家里住了很久。

晏枝对陆独傲出现在她家不奇怪，大东很喜欢陆独傲，陆独傲就时常来一起做个饭什么的，他人大大方方，没什么心眼，分寸拿捏得恰到好处。只是今天有梁沉，晏枝想起他们俩不对付。

她今天怎么要面对那么多难题，走了一个魏荆舟，又来一个陆独傲，不对付的全凑一块了。

"好久不见啊。"陆独傲推开晏枝，径直走向梁沉，说话吊儿郎当的，"我们的……前班长。"

陆独傲狗嘴里吐不出象牙。

陆独傲以前看梁沉不爽那是真的不爽，但目前来看，梁沉发现他对自己的不爽淡了很多，可能是因为人没在他眼前讨嫌。

梁沉微微挑眉："你从头到脚都没变。"

陆独傲哼一声，人往沙发的方向走："这说明这个人能处。"

晏枝觉得这是歪理。

大东听到动静从厨房出来，看到梁沉，大吃一惊："阿沉来啦！"

梁沉刚坐下又站起："晏叔好。"

"好好好，我可好了。你妈今天临时加班，晚上下班回来，你就先在叔叔这儿坐着，别客气。"大东按着梁沉的肩膀坐下，说着，又转向事不关己的晏枝和陆独傲，"坐着干啥，拿东西出来招待啊！"

陆独傲被迫起身，晏枝没起，她坐在梁沉旁边，心里想着去一个人就够了，去两个不纯属作秀吗？

大东转回厨房，这期间，梁沉问了晏枝一个很重要的问题："他在这儿住吗？"

晏枝没品出来："过年那几天他住的家里的客房，后来大东干脆给他收拾了一间房间，让他有事没事来回住都行。"

安静片刻，梁沉"嗯"了一声，眼里有隐晦的不开心。

折返的陆独傲拿了些零食放在梁沉面前，招呼说："随便吃。"

晏枝下意识地说："你再去拿些水果来，他不爱吃零食。"

梁沉侧头看了晏枝一眼，陆独傲也侧头看了晏枝一眼。然后，陆独傲一屁股坐在沙发上："那他自己去拿。"

"我去！"晏枝说着就要起身，被梁沉按下，他好似开心了一些。

"枝枝，我不吃。"

这一声"枝枝"，喊得晏枝原地爆炸。她有些艰难地坐下，魏荆舟喊她"枝枝"时，她没啥感觉。陆独傲有时候学大东喊她"枝枝啊"，她觉得有点被戏弄，可梁沉喊她"枝枝"，却有不一样的感觉。

"我去看看大东。"晏枝头一回坐在梁沉身边有点不适应，她感觉自己能听到他均匀的呼吸声，能感受到他身体的温度，还似有若无的靠近，于是她溜了。

晏枝走后，陆独傲扯开一袋零食吃得嘎嘎香。他抬头不爽地盯着梁沉，试图用眼神逼走梁沉。

梁沉问他："你很讨厌我？"

陆独傲摇头："没有，你不讨人厌，但就是看你不爽。"

梁沉笑了，他的目光看向在厨房左转右转被嫌弃的晏枝，片刻后又转回来："那次你们被抓进警局，不是我举报的，我只是恰巧路过。"

梁沉一开始不想解释，不了解他的人，再怎么解释，都无济于事，可现在不一样，陆独傲是晏东的干儿子，也算晏枝半个哥。这样的关系啊，还是解释一下好了。

陆独傲说："我知道不是你，后来晏枝跟我说了，她苦口婆心跟我分析了一个下午，我不相信也得相信。"

梁沉略微有些诧异，这件事，他从来不知道。

"她没跟你说吧。"陆独傲看他的反应就知道，"她自己在背后做了什么事，从来不说。"

"谢谢你告诉我。"梁沉平淡的脸上显露真诚。

陆独傲说:"我不稀罕。"

梁沉煞有介事地点了下头:"要是这样你还不爽我,那就继续不爽吧。"

陆独傲:"……"

梁沉笑了笑,朝他伸出一只手。

陆独傲瞥过去:"干吗?"

"讲和。"

"谁要跟你讲和。"陆独傲扔掉零食袋,右手却挥过去碰了一下。

梁沉看得出来,从他进门开始,陆独傲就已经不讨厌他了,所以他选择讲和,也是想将关系融洽到最大化。陆独傲在妥协,他也在妥协,他不是个喜欢解释的人,却愿意讲和,那是因为他们有共同想守护的人。

我们总会因为千丝万缕的联系凑在一起。陆独傲自从成了大东的干儿子,知道大东爱慕梁母,他就知道自己和梁沉总会有照面的时候,而梁沉因晏枝,也拓宽了朋友圈。不过,貌似双方都很心甘情愿。

夜晚,三人和大东还有梁母一起吃了顿饭。吃完饭,休息了会儿,陆独傲起身说要走,晏枝和梁沉将他送到门口。陆独傲走后,晏枝和梁沉拿着汽水去了天台。

"你还记得吗?我是在这儿知道你的梦想是什么的。"晏枝摸着肚皮说。

梁沉往下瞟一眼,问:"是什么?"

晏枝:"你说,我要为祖国的航母事业添砖加瓦。"

"嗯。"他又反问,"那你的梦想呢?找到了吗?"

梦想找到了吗?晏枝抬起头,一脸认真:"我想当一名医生。"

在看到大东进医院的那刻,她好像知道了自己想做什么。

"那,祝我们成功。"梁沉拿起汽水和她的轻轻碰了一下。

手机连着振动好几下,晏枝腾出一只手划开看,上面除了魏荆舟每天一成不变发来的问候,其他的是周小敦的消息。她点进去看了眼,不好打字,直接发了一串语音过去。

身边的梁沉侧目望过来。

"是周小敦。"晏枝解释，"他问我男孩和女孩逛街需要注意些什么，我跟他说绅士一点。"

"你不知道吧，周小敦竟然有女神。"晏枝仿佛打开了话匣子，"高一上学期那会儿，他恨不得给他女神拉条横幅，后来不知道从哪儿学来的方法，说叠一千只千纸鹤，是对自己女神最大的诚意。"

听到千纸鹤，梁沉内心一动。

晏枝继续："周小敦还说，他的千纸鹤和别人的还不一样，每张上面都印了 like you。"

梁沉隐隐觉得有什么东西在呼之欲出。

"我特别好心，帮他描摹了几张。"晏枝完全没注意到梁沉的反应，"不过啊，他女神肯定看不到。"

"我当时还送了一只千纸鹤给你呢，不过那只没有描摹 like you。"晏枝嘻嘻笑，笑得特别真诚，"单纯就送给你的。"

梁沉静默，很久很久没有说话。

晏枝抬头看他："梁沉？"

梁沉在回想他那天说了些什么，他说，他不接受谈恋爱。他还说，他三十岁前不会想谈恋爱，他委婉地拒绝了晏枝。然而到现在，晏枝告诉他这一切只是乌龙，从头到尾，都是乌龙。

梁沉深呼一口气，万万没有想到事情能反转成这样。他凝视着晏枝，一时之间也不知道该气还是该笑，对面的人则无辜地看着他。

"你怎么确定你给我的那只，里面没有描摹 like you？"很快，梁沉反客为主，语气似是调侃，三分真七分假。

晏枝头往后仰，不确定地反问："难道上面有？"

"嗯。"

那一刻，晏枝脑子炸开花，所以，很有可能她在无意间跟梁沉告白了一次。

"我以为你在跟我告白。"梁沉不轻不重地说，眼里都是她的面容，"不过现在我清楚了，枝枝，这是一场乌龙。"

晏枝整张脸都红了，大脑一直在回想当天的事情。她记得那天梁沉说了些什么来着？哦，他说他不想三十岁之前谈恋爱。

晏枝记起来了，可她眉头一皱，快速反应过来，所以他那天拒绝了她！

她猛地抬头，脸色一阵青一阵红，再也没有比此刻更尴尬的时刻了。

梁沉似乎知道她在想什么，低声说："告诉你一个秘密，我想在三十岁之前谈恋爱。"

晏枝的思路完全被他带着走："你准备食人间烟火了？"

今夜风大，吹得衬衫翻飞，梁沉垂头看着晏枝，一双眉眼似被风吹开，幽深明亮，能浅浅住进人心底。他收回眼神，浑身放松："在此之前，我们好好学习，实现人生第一道难迈的关卡——高考。"

晏枝突然觉得自己的智商有点不够用，她阴差阳错被他认为她喜欢他，可结果表明这只是一场乌龙，而且现在他还在告诫她好好学习，所以梁沉是真的把她当朋友吧。

"你……"

晏枝抬头，刚要不知羞耻似的问个清楚，结果身后传来大东的声音："枝枝，天台风大，快回家！"

"来了！"晏枝被这么一打岔，又不敢问了，她的勇气只持续了几秒，几秒过后，她转身离开，"我先走了。"

"枝枝。"恰是此时，梁沉喊了她一声，低低的、平淡的、缱绻的嗓音。

晏枝犹如惊弓之鸟，弯着的腰陡然直起，头却不敢转过去："你说……"

梁沉注视着她："好梦。"

晏枝狂点头，拐个弯，从天台溜下去。

黑夜星河璀璨，有人仰望无端惆怅，有人仰望求学若渴，还有人仰望心生幸福。树梢带风，风也眷恋树，夜里灯火通明，路人熙熙攘攘，车水马龙，小商贩在算今天挣了多少钱，然后乐呵呵地递给媳妇。

这个世界很热闹，也很安静。梁沉觉得自己此刻很快乐。

一路逃回家的晏枝脸通红，饶是大东在身后喊她也没听见。她躲进自己房间，房里贵妃甩了甩尾巴乞求爱抚，可惜主人今天不在状态，完全不理它。贵妃跳上床，"喵"了一声，她还是不理它。

晏枝一屁股坐在板凳上，头低着，回想刚才发生的事，两手摊开，一脸的"我到底在干什么"。

晏枝的脑子此刻极其不够用，这个时候姐妹的力量就体现了，她掏出手机问何合格：是这样的，我有个朋友，女的，闹了场乌龙。

何合格回消息神速：详细讲来！

晏枝快速打字，噼里啪啦将事情原委发过去，最后灵魂发问：你说，这个女生以后是不是没脸见人了？

晏枝打完长长的一段话，静静等待。过了几分钟，何合格的消息如约轰炸而来，理解"满分"：他都这么说了，肯定是因为不想失去这个朋友！所以枝枝，你没脸见人是假，没脸见他是真！

晏枝倔强反驳：不是我，是我朋友。

何合格：好，记得跟你朋友说，即使被拒绝了也没关系，脸皮厚一点，走遍全天下。

晏枝哭丧着脸打字：好，我会跟那个朋友转达的。

听完何合格这番话，晏枝的疑问不仅没有得到解答，反而更深。她把目光幽幽转向床上的贵妃，脸羞红得彻底："我这么要脸要皮的人，以后该怎么见他？"

梁沉只在芜城待了两天，第二天下午回的北城，临行前没让晏枝送，觉得送别太折腾人。晏枝刚好松一口气，她被那天的事搅得不敢见梁沉，需要时间恢复元气。

新的一周开始，晏枝彻底放下那件事，假装没有发生过，继续跟梁沉做好朋友。魏荆舟自从那天从餐厅走了之后，好长时间没来找她。而这期间，晏枝发现魏荆舟对自己的态度很特别，这种特别偶尔让她有点喘不过气来。所以，她决定找魏荆舟说明白。

晏枝怕伤害到魏荆舟，但这种事就要快刀斩乱麻，好几天她都在想该怎么委婉地提醒魏荆舟，挖空脑子想合适的、不会伤人的用词，却没想到在她找他之前，他先找了她。

好些天没见的魏荆舟依旧迷人，他耳边的骨钉换成了十字架，很小的一个，戴在他耳上非常好看，连艺术班的老师都说，魏荆舟很有做明星的潜质。

学校操场每到下午六点人都很多，喷蓝漆的操场台阶宽阔无比，魏荆舟就是在这儿叫住的晏枝，他的称呼又换回了"小美女"，没有再叫她"枝枝"。

"小美女。"

晏枝看到他。台阶上的人长腿散漫站着，神态随性轻佻，身边有三两好友，个个打扮潮流。她也喊他："魏荆舟。"

女孩喊他的名字时，声音有些甜，魏荆舟扯唇轻笑，故意学她的语气，旁边人听到开始哄笑。

晏枝本以为这是个跟他说明的好机会，不过看到他身边有好些朋友在，她决定选择下次告诉他，她想约他好好说一说。

"魏荆舟，你有时间吗？"晏枝想约个时间，"有空的时候就行。"

魏荆舟没有先回答她，他在思考，也不知道在思考什么，反倒是他的朋友纷纷起哄，说些不该说的话。

"不是。"晏枝低声反驳，但没人听她的，所有人都当她是不好意思，毕竟谁会拒绝魏荆舟呢。

"好啊。"听他们闹完，魏荆舟爽快地答应，"小美女来定时间，什么时间都行。"

魏荆舟的笑容比从前淡了很多，他挑起的凤眼低垂瞟向晏枝，之后又盯着地面，似乎在算计着什么。

"那明天下午？"晏枝提议，刚好双休时间。

"好。"魏荆舟重新扬起笑脸。

晏枝走了。

她走后，魏荆舟夹着手机旋转，想起魏西夕跟他说的话："她害我爸入狱！凭什么她能这么开心，而我每天却见不到我爸！"

魏荆舟并没有深刻调查她们之间发生了什么，魏西夕是他表妹，不会骗他。而他自己也来了兴趣，就当一场游戏，现在看来，她也被迷住了，不是吗？

一想到明天的见面，魏荆舟突然有点兴奋，不知道那个叫梁沉的，会不会臭脸？

想到这儿，他好心拨通一个陌生电话，整个人瞬间神采奕奕。

周六下午，魏荆舟提前在咖啡馆订了位置。他搅动着咖啡杯，邀请两个人一起来看戏。

"我叫魏荆舟，你一定从枝枝嘴里听到过我的名字。"魏荆舟笑眯眯地看着对面的梁沉，把搅拌好的咖啡递过去，"一路舟车劳顿，这杯咖啡敬你。"

梁沉没有接，清冷眉眼稍显不悦："有事说事。"

"枝枝还没来呢。"魏荆舟见他不喝，挑唇轻笑，"你是枝枝的好朋友，我只是希望她在对我说重要话的时候，你能在。"

梁沉眉头狠皱。

"她没跟你说吗？"魏荆舟很欣赏他的表情，"我以为她会告诉你，毕竟你们是好朋友。不过没关系，待会儿你就能亲眼见证、真切听到了。"

梁沉掌心微震，表情一如既往的平静，眉目却很冷："你就是这样对待她的？"

他信了，却在为魏荆舟将这件事炫耀出去，而替晏枝感到难过。

魏荆舟一怔，他呵笑一声，并没有理会梁沉的话，这世上从来没有人真心对待过他，凭什么要他真心对待别人。

看着时间差不多，魏西夕也快来了，魏荆舟走出咖啡馆，站在从咖啡馆能观赏到的广场一角等晏枝。

不久后，一个打扮潮流的女生进了咖啡馆，坐在梁沉背面。十分钟后，晏枝来了，她今天穿得随意，扎了个元气的马尾，面容徜徉在下午三点的阳光里，无论什么时候都是电量满格的笑容。

魏荆舟脸上扬起笑容，朝走过来的人招了招手。晏枝一早就看到了魏荆舟，她深呼一口气，把拒绝台词又在心里默背了一遍，然后走过去："我们要不要先去找个地方坐着？"

坐着怎么让他们看到这出好戏，魏荆舟笑着拒绝："枝枝有什么话在这里说就好了。"

晏枝心想那好吧，反正人来人往，没有她认识的人："魏荆舟，我想郑重地告诉你一件事。"

"嗯。"魏荆舟嘴角挑起笑容，心情不可察觉地愉悦起来，连

· 165 ·

声音都不由自主地放低，"枝枝想说什么？"

晏枝正要开口，这时一个电话打进来，魏荆舟瞟了一眼咖啡馆拿起手机的人，无声地笑了。

"等等。"看到备注是梁沉，晏枝做了个手势让魏荆舟等一下。

她转身往前走几步，开口："喂，梁沉？"

梁沉透过咖啡馆的玻璃窗望着一脸开心的女孩，手指紧紧按压手机边沿："是在做一件勇敢的事？"

这个问题好奇怪啊！晏枝摸不着头脑："算是吧。"

"紧张吗？"

晏枝心想还真有点，毕竟第一次拒绝人。她点了点头。

梁沉直直地盯着她，心里生出一种想要阻止的念头。他忍了忍，声音放低很多："March forward courageously，还记得我教你的这句英文吗？"

"记得。"晏枝立马说出它的意思，"勇往直前。"

梁沉"嗯"一声，这是他目前唯一能教给她的："大胆地去做。"

"那我先挂了，待会儿再打给你。"晏枝想起身后的魏荆舟，不能把他晾在那里，打算结束通话。可她迟迟没有等到梁沉说"好"，她听到他沉沉的呼吸，没说一个字。

身后魏荆舟喊了她一声，晏枝便挂断电话，转过身重新面对魏荆舟。她似乎是鼓足了勇气，在魏荆舟假意赤诚的眼神下快速说完一段话："魏荆舟，对不起，我想我可能无法接受你对我的好。你是个很好很好的男生，你长得帅，篮球打得好，也很体贴善良，但咱俩只是普通朋友！"

说完，晏枝全身放松，呼出一口气，小心翼翼地瞄着魏荆舟。她看到魏荆舟扬起的笑容僵在脸上，是来不及反应的那种，仿佛被巨浪冲击到，还有一丝不易察觉的慌乱，甚至他的身体都开始僵硬。

阳光越发热了，站在太阳底下的晏枝微微眯眼："抱歉，你人真的很好。"

"但别对我好"这句话，晏枝选择吞下，戳人心肺到此就为止了。

许久，也不知道过了多久，晏枝看到魏荆舟扯动了一下嘴角，弧度不大，似是嘲讽。不过他伪装得很好，又重新扬起笑容，微微弯腰凑近她，如沐春风的温柔："那枝枝可以给我一个拥抱吗？算是拒绝后的宽慰。"

"可以。"晏枝完全没想那么多，也没注意到魏荆舟的眼神特意往别处瞟了一下。

在得到晏枝的同意后，魏荆舟双手张开将她抱在怀里，与此同时，梁沉从咖啡馆离开。他的背影显得坚硬，背挺得很直。晏枝从前描述过，像大西北的树，让人有安全感。

没敢去看两人拥抱的一幕，梁沉刻意避开那一幕，余光却全是相拥的影子，灼目烧心。晏枝，你要觉得别人好，我也同意你。梁沉连余光也不再去看。

晏枝被魏荆舟抱得有点久，她忍不住推开，恰巧此时魏荆舟及时放开她，往后潇洒地退了一步。

"我先走了，魏荆舟。"这日头晒得晏枝实在是睁不开眼。

"行。"魏荆舟没留晏枝。他看着晏枝转身毫不犹豫地离开，一刻都不带回头的。

等她身影彻底消失在广场时，魏荆舟转身大步走进咖啡馆，转身的瞬间衣角掀起一阵风。

"我看到你们拥抱了，她向你……"魏西夕化着浓妆的脸凑过来，却被魏荆舟一把推开。

"滚！"魏荆舟拿起先前落下的礼物，出门转身摔进垃圾桶，这才是真的魏荆舟，他迷人的外表下全是暴戾。

魏西夕被吓了一跳，站在咖啡馆门口跺脚："到底有没有成功啊？"

说清楚后，晏枝仿佛解决了一件心头大事。这件事落下帷幕后，她整个人轻松不少，她每天照旧该干啥干啥，乐呵呵的，嘴里还哼着歌。

陆独傲听说她拒绝了魏荆舟，"啪啪"鼓掌："我有时候很怀疑你看人的眼光，是真的差。"

陆独傲从一开始就不喜欢魏荆舟，比之前的梁沉还不爽。

说到梁沉，晏枝最近一次和他联系，是他发消息告知她放一个星期的假。一个星期内，他不会晚上拨打语音电话教她写作业。

晏枝不知道是什么事，她想问，又觉得自己肯定帮不上忙，就闭嘴了。不过每天晚上她还是会多抽一个小时出来写作业。没有梁沉的辅导，她也在好好学习。而魏荆舟果真没再出现在她面前，甚至有的时候，在学校都出现得少。

夏至已过，烈阳焦灼，晏枝没想到有一天她会在学校看到魏西夕。这个女孩在她心里的印象都快淡没了，直到那一抹靓丽的眼尾线出现，她才想起来对方是魏西夕。

魏西夕踩着高跟鞋走在学校，晏枝本不想过多关注，可当她看到更熟悉的人一把扯过魏西夕躲进墙角时，她惊呆了。

是魏荆舟！他怎么会认识魏西夕？

第十二章
/ 我爱你 + 你爱我 = 我是我 /

　　两人都姓魏，晏枝仿佛堪破了了不起的秘密。她不受控制地往他们隐藏的地方走，一颗心"扑通"直跳，还有隐隐的愤怒。

　　可能只是凑巧，凑巧同一个姓，凑巧认识，晏枝站在绿叶掩映的阴影里，他们忽高忽低的说话声直直击进她的心脏。

　　"你来干什么？"

　　"我为什么不能来？"魏西夕甩开他的手，忽地拔高声音，"我要你做的事，你一样都没做成！连个晏枝都不能搞定！"

　　"你小声点！"魏荆舟有些无奈了，"让她痛苦的方式有很多种，你拉上我干什么？"

　　"当时是谁答应得那么爽快！"

　　"我反悔了。"

　　魏西夕没有想到会这样，呵笑一声："好啊，你不乐意是吧，那我就去她班里打印上百份传单，告诉全学校的人是她害我爸入狱！她是十二班的对吧，我都打听清楚了，到时候就写上芜城一中高一（12）班晏枝！"

　　"滚。"魏荆舟现在很烦这个表妹，"你找死别拉上我。"

　　"你帮不帮？"

　　"不帮。"

　　"你凭什么不帮，哪次你做坏事，不都是我跟在后面收拾！"

魏荆舟哼笑："我没帮你收拾过？"

晏枝手中的汽水瓶忽地落地，她双目怔忪，大脑被巨大的信息量冲击，仿佛要爆炸。

"谁？"魏荆舟和魏西夕走出围墙角落，一眼便看到仿佛丢了魂的晏枝。

"是你！"魏西夕见到晏枝，脾气瞬间涌上来，她走过去抬起一只手。

巴掌没落下，魏荆舟一只手扼制住，并顺势将她狠狠往后推："魏西夕，我说最后一遍，你赶紧滚！"

魏荆舟脸色非常难看，难看到极点。魏西夕还要上前，他又喝了一句"滚"，声嘶力竭。

发起脾气来的魏荆舟很可怕，魏西夕见识过，她瞪了一眼晏枝，转身离开。

"枝枝。"仅剩他们两个时，魏荆舟又恢复那副笑眼迷人的温柔模样，他的眼睛其实很好看，还带一点忧伤。

晏枝抬头，眼前的笑容让她想起第一次见魏荆舟的时候，他拿起一束蓝色鸢尾，说给小美女赔罪，现在看来，或许一切都有预谋。

晏枝十几年的人生里，没有过钩心斗角，没有背叛。大东只说这个社会很险恶，却没有告诉她多么险恶，他把她保护得很好。因此，她觉得这个世界很美好，尽管生活偶有那么一点小小的不如意，都不妨碍她可以元气满满度过每一天。

还有朋友，朋友间即使有小打小闹，也不会影响感情，因为他们都是善良的，是会互相为对方着想的知心人。但现在站在这儿，她却被告知自己好像被算计了，好像被骗了。

晏枝有些哭笑不得，她以为离她很远的事情竟然发生在自己身上，心里又难过又愤怒。

"怎么了，枝枝？"魏荆舟脸上一直挂着笑，试图靠近她，"你听到了多少？"

魏荆舟放轻呼吸，浅浅试探她，最好什么都没听见。

"我都听见了。"晏枝往后退开几步，拉开两人之间的距离。

晏枝并没有想象中的愤怒，或者像魏西夕一样朝他破口大骂，她非常冷静地说："魏荆舟，我永远恶心你。"

魏荆舟的手抖了下，随后扯出一声无所谓的轻笑。

听见了又怎么样？恶心自己又怎么样？这世界恶心自己的人多了，自己犯不着一个个去到他们面前摇着尾巴讨笑脸。所以，晏枝在自己这儿也不例外。魏荆舟扯起的嘴角一点点收回，神色变得冷淡。

接下来的日子，同班人都发现晏枝变得很沉默。周小敦以为晏枝遇到什么糟心事了，凑过去问："老大，你是不是没中彩票？"

晏枝瞥他："未成年人能买彩票？"

周小敦："不能，但你可以。"

"为什么？"

"因为你笑起来就像中了彩票。"周小敦拿油腻话哄这位不开心了好些天的人。

晏枝真笑了一下，就一下，她又恢复平常："今天默写英语单词，你背了吗？"

"糟了，小抄还没做！"周小敦火速逃离。

晏枝收拾好座位坐下。她看着窗外青春洋溢的校园，而魏西夕扬言要发的传单并没有出现。明明是魏西夕和魏父犯了错，为什么要怪她？因为好欺负吗？

她狠狠拉上笔袋，等到放学，独自一人离开校园。

晏枝搭乘公交车回家，大东不在家，看来只有自己做饭了。

她打开冰箱看里面有什么吃的，西红柿、土豆……

晏枝随意拿了两样菜，跑去厨房做饭吃。

吃完饭，晏枝洗碗擦桌，给大东下班路上顺回来的盆栽浇了点水，然后走到阳台边发呆。没多久，梁沉打来了电话。这通电话直接把晏枝从迷离里拖出来，是继上一周后两人的第一通电话。

电话接通，梁沉的声音浅浅传来："今天有哪些不会的题？"

发了十分钟呆的晏枝直接卡顿，最近两天她有些懈怠，晚上没做题。

"没做？"梁沉真的很懂她，"那明天开始。"

比之从前，他的声音冷淡很多，仿佛回到两人最初交集的时候。

晏枝以为他很累，加上自己也没心思做题，便有气无力地"嗯"一声，当作回答。

偏偏是这声"嗯"，让梁沉想挂断电话的手没有动作。夜晚总是让人无端情绪不稳定，梁沉听出她的不对劲，给了机会让她讲："发生什么事了？"

"没有。"

她情绪低落，让梁沉想起晏叔出事那几天她也是这样的闷闷不乐，他怕自己逾矩，但他还是选择倾听："晏枝，说谎的人不会得到安慰。"

"如果……如果有个人骗了你，该怎么面对？"

晏枝无法接受魏荆舟对她做的事，她感觉自己和他相处的所有时间，都像个跳梁小丑一样被他挑拨，而自己却跳入这场交付真心实意的陷阱："我无法接受别人骗了我这件事情，尤其还是触及真心的事情。"

梁沉隐约捕捉到几个信息，他不知道晏枝到底遇到什么事，但能让她这么不开心的，很少："晏枝，我们遇到的每个人不一定都会让我们开心，但一定会让你成长。"

晏枝："可这种欺骗带来的成长，我不需要。"

梁沉垂下眼，清冷眉目稍有触动。女孩是一张白纸，她被迫渲染上不好的颜色，会拒绝。

"那就别理会。

"一切让你不开心的人或事都没有价值，不要在不重要的人身上浪费情绪，他们不该破坏你的情绪，你也不必被这些糟糕的情绪牵着鼻子走。"他还想说，坏事很多，你逃不掉，唯有正视，才是该做的。

"我知道，可是控制不住自己会想。"晏枝望着天上的月亮陷入深深惆怅，她对很多很多事，都深知其中的道理，却无法做到知行合一。

大多数人何尝不是？梁沉自己偶尔也会这样，但他说："最重要的人是你自己，晏枝，我教你一个公式，你听好了——520+025=545。"

晏枝迷惑地点头，所以这是想表达什么？

梁沉说："懂吗？"

晏枝说："我笨，你直接说吧。"

这是梁沉偶然发现的秘密，却支撑他行过很多年，他告诉晏枝："你试着念一遍。"

晏枝照着念了一遍，还是没看出什么意思："不知道。"

"再念一遍。"

晏枝又照念。

520，我爱你。025，你爱我。而 545……

晏枝恍然大悟："我是我！"

人和人之间的感情真是奇妙，大家都在交付真心，或许你说你爱我，我也说我爱你，但无论何时，最重要的人都是自己，连热烈的情感都该如此，何况其他大大小小的情谊。

我爱你 + 你爱我 = 我是我。

"晏枝，在爱别人的时候，也别忘了爱自己。"梁沉告诉她，爱自己也很重要。

"好。"晏枝回。

晏枝又重新开心起来，梁沉说得对，为不值得的人浪费情绪，简直就是对自己的亏待，期末考试快到了，晏枝又投入到学习中。

陆独傲最近总不见人影，有一回上课，晏枝瞥到他额角青了一块，很小。她不知道的是，有块大的藏在他头发中，窥不得。

"你打架了？"晏枝盯着陆独傲头上的瘀青。

陆独傲偏过头："没有。"

"那就是有。"晏枝看他这副神色，就知道他有事，"我要告诉大东。"

听到"大东"两个字，陆独傲一下子急了："真没有！就前两天我夜里出去嗨，没注意，撞杆上了。"

晏枝说："那你这撞得有点狠。"

陆独傲笑："要不你试试？"

那还是算了。晏枝没再管他，耳边传来几个女生的讨论声。

"你们听到艺术班那个魏荆舟唱歌了吗？好好听啊！"

"他们艺术班的练歌房，我们普通班的不让进。"

晏枝一张脸冷下来，不管在哪儿，她都能听到魏荆舟的名字和事迹。

上厕所去。她撇一撇嘴角，放下手中的笔往外走，透透气。

校道宽阔，夏季的阳光从茂密的银杏树叶透下来，芜城一中的学子最喜欢在这里闲聊，即使这条路通向厕所，也阻挡不了他们在和风中扯天扯地。但这里一旦被艺术班的人霸占，其他人都不敢靠近，无关乎其他，他们身上的光芒太耀眼，扎得其他学生像个啥也不是只会学习的小角色。

"我今天练了两个小时的舞，要废了。"

"你这算什么，我练美声三个小时呢。"双手搭在桌上的男生调笑道，看向一直没说话的魏荆舟。

"舟哥，什么时候出去玩啊？"

魏荆舟没理他们，或者说他的注意力已经被快要走过来的晏枝吸引。她没有往这边投过来一眼，但他却很难以解释的，竟然在她过来的瞬间，他的心跳得厉害。

"枝枝。"魏荆舟没控制住喊她，笑眼温柔。

女孩没有丝毫停顿，身体不僵硬，脸上的表情没有恨也没有厌恶，没有意外更没有难过。她好像没注意到他，也不打算理他，直接走过去，非常潇洒。

"晏枝！"魏荆舟又大声喊了一遍。

她还是没理他。

风簌簌来，又簌簌去，晏枝走远了。

晏枝真正做到了置之不理，她有些为自己开心，回家吃饭都喷喷香。晏东看她吃得这么香，探头问："有什么高兴的事，说来我听听？"

晏枝说："这是我的秘密。"

一天到晚都是秘密，晏东也懒得问，他倒是想问她另一件事："你快过生日了，有什么想要的礼物没？跟爸爸说，我一定给你弄来。"

"我想要天上的星星。"晏枝很调皮。

"说个正经的。"

"没想到。"

"想不想举办一场生日宴会，别人家有的，咱们虽然不能办得太气派，但也能有。"

晏枝说："不用，叫一些熟悉的朋友过来玩就行。"

"那行，就给你办一场熟人间的生日宴会。"大东敲定，还有一件事没问，"陆独傲那小子，最近都不来吃饭了，你跟他说说，别忘了干爹。"

晏枝说："知道啦。"

对话中的主人公刚拿起一张板凳砸向别人，他脸上又多了青块红块，左右分布，气势却不减："我告诉你陆国兴！你别想从我身上顺走一分钱！我就是带着下葬！烧了！吃进肚子里！都不会给你！"

"你跟你妈一样！"男人被板凳砸到，气得大步过来狠狠打了他一巴掌，"横什么横！我的种，反过来打我，小兔崽子要死啊！"

"谁是你的种！"陆独傲冷冷地看着男人，胸口剧烈起伏，气都顺不过来。

陆国兴懒得跟他废话："钱呢？我知道你自己会赚钱，把钱拿来，我不管你。"

"没有，"陆独傲狠擦嘴角，"一分都不给你。"

陆国兴说："不给？我听说你最近还认了个干爹，怎么，不认我了？行啊，钱给到位，我就滚，不给，我上你干爹家找他要钱去。"

"你敢！"陆独傲仿佛被人击中脑袋一样，他抄起桌上的酒瓶就往陆国兴头上砸。

"小兔崽子！"血顺着额角流下来，男人骂骂咧咧。

还不够，陆独傲直接掀了桌子往男人身上推，屋里有什么他砸什么，力道足够狠。

男人遭受不住，他儿子疯了，红了眼，要送他归西。陆国兴骂骂咧咧地从屋里出来，弓起背："我下回再来找你！"

"滚！"

门"啪嗒"一声关上，陆独傲坐在地上大口喘气，他拿起手机照脸，手轻轻碰了一处，疼得他龇牙咧嘴。

陆独傲心里骂娘，打开手机，看到晏枝给他发的消息：喂，我那个消失了的干哥，你还在吗？要是在的话，吱一声，你干爹想你了。

晏枝：还有，咳咳，我生日要来了。

陆独傲看完消息，沉默不语，片刻后，一滴泪从眼里滚落。

大东把他当家人，他又怎么能把自己当外人，一个家庭的温暖对他来说至关重要。

热泪滚烫，男生抬起青红的胳膊狠狠擦去，头颅高傲地扬起来，打字回：知道了，跟你哥说话这么没大没小？我今晚去，你让大东多做点好吃的。至于你的生日礼物嘛，我考虑考虑。

晏枝神速回复：滚！

陆独傲笑一声，吸了吸鼻子，退出聊天界面，拨通一个电话。

那边的人接起："喂？"

陆独傲清了清嗓子："喂，晏枝生日快到了，你想到送什么没？给我个建议。"

梁沉顿了顿："已经准备好了。你要是不知道送什么的话，可以考虑玩偶之类的。"

梁沉甚至体贴地为他考虑了价格方面的因素，陆独傲说："你用心点准备，说不定她就对你另眼相看了。算了……她本来就对你另眼相看……反正你比那个啥魏荆舟强。"

但也没强太多，就这么一点。陆独傲拿食指和大拇指比出一点小小的距离。

梁沉起初没反应过来，冷静地深呼吸，感受自己心脏强有力的跳动，然后出声询问："她和魏荆舟？"

"她和魏荆舟能有什么关系！"陆独傲皱眉头，"晏枝拒绝了他，你竟然不知道？"

梁沉没问，不敢问，确实不知道。

"谢谢你。"梁沉真心道。

"没事。"陆独傲表现得很大方，"反正，我看好你。"

挂断电话，陆独傲把手机丢到一边。少年将自己抱进臂弯，几秒后，肩部微微抽动颤抖。

放弃一个人对他来说太难，像在承认自己没用，可女孩明明能找到更好的人，她那么好，他又凭什么据为己有。

陆独傲时常欣赏角落的蟑螂，或者墙壁的壁虎，觉得它们跟自己一样，一身狼狈，只配生活在阴暗角落里，不该把别人一同拉进来。

所以，晏枝，我做你哥哥吧，反正，你也喜欢这样的关系。

夜色如火，烧着了每个人的心。梁沉这一天都在想陆独傲说的话，他从北城街道走过，看宽大的落叶从头顶划过，就像生命的轨迹。

陆独傲给他来电话那天，北城下了一场雨。这通电话，解救了他，后来雨过天晴，彩虹出现了。梁沉只觉得那刻的心情难以平复，他站在窗边欣赏彩虹，整个城市也在跟着一起欣赏，可最开心的人一定是他。

似是失而复得，梁沉突然很想给晏枝打电话，偏巧晏枝早就发过来一条消息。消息很多，晏枝的在下面，梁沉略过上面的消息，径直点开她的：我的生日宴，你来不来？

梁沉直接拨了语音电话，那边接了，他说："今晚是上弦月。"

晏枝推开窗，一轮上弦月仿若挂在树梢，他们赏着同一轮月亮。

"确实是上弦月。"

她望着月亮，反问："所以呢？"

梁沉的手指有节奏地轻叩桌面："所以今晚不教你难题，教你一句英文，I look forward to meeting you（我很期待见到你）."

晏枝觉得梁沉低估了她，反过来教他："我也教你一句英文，I want to win the heart of yours（我想赢得你的心）."

梁沉似是笑了，笑声明明很低，却让晏枝张狂。他说："枝枝，你不应该这样说，你应该说，I won the heart of yours（我赢得了你的心）."

晏枝慢半拍才反应过来梁沉将她的句式改成了过去时，她恼怒地哼唧一声，头上的发丝仿佛唰地一下跳起了舞，在夜风中飘摇。

梁沉，有病。晏枝这样想。

晏枝的生日在星期五，梁沉特意在那天找老师请了假。请完假，梁沉去购买前往芜城的车票。坐在回芜城的火车上，他又做了一件事情。

学校的广播准时响起，晏枝趴在走廊栏杆上，听歌看树。她中午没吃多少饭，特意留着肚子为晚上的生日会准备。大东原本想在大酒店给晏枝庆祝生日，她拒绝了，最后大东只好把场所定在家里，请来一些她玩得好的同学庆祝庆祝就行。

眼下晏枝嘴里叼着一根棒棒糖，听广播员悦耳的声音响起："接下来即将播放的一首歌，是来自一位不愿意透露姓名的没名没分同学，这位没名没分同学想给高一（12）班的晏枝同学点播一首《生日快乐歌》，该同学祝她在新的一岁里，被人爱，也有去爱别人的勇气。"

紧接着，《生日快乐歌》缓缓流淌在校园的每个角落。楼下艺术班的走廊处，魏荆舟听到晏枝的名字，微微一顿，随后毫无反应地走过。

晏枝吃糖的动作停下，过了会儿，她乌黑的眼眸轻轻地眨了眨，脸色微微泛红，那个没名没分同学，还真是神通广大。

回到教室，晏枝悄悄给梁沉发消息：没名没分同学到哪儿了？

消息抵达，他回：离小寿星还剩一站。

小寿星收起手机。今天准点放学，她收拾好东西就背起书包往外走，对身后的周小敦说："别忘了来我家吃蛋糕！"

周小敦点头，他可是专门把肚子留出来了。

晏枝一路蹦蹦跳跳下楼，开心到极点。等她下到最后一层，瞥到拐角处，魏荆舟靠在那里直直注视着她。

"生日快乐。"魏荆舟说。

晏枝收敛起笑容，什么都没说，径直从他面前走过。魏荆舟也没有拦她，两人一个往右走，一个往左走，都走得异常潇洒。

此时，梁沉离抵达芜城还剩十几分钟。过了会儿，列车员友情提示芜城站即将到站，请下车的乘客们带好随身行李包裹，做好下车准备。

梁沉随人流下车，千百人中，他的背影高挺，又有不同于身边人的青春少年气。风从四面八方吹来，吹起他后脑勺的头发，翻飞平落。天开始昏暗，他跟工作人员说完谢谢，离开火车站。

芜城在这个时候最热闹，大爷大妈在广场跳舞，梁沉一边往前走一边拨通晏枝的电话。奇怪的是，电话立马被挂断，梁沉毫不犹豫再拨过去一次，这次电话通了。

"不好意思啊梁沉，我恐怕不能去接你了。"晏枝显得很惋惜。

"没关系。"梁沉睫毛下垂，眼底的落寞一闪而逝。

"因为我就在你身后啊！"晏枝转而兴奋道，为自己唬住梁沉而哈哈大笑。

女孩的笑声一点都不加以掩饰，仿佛就回荡在身后。梁沉握着手机回头，一眼便看见站在对面不远处的晏枝，她正挥动着一只手欢迎他。那一刻，梁沉心里有了种满足感。

"见到你的那刻，很开心。"梁沉走过去，轻声开口。

晏枝抬起头，俏皮地眨眨眼："实不相瞒，见到你的那刻，我也很开心。"

两人对望，梁沉眼眸里有零星温柔的笑意，晏枝不敢盯着看，匆匆转头，继续往前走："回家啦！"

车站人流量大，为了避开人群，晏枝带梁沉走了一条偏僻的路，两人没有乘坐地铁、公交车，而是选择骑共享单车，七拐八拐的，最后在某一处巷子口停下，改步行。

芜城的巷子不窄，青石板台阶宽阔又有岁月感，老树被微风柔柔摇晃，婆娑树影映在墙上，朦胧温柔。两人并肩走在一块，不知是谁喊累了，先在台阶上坐下来。

"不急，大东是个慢性子，说不定这会儿饭都没做好。"晏枝捶了捶腿。

梁沉在她身边坐下，抬头看着天上的繁星："所以负负得正，生了你这个急性子的女儿？"

晏枝改捶梁沉的胳膊，一点也不客气："你好好说话，我急吗？我哪里急了？"

梁沉定定看她一眼。

那一眼，恼羞成怒的晏枝不说话了，因为梁沉的眼神显然在说："急性子的人一边在急性子，又一边否认自己不是急性子。"

"梁兄，今天我生日呢。"晏枝委屈，就不能给她留点面子。

"生日快乐。"

梁沉回应了，嗓音沉沉，只激荡在晏枝一个人心里。

第十三章
/ 海的那边是怎样的波澜壮阔 /

梁沉的这句生日快乐，虽然是晏枝今天收到的第二个祝福，却是她最喜欢的祝福之一。

晏枝踟蹰着点头，假装不经意地问："那……生日礼物呢？"

梁沉没说话，只是捉起她的手，把早就准备好的手表戴在她手上。

表面冰凉，凉到晏枝的皮肤里。她低头凑近看，顿了顿，才好奇地问："这个，不会是我的生日礼物吧？"

"嗯。"梁沉送的东西总是很特别，"这块表是我爷爷给我的。老人家说，旧表配新人，又是新一轮的开始，新一轮传承。"

晏枝从梁沉的语气里听出几分对爷爷的怀念，她也想起自己的奶奶，就问："梁沉，你说，他们去世后真会变成星星吗？"

"会吧。"梁沉说，"只要你认为会，他们就是天上的星星。"

"你真要把这块表送给我？"女孩的问题太跳脱。

梁沉："……不想要？"

"没有。"晏枝又凑近去看那块表，细白的手指摩挲腕表的表面，"就是觉得太贵重了，不敢要。"

少女的头垂得很低，乍一看像钻进梁沉怀里，他的手还捏着晏枝的手背，拇指搭在她细腻的皮肤上。树影婆娑，两人的影子也映在斑驳的墙上，清风吹拂，墙上的树影摇摇晃晃，他们的影子却坚定地挨在一起。

梁沉偏头静静看着,回答晏枝:"你要是不要,别人的也不能要。"

"那我还是要吧。"晏枝笑眯眯地抬头。

她动,墙上的影子也跟着动。她的头微微抬起,一高一低,影子和影子仿佛在演一场皮影戏。

梁沉稍稍往前倾,看墙壁他的影子擦过少女的影子,就像这场皮影戏落了幕。

晏枝收到今年第一个生日礼物,心里挠痒痒般舒服。她的眼睛眨啊眨,俏皮地挥舞了一下两只手,戴着手表的那只手显得更加沉重,其实是增加了感情的分量。

梁沉静静看着她,嘴角一点点扬起,风吹来,又吹走。

晏枝无聊地看树,看天,看月亮和星星。然后,她忽地站起身,板正着一张脸往台阶下走:"走了走了!"

夜路暗长,梁沉和晏枝到家,没想到门没锁,屋里一片漆黑。

"咦,大东?

"梁沉,你能摸到灯吗?"

"砰!"

黑夜炸出红花!

手电筒照过来,晏枝迷茫地看着自己身上的红彩带,再看着几个拿手电筒乱晃的人,明白过来。

"生日快乐!"

惊喜,意外。

大东把灯打开,看着才回来的晏枝和梁沉,忍不住嘀咕:"不是让你们早点回来吗?"

"梁沉的火车晚点了。"晏枝立马转移矛头。

陆独傲一眼看穿晏枝。

晏枝回看过去,朝他一笑:"哥,你下次再逃课我就真跟大东说了。"

大东立马转头:"什么?臭小子又逃课了!"

"没,我那是出去给你买蛋糕了!"陆独傲急得跳脚,再说这房间的布置可都是他弄的,也就晏枝这个小没良心的,揭他的底。

众人被逗得哈哈大笑,梁沉站在一旁,笑看着。

梁母出来打圆场："孩子们，来吃饭了。"

原本的生日宴有很多游戏，后来梁母和大东决定还是先喂饱这群非要等晏枝回来的孩子，吃饱了才有力气玩游戏。

周小敦和何合格体贴地去端菜，梁母厨艺好，比大东还好，菜式花样百出，还有餐后甜点，摆盘堪比米其林大厨，但量比他们多。

饭菜上桌，大家开吃。吃完饭，几人又端来蛋糕到客厅的茶桌上，给晏枝唱《生日快乐歌》。大东给孩子们一人一个红包，晏枝那个最鼓。梁母也给了，然后两个大人关上门，决定不打扰他们，去梁母家了。

晏枝很好奇大东和梁母到底发展到哪一步了，她拉着梁沉，问要不要去看热闹。梁沉拽下她，和她耳语一阵，她羞红了脸，不去了。

周小敦提议玩游戏，但他们才不会玩扑克和麻将，因为有人会算概率。后来闹腾到凌晨两三点，什么能玩的游戏都玩了，大家从游戏上升到人生哲理，从天文地理谈到个人梦想。

何合格说："我一定要成为中国最厉害的化妆师。"

"之一。"她默默把话补完。

周小敦也说："我长大后要做个酷 boy，我要玩嘻哈，跳街舞。"

何合格讽他："减几斤了？"

周小敦反讽："你还没有给我化过一个满意的妆。"

晏枝挤进来凑热闹："我要当一名医生。"

陆独傲的头探过去，调侃："那我也当医生。"

晏枝瞅他："你自己的梦想呢？"

"当兵。"他说得斩钉截铁。

众人纷纷望向梁沉。

晏枝骄傲地举起手："我知道他的梦想是什么！"

众人："嗯！"

晏枝不管不顾："他要为祖国的航母事业添砖加瓦。"

少女兴奋地站在沙发上，犹如一头雄赳赳气昂昂的狮子，宣布着他的梦想。梁沉侧头瞧，眸中万千碎光，手里的水杯摇摇晃晃，好像醉了，又好像没醉。

第二天一大早，大家都毫不意外地赖床了，晏枝困得眼睛睁不开，她努力地睁了睁，心想算了，反正梁沉下午的火车，她还可以再睡会儿。

一觉无梦，直到再次醒来。

梁沉去火车站，是晏枝和陆独傲一起送的。梁沉站在暴烈的阳光下，听晏枝叨叨，叨叨这叨叨那，但其他的事，一件没问。他瞥见晏枝手腕戴上了他送她的那块手表，心情大好，想跟她说一些交底的话。

"好了，就这些。"晏枝说完就要走。

"不再问问别的？"梁沉拽着晏枝的手腕，隐隐希望她多问些问题。

"来日方长。"晏枝挥手跟他说拜拜，"梁沉，我走了！"

晏枝转身离他而去，跟等在一边的陆独傲走出火车站。

人流如织，梁沉盯着那个娇俏的背影，手缓缓放下，嘴角的笑意缓缓扬起，他懂她的意思。

梁沉转身，身影没入人流中。

火车站外，晏枝骑上她的"粉红猪"，陆独傲也蹬上他的自行车，骑行在回家的路上。

"他好像有话要对你说。"陆独傲提醒了晏枝一句，车速尽量保持跟她一致。

晏枝偏了一下头："我知道。"

陆独傲说："我看你是怂了。"

晏枝说："有点吧，但也不全是这个。"

烈阳下，她脸上全是笑容："我大概知道他要说什么，但也许是我自恋猜错了。"

"不过……我觉得他以前说得对，今天和明天，还有后天，都不是一个合适的时机。"晏枝歪头去看陆独傲，"我的意思是，我们都要做好当下该做的事。"

陆独傲"嘁"一声，奋力蹬起自行车，来了个神龙摆尾。

"敢不敢跟我比速度？"他侧头问，眼含挑衅，意气风发。

这条道宽阔无比，热风扑在脸上，晏枝也来了劲："好啊！"

树上沾染了灰尘，两道快影匆匆掠过，震了震迟钝的树叶。

宽阔的大马路上，一男一女奋力比拼速度，头发后扬，笑声后扬，或许这就是属于他们的青春，一条漂亮的单行道。

梁沉，来年见！

高一结束在晏枝那张班级排名前五的成绩单上。电风扇"呼啦啦"吹，吹到要分科的高二，晏枝选了理科，她绞尽脑汁学着那些不入脑的知识，认为自己和梁沉有着相同的智商，偶尔抬头看见窗外叽叽喳喳叫的麻雀，感叹时间过得好快。

作为一名自力更生的学生，晏枝不再让梁沉每晚辅导她。听说梁叔的情况越来越不好，梁沉每天学校、医院两头跑，应该很累，但他仍然会在她生日时送上礼物。

烈阳下冰棍化得快，晏枝去快递驿站取那个东倒西歪的快递礼物，骑着"粉红猪"将快递捆在后座，听它和酱油瓶碰撞发出悦耳的和声。

礼物是个小型机器人，白色圆脑袋，每天都会喊"主人起床啦起床啦"或者"主人学习啦学习啦"。

其实它还有一个固定的对话，是梁沉输入进去的。

"请问枝枝今天开心吗？"

如果她回答开心，机器人就会回答"我也很开心"；如果她回答不开心，机器人就会回答"我陪你一起不开心"。

陆独傲来晏枝家看到那个机器人，震惊地说："我觉得我会得红眼病。"

后来周小敦和何合格知道她有个小机器人，也分别过来参观，总结一句就是"我们也有红眼病"。晏枝哈哈大笑，也很喜欢这个礼物，就好像它代替梁沉在陪她。

没多久，梁沉的父亲去世了。

医生感慨，如果没有梁沉这个亲人的陪伴，或许他活不了这么久，最后遥遥点题，爱永远是最治愈人的。

梁父走的那天，梁沉没流一滴泪，他很平静，平静地看着父亲下葬，然后答谢宾客。这期间他都很镇定，镇定得别人都说这个孩子是个没感情的。

晏枝明白，不是所有人的感情都会宣之于口。她去参加了梁父的葬礼，远远看见少年站在最前面，穿着一身黑。

那天的梁沉极其沉默寡言，后来晏枝抱住他，听他浅浅地在她耳边说："枝枝，他以前罚我在书房跪了一晚，那刻我是恨他的。但现在，我也很怀念他。"

"梁沉，你别难过，"晏枝不太会哄人，只能说，"还有我们陪你。"

疲惫的梁沉第一次没有克制，将头搭在她肩膀上沉沉睡去。

再后来，晏枝以为梁沉会回芜城一中读高三，可有天，她无意听到大东和梁母讨论国际高中交换生的事情。

梁母说："我只是让他好好考虑，毕竟这是一个难得的机会，谁想他直接拒绝了，要回芜城来。"

大东只能说："孩子有孩子的想法，我们也猜不透。"

梁母无奈："阿沉平时不这样的，我也不想逼他，只是这次负责交换生的老师特意提到，那个学校有个教授在飞机模型、航母制造上有所研究。这是阿沉的梦想，他为什么不去呢？"

梁母的叹息里藏着对孩子的不理解。

晏枝听到后一言不发，她躲进自己的房间，最后给梁沉打电话。

"梁沉，芜城真的好小，你想飞出去吗？我想看着你飞出去，然后告诉我海的那边是怎样的波澜壮阔。"

那通电话后，梁沉都没来得及见晏枝一面，提着行李匆匆飞往国外，而晏枝则开启她紧张又具有压迫感的高三生活。

"高三党"都是狠人，自从上了高三，晏枝每天都回得很晚，晚上九点四十分才放学，天还没亮，早上五六点就要起床到校。

晏枝每天的路程都在困顿中度过，她有很多时候都想放弃，偏偏这个时候，陆独傲就会吓唬她："我要告诉大东，说你偷懒。"

可真的好困啊，晏枝每天课间十分钟不仅能睡着，还能做个梦。她跟自己商量，要不，就偷懒一下，反正也就一晚上。但每每偷懒的那刻，她都会想起自己说过的那句话，海的那边是怎样的波澜壮阔？她也想去看看，继而又投入枯燥的学习中。

高三一整年，大家都过得食不知味。

这一年，周小敦终于减肥成功，却不再念叨他女神。何合格进了一所还不错的专科学校，她谈谈恋爱，学学化妆，每天都过得有滋有味，经常给晏枝分享这里的奇人怪事。

晏枝嘛，高考结束后去外面大吃了一顿，结果又遇到魏荆舟。还是同以前一样，他身边不缺女孩。那个女孩搂着他说些甜言蜜语，魏荆舟侧耳去听，听后扯唇笑了，迷人又浪荡。

晏枝无意间跟他对上视线，双方又纷纷挪开，到这个时候，晏枝已经不恶心他了。

魏荆舟之前来找过她一次，大概就是说他不知道魏西夕对他说了谎，他以为她是个坏女孩，是让魏西夕父亲入狱的坏女孩。所以，对这样的坏女孩不需要心慈手软。

那次，他跟她道歉："对不起，晏枝，我也只能说对不起了。"

晏枝很难理解他，就像她无法理解他光怪陆离的人生一样。

"我接受。"晏枝这样说，算是减轻了他的负罪感。

现在再看到他，晏枝完全没有任何感受，就好像看到一个有点印象的陌生人。她骑着"粉红猪"去驿站拿录取通知书，然后快速拆开快递。看到录取通知书上的大学名字和她心里所想的一样时，她兴奋得在原地跳起三尺高。

北城，我来了！

陆独傲成功被国防科技大学录取，大东很高兴他们俩的成绩，做了一桌子好菜宴请宾客。

酒足饭饱，两人在小区花园散步，陆独傲提到梁沉："你跟他这一年有联系吗？"

"几乎没有。"高三整整一年，晏枝都没跟梁沉发过消息，他也很少发来。

大家时差不一样，生活作息和节奏不一样，关系自然而然就淡了，淡着淡着，晏枝都快忘了他有多高。

"那你们俩……"陆独傲很不好意思说出那几个字。

"我们俩啥？"

晏枝以为，她和梁沉这段还没被戳破的关系自然而然就断了，淡了，没了后续。毕竟生活是往前的，她不会留在原地，梁沉也不会留在原地。

陆独傲耸耸肩："行吧，你挺让我意外。"

晏枝也说不上为什么，就是觉得，时间过去这么久了，梁沉真的还会记得自己吗？说不定在他心里，自己已经成了邻居家那个，有点好看的美女呢？

晏枝嘿嘿笑，摸着吃得饱饱的肚子："哥，我觉得我是个别人推一步，才肯进一步的人。"

陆独傲赞同："哥看出来了。"

他想了想，还是憋不住问："你不会真把他忘了吧？"

晏枝不说话，吊他的胃口。

后来陆独傲还是没问出答案，却等到梁沉回来。

那是一个和风吹荡的午后，高考完的晏枝在家很闲，她拿着迷你版的手持电风扇，穿着白色的宽袖背心和到膝盖上方的抹茶绿宽松短裤，在小区跟一群大爷大妈下棋。

午后阳光很足，人们躲在树荫下吹夏天的风，一阵一阵的小风拂面而来，晏枝舒服得眯起眼。

"马走日字，象飞田。"晏枝跷着二郎腿歪着身子，"车走直路，炮翻山。"

新手晏枝念口诀，眼珠子在棋盘里乱转，看见对面老爷爷放下一个棋子，她仿佛胜券在握，嘴角高高翘起，生怕对方反悔似的，立马夹起一颗棋。

谁料这个时候，从后面伸出一只手按住她夹棋的那只手，她手上的棋被按下。一只修长的手夹起另一个棋子，浅淡的声音传出："走这步，吃它。"

嗓音似曾相识，晏枝顿住。反应了好一阵，她才堪堪转头。

晏枝看着身后这个几乎把她环绕在怀里的人，乌黑的眸里情绪变啊变，最后全化成无措。

是梁沉，他长高了很多，样貌也有点变化，五官更加立体，侧脸轮廓更加锋利，穿衣风格没怎么变，但多了几分成熟。那双眼睛还是很像海里的星星一样，冷淡又温柔。

晏枝震惊得说不出话了，呆呆地看着他。

"晏枝，我帮你赢了。"梁沉回国说的第一句，贡献给了她的棋局。

梁沉看着她，依旧是熟悉的感觉，只是不知道，谁先投降。

下棋的大爷说，刚一小姑娘让一小伙子拐跑了。

这话要让晏枝听到，准要扯皮，她一局棋刚"赢"了，梁沉就拉起她的手，好似他俩多熟似的，拉着往家的方向走。

晏枝不着痕迹地退开，手合在一起向上尴尬地伸了个懒腰，左望望，右望望，也不知道该说些什么好。

"你回来了？"

"嗯。"

晏枝不问了，只管往前走。她觉得自己不能太殷勤，要矜持，还有女孩子的高傲也要保持住。

"梁妈还在上班，你有钥匙吗？"把人送到家门口，晏枝靠在墙上，从裤兜里扯出一根橘子味的棒棒糖塞嘴里吃。

"没有。"梁沉言简意赅。

晏枝吃糖的动作猛地停住。她耸了下肩，像个招待客人的主人一样往前走："那你到我这儿将就一下？"说着，晏枝掏出钥匙开门。

她人走在前面，身后梁沉的声音浅浅传来："晏枝，谢了。"

生疏了，从开始到现在，这是晏枝最大的感受。

"不客气。"晏枝俏皮一答，去饮水机边给他倒了一杯水放到茶几桌面，特意说，"是凉的。"

"谢谢。"他又说。

晏枝：真的生疏了。

"不客气。"晏枝坐在梁沉对面，掏出手机来玩缓解尴尬。

室内一阵无声，晏枝面带微笑，在好友群打字：谁现在来解救我一下，速度！

何合格：你咋了？

周小敦：抽风了？

陆独傲：我赞同楼上。

这一个个的……晏枝继续面带微笑打字：梁沉回来了，他现在坐在我对面，可是我好尴尬，别问我为什么会尴尬，我也不知道！

"听晏叔说你考上北城大学了。"这时，梁沉突然开口。

晏枝立马放下手机，脸上的表情有些没收住："呃……对。"

"我也报了北城的大学。"梁沉端起她接的那杯凉水，嘴唇微抿喝了一口。

晏枝语气有些尴尬地回道："挺好的。"

谁想她说完，梁沉喝水的动作微顿，他的眼睛微微垂下，一抹别样的情绪很快掠过。

她变得拘谨了。梁沉放下水杯，正要说点什么，突然从房间窜出来一道白影，白影速度很快，一下跳到他身上。

是贵妃，猫比人想他。梁沉抱起贵妃，骨肉匀称的手搭在它背上，声线平平："它好像胖了很多。"

晏枝心想贵妃这个色胚，表面却是微笑："可不是，天天那么能吃，肯定胖。"

"胖点好。"梁沉自然而然地接过她的话，和从前无数次一样，"古代御猫也胖，是福气相。"

那可不一定，谁能知道祖宗喜欢哪样的？晏枝在心里反驳，表面又是另外一套："你说得对。"

梁沉微微侧目，听出她的敷衍，没说什么，嘴角反倒一勾，露了点笑意：确实是生分了。该怎么办才好，他在心里叹了一口气，慢慢来吧。

"老大，我有动物园的票，去不去？"

"打折呢！"

晏家的门被推开，周小敦和何合格两个脑袋凑进来，话是对晏枝说的，眼睛却是往梁沉那儿看的。

看到梁沉，周小敦似乎才知道他回来，做作地"咿呀"了一声，声情并茂："梁沉，你回来啦？"

何合格也故作惊讶："噢，天哪！"

晏枝默默把脸捂住，两个猪队友，要多假有多假。

"回来了。"比起他俩，梁沉淡定又正常，"也不走了。"

"不走啦？"

"不走啦？"

周小敦和何合格一人问一遍，却不是盯着梁沉问的，偏偏盯着吃糖的晏枝问。

梁沉也看着晏枝："嗯。"

晏枝火速从沙发上起身，僵直着身体往外走。临走到门口，她歪过半个身回头："我出去玩了，你自己可以吗？"

"可以。"梁沉微微一笑，高挑身材立在客厅里，不急不缓地从口袋掏出钥匙，"突然想起来钥匙放在口袋了。"

梁沉说这句话时，坦荡、从容、自信，并且毫无负罪感，就跟之前他回答没有钥匙时一样从容不迫。

晏枝的榆木脑袋总算明白过来他先前诓她："……那好吧。"

周小敦和何合格完全不知道发生了什么，他们就是来解救晏枝的，这下任务完成，人也跟着离开。

"等等。"

三人刚迈出门槛，被身后的梁沉叫住。

他们齐齐回头，由晏枝提问："怎么了？"

梁沉："晏枝，我明天可以约你吗？"

燥热的天气让人脑子也变闷，晏枝听着窗外的蝉鸣，愣了好一会儿，才适应这么直白的梁沉："……约我干吗？"

"去姻缘寺。"梁沉从容不迫道。

而晏枝嘴里的棒棒糖，却"嘎嘣"一声，被咬碎了。

"男生约女生去姻缘寺，除了讲爱情，难不成讲你妈和我爸的爱情？"

游客稀少的动物园，长颈鹿热得都不愿意搭理人，周小敦一边拿树枝逗长颈鹿，一边转过头跟双手抱胸的晏枝分析。

最后是下结论环节，他道："所以我认为，梁沉喜欢你。"

晏枝眯起眼："你说一个两年没怎么见、一年几乎没联系的人，还会继续喜欢一个人吗？"

晏枝承认刚开始那会儿，她能看出点梁沉对她的好感，但现在她完全看不出来，而且觉得他们现在的关系就是朋友。

周小敦："其他人我不知道，但我相信梁沉。"

何合格挑眉："他喜不喜欢你，你试试不就知道了？"

说得对。不过晏枝才不要试，透过一点点讯号就去探寻事情真相，如果幸运，或许揭开是一整个宇宙的繁星；如果不幸，那么只是一盆凉水。

大东经常跟晏枝分享整个小区的八卦，说楼下那家大爷不成器的儿子在大学里谈一个对象，外面谈两个，后来闹到小区来，气得大爷犯了心脏病，那是晏枝第一次觉得爱情不过如此。

逛完动物园回家，门是开着的，晏枝弯腰换上拖鞋，身前出现一个人："给我吧。"

晏枝从动物园带回来的巨型熊猫玩偶，被梁沉伸手接过。她抬头，只看到他把玩偶放到沙发上的干净背影。少年的变化其实不大，脖颈修长，衣袖挽到胳膊肘处，露出一寸隐现的青筋。这让她莫名想起第一次到梁沉家时，他主动提过核桃奶的提绳。

"玩得怎么样？"明明不是他家，梁沉却有序地收拾起茶几上的东西。

晏枝则像个客人老老实实地坐在沙发上，她撑着脸蛋："还行，就是那些动物兴致不高，也不知道是没吃饱还是天气太热。"

"等有时间，我带你去海洋馆。"梁沉把收拾出来的垃圾丢进垃圾桶，每一句话都说得很自然，"你看看和动物园有什么不同。"

大东在厨房炒菜，梁母在帮忙，晏枝的脚不经意地跷了跷，因为梁沉那句"我带你去海洋馆"。

"噢。"她面容肃穆，淡定地点头。

菜端上来，四人围在一起吃饭。晏枝经常和梁母吃饭，并不怕生，她以为梁沉会有点不自在，没想到他比她更上道。

"喝点什么？"他的脸侧过来，小声地问。

晏枝瞅着他手里的西瓜汁、橙汁和雪碧，低头挥挥手："西瓜汁吧。"

梁沉拾起她面前的杯子。

因为他的突然靠近，晏枝默默缩起了身体，可是他好像没察觉，裸露的胳膊擦过她下巴，带着温热的体温。

"满杯？"他的头偏过来，嗓音带着诱惑。

晏枝一动也不敢动："嗯。"

最后梁沉在她身边坐下。

晏枝挺直了背，吃相变得些许斯文。这不是矜持，这是害羞，她默默撑起一只手，阻隔她和梁沉之间的视线。

大东还在感叹梁沉的变化，他亲自给梁沉倒了一杯酒，笑容堪比又得了一个儿子："阿沉啊，你比枝枝优秀多了，叔叔为你骄傲。"

晏枝用力地戳碗里的饭，目光和脚底摇尾巴的贵妃相触。

"晏枝也很优秀。"梁沉注意到身边女孩的情绪，从开始就没说过话，"听说你报了医学专业？"

被点到名，晏枝放下阻隔视线的手："嗯，报的医学。"

他们之前互相说过梦想，晏枝亲口告诉梁沉她要当医生，结果现在他竟然说"听说"这两个字，果然是感情淡了！

晏枝很生气。

"我带回来几本医理的书，待会儿拿给你。"梁沉注视着她，几秒后匆匆移开，声音放低，说得很快，"专门给你带的。"

晏枝变得心虚："谢谢。"

吃完饭，梁沉带晏枝去他家拿书。两门之隔，梁沉拿钥匙开门，晏枝站在他身后等，神情恍惚。

门打开，屋里一片漆黑，梁沉先进去，回头嘱咐她一句："小心台……"

话还没说完，冒冒失失的少女已经"扑通"一声摔在他身上。

梁沉稳稳地一把捞住要摔倒的晏枝，晏枝被霸道地禁锢在这个突如其来的怀抱里。

两人谁也没动，直到晏枝反应过来，慌忙地从他身上起来，逃离三步远。今天他们之间的氛围很尴尬，眼下，达到了尴尬的极点。她不止耳朵红、脸红，连整个脑袋都是烫的。

黑暗中，只听到两人一浅一深的呼吸声。

"你……"

"你……"

两人同时出声。

下一秒，晏枝率先在黑暗中开口："要不先把灯打开？"

梁沉走几步打开墙壁的灯，房间骤亮，可是即使打开了灯，他们依旧没有交流。

奇怪的氛围简直像挠人痒痒，梁沉缓了缓，等身体适应过来，这才往前走："我们去书房。"

晏枝咳嗽一声跟上，背地里却做了个悔恨的表情，她就不该来这里。

书房的灯也没开，这回晏枝学聪明了，她的腿高高抬起，再缓缓放下。梁沉刚好捕捉到她放下的动作，神情里带着不解。

"饭后运动。"晏枝解释。

她挪到一排排书面前，尴尬地咳嗽一声。梁沉也将视线移到书架上，从中拿了一本医理的书摊开，久久没说话。

如果这个时候晏枝侧头看，定然能看到梁沉手里那本书，拿反了。

他一个字都没看进去。

梁沉"啪"的一声把书合上，心里没由来生出一阵慌乱和躁动，可他面上什么都不显现，又从书架上拿出几本书，与手上那本合在一起。

梁沉侧头喊晏枝的名字："晏枝。"

晏枝回头，看见梁沉怀里那一沓书，她走过去伸出两只手，低着头，和接受洗礼的教徒有得一比。

梁沉沉默，改变准备把书放她手上的想法："书重。走吧，我帮你拿。"

"其实我力气很大的。"晏枝惊诧地抬头，这会儿倒不尴尬了。

"我知道。"梁沉轻声说，人往书房外走，"我想帮你拿着。"

晏枝不说话了，回国后的梁沉简直把所有实话摆明面上，明明他只是说了一句很简单的话，但在晏枝听来，心里好似喝了一杯甜酒。

她亦步亦趋地跟在梁沉后面。

大东看梁沉去而复返，又瞧见他手里的书，连忙拍晏枝的背，小声嘀咕："你梁哥给你带书，说谢谢了没？"

"说了。"晏枝也变得小声，不过她很纳闷，"我干吗要叫他'梁哥'啊？"

叫"梁沉"多好听啊，再不然叫"阿沉"也可以啊，她才不叫"梁哥"呢，又没有血缘关系。

大东也哼唧一声，之前不是，以后不是吗？到时候他和梁妈一起过日子，梁沉就是他儿子，不就是枝枝的哥哥吗？一家人，早叫晚叫都得叫，提前适应嘛。

晏枝没大东想那么多，她给腾不出手的梁沉开门，让他进了自己的闺房。

"请问主人今天开心吗？"房间内，人还没走动，机器人先开口。

梁沉把书放到电脑桌面，转身直接倚靠在那儿。他买的这个机器人，后来改进并设置了新的程序，如果晏枝不回答，机器人就会一直问下去。

"请问主人今天开心吗？"

在它问到第三遍时，晏枝终于回答："开心。"

机器人："机器人也很开心。"

在梁沉面前说这个，就像站在台上给别人表演胸口碎大石一样滑稽，晏枝一直以为这个功能是机器人自己本来就有的，所以默默吐槽："设计这个话的人挺傻的。"

梁沉沉默着，没说话。

晏枝瞧见他的表情，瞬间明白过来，也是，他送的礼物被收礼物的人这么说，他会开心吗？

于是她努力找补："不过你送的这个机器人还是很好的，能喊我起床，能回答一百万个为什么。至于其他的，完全是程序员的锅。"

梁沉听完，安静地回她："嗯。"

第十四章

/ 我喜欢你，你知道吗 /

晏枝准备去赴姻缘寺的约，但她起晚了。昨晚她和周小敦他们在网上打麻将，一不小心嗨过头。陆独傲说他以后估计没法这么放肆，他上的大学纪律严明，而他选的专业是要滚水坑、钻铁丝网的，手机会被没收，联系不上也是常事。

晏枝和何合格一听，行，今晚舍命陪君子。

梁沉敲门时，她刚刷完牙。四目相对，晏枝想起昨晚的那个怀抱，她有些不好意思地捋顺乱糟糟的头发，让梁沉等她一会儿。

这一会儿就是两个小时，期间梁沉打了把游戏，替别人翻译了一篇英语作文，最后揉了揉眼睛，看晏枝关门开门，不是忘了这个，就是丢了那个。

梁沉轻笑一声，脸上没一点不耐烦。

最后，少女站在他面前，拿包戳了一下他胳膊，示意他："我好了。"

梁沉放下撑着脑袋的手，掀起眼皮往上瞧。她今天特意穿了裙子，没有袖子，就两根细细的白带撑着，漂亮锁骨露出来。裙面稍蓬，上面点缀着绣织蝴蝶，腰间一根细细的黑色腰带，突出重点。她化了淡妆，睫毛卷翘又纤密，眨一下眼，清纯得像森林小鹿。

梁沉不动声色地捏紧指骨，没敢多看，起身往前走："走吧。"

嗯？不夸我好看？晏枝气鼓鼓地跟上。

去姻缘寺的路有点远，在另一个区，且远离闹市区，不过那里极其有名，听说还有一位了不起的僧人，若侥幸遇到，比烧香拜佛还有用。但晏枝唯一没算到的是，那天的太阳大到她要爆炸。

从公交车上下来，还有一段十分钟的路，路边几乎没看到自行车，等晏枝走到时，已经满头大汗。她属于流汗超多的那一类，打理好的刘海早就没了型，面颊通红，两眼被太阳刺得眯起，想好好玩的心情早没了。

"如果我有钱了，一定要让这里通上公交车。"热得脑子发昏，晏枝开始口不择言。

梁沉扭开瓶盖，递给她水："喝一口，去热。"

晏枝随手接过，没半点不好意思。她看着头顶那块姻缘寺的牌匾，觉得自己这辈子都不会想来第二次。

寺中人多，偶尔还能看到一个小和尚挑着两桶馒头走过。梁沉给晏枝找了个凉快的地方坐下，等休息够了，再往里走。

坐下凉快了，人才能开始冷静思考。

晏枝后知后觉刚才一路自己的脸色很臭，脾气还有点大。她反应过来，瞟了眼梁沉，他神色平淡，不怒也不气。

晏枝心里却没了底，试探着问："你来过这儿吗？"

"来过。"梁沉情绪稳定，"母亲带我来过一次。"

晏枝："噢。"

比起出双入对来这儿的情侣，他们两个人显得格外安静，一对情侣指着他们说："你看那边两个，好像是情侣，又好像不是情侣。"

晏枝和梁沉都没听见，休息完，他们继续往上走。

寺庙里有一个项目，花两元钱可以爬上一座高十多层的庙，等爬到顶楼，能俯瞰到一部分的城市景色。只是庙里的路狭窄，竟然不是普通的阶梯。旋转迂回式，台阶越往上就越窄小，到最后只比一只脚还多一点的宽度。

晏枝穿着裙子不好攀爬，而且还恐高，她想回去，但已经没了回头路，只能小心翼翼地往上爬，全程手指紧扣旁边延伸出来的台阶。梁沉守在她身后，看路的同时会关注到她。

突然，晏枝一下踩空，右脚坠在半空，整个身体失重，侧歪着要倒下。这时梁沉急忙伸出一只手扶着她的脚，另一只手撑住她的身体。两人身前身后围观的人都在问有没有事。

"晏枝！"梁沉冷静地喊她，声音有些大，"重新踩上去！"

这个时候的晏枝，别人说什么她就做什么，她慌里慌张地踩上台阶，同时心里的委屈又多了一层。

没敢继续往前爬，他们在十五层停下。每一层都有瞭望台，不过很小，只能容纳三四个人，晏枝就站在瞭望台，听耳边的风呼呼吹过。

下面是层层叠叠的高大树木，枝头随风摇晃，将山风吹向城市。晏枝冷静下来，心头因踩空台阶的紧张感慢慢消散。

"还好吗？"梁沉问她。

晏枝摇了摇头。

耳边突然传来一声笑，晏枝觉得委屈，自己来一趟，遭这么多罪。

"下次，我做好攻略。"身边人突然转过身来拥住她，手掌轻拍她的背，"刚才很害怕？"

晏枝点头："嗯。"

"下次不来这儿了。"

晏枝："嗯。"

梁沉静静哄着，突然，他发现自己衣服有一块被润湿，晏枝哭了。

像是知道被他发现了，晏枝干脆破罐子破摔，缓慢抽噎起来。其实她已经快好了，可梁沉越安慰她，她就越想哭。

怀中的少女哭得一抖一抖的，好像受了很大很大的委屈。梁沉身体一僵，手掌向上轻抚她的头，一下一下的。

"对不起，我的错。"他低声道。

"嗯。"她一边哭一边回答他，还是肯定的语气。

"是我不对。"梁沉眼底晦涩不明。

晏枝还在哭："嗯。"

"怪我。"

晏枝："嗯。"

晏枝把梁沉走之后的委屈和刚刚的委屈，一起哭着发泄出来，她想止住，但是眼泪一直流。

山下行人拜佛烧香，来来往往都是香烛味。梁沉轻轻拥着晏枝，听她一声声的啜泣，手指轻抚她的发丝，无声安慰。过了会儿，他松开她，微微低头："现在有没有好受一点？"

从山头吹来的风，是清新的，晏枝躲开他，抽抽噎噎地从包里拿纸，纸还没拿出来，梁沉先她一步抽纸出来给她擦眼泪。

"比小孩还能哭。"梁沉这样说，却没有戏谑的意思，他眸子安静，眸底荡出一层心疼，"不丑。"

晏枝没计较丑不丑的事，反正脸都丢完了，只是她还想问一个问题："梁沉，你刚才好像凶了我。"

踩空的那瞬，晏枝听见他的声音很大，好像还带点怒气。她以为是之前自己一路上脸色太臭，导致他的心情也不好。

比起她的心理活动，梁沉则在回想一路上，他到底哪里凶了她。最后，梁沉没想出来，轻声叹气："枝枝，给个提示。"

晏枝面向群树："就……我踩空那一会儿，你声音很大，我以为你对我意见很大。"

一年不见，大家都有少许的变化，晏枝揣测梁沉，梁沉也揣测晏枝，不过他们的思路都不互通，也完全不对。

"没有，我不会对你发脾气。"梁沉解释，他那时只是太紧张，怕晏枝摔下去，何况他们身处的狭窄空间没有安全措施。

梁沉没有想到晏枝会误以为自己凶她，不过他瞬间反应过来，或许是自己没大声跟她说过话，她因此会认为自己大声说话是在凶她。毕竟在她看来，自己是个情绪相当稳定的人。

梁沉忽觉失语，原来女孩委屈的原因在这里。

"不过我现在知道了。"晏枝连忙说，转而脸红，"都怪你。"

梁沉没说话，只是看着她。眼前的少女一发觉自己不对就开始不好意思，发现是自己多想，又重新笑起来。山风拂面，她呼出口绵长的气。

"对了，我路上脸色比较臭，你不会怪我吧？"晏枝心想，你要真怪我，那我就……就道歉。

梁沉蹙眉，十分不解："你有吗？"

"没有！"晏枝立马否认自己的所思所想。

不过梁沉当然能察觉出来晏枝情绪不对劲，他这样说，完全是想看看她的反应。

他们从高楼离开。路上，晏枝恢复活泼，一会儿往这边跑，一会儿往人多的地方去，等最后没劲了，两人逛到一处偏僻的地方，看到一个在打坐的僧人。

晏枝探出个脑袋："你说，我们要不要找他算个命？"

梁沉："他在休息，估计不想被人打扰。"

"也是。"晏枝作罢。

绕到僧人打坐的建筑前面，里面有一座佛。晏枝没瞧出来那是什么佛，她问梁沉，梁沉顿了顿，说不知道。

"来此敬佛的，多半是什么人？"晏枝问。

梁沉："有缘人。"

"什么才叫有缘人？"

梁沉特意停顿："……你和我。"

晏枝不说话了。

岂料梁沉还在继续："拜佛的都是情侣。"

晏枝腹诽：你刚才怎么说不知道？

这人撒谎。晏枝嘴巴闭紧，一句话都不肯说，同时身子跪拜下去，头低得看不见脸。他这么说，不就指明他和她……

"我以后要是凶你，你跟佛说。"梁沉见不得她委屈，更见不得这份委屈是由他造成。

晏枝死死低着头："我们是朋友，你凶就凶吧。"

再说，他也没凶她，但他好像很愧疚。

梁沉一顿，视线向下："如果我是你男朋友，还会想让我凶你？"

晏枝没作声，只是整张脸都藏在手下。

"枝枝，如果我是你男朋友，我不舍得凶你。"

晏枝心头狠狠一跳，梁沉的话已经不是那么隐晦了，他分明内敛，情感从不外放，但自从回国后，勇敢而主动。试探的告白，温声的保证，轻轻擦过她心间。真的会有人，对她有那么深的情感吗？

山寺的人渐渐减少，姻缘树上挂满了寄语红绸，梁沉没有逼晏枝回答。他取了一根红绸，学着别人拿了一支毛笔，在红绸上认真写下一句话。

晏枝讨个兴致，也买了一根红绸。

梁沉不逼她回答，她好歹能缓个几天。

晏枝在心里默默松口气，其实，她还没有准备好，她也不知道自己在怕什么，可能被以前的事影响了。

"你写的什么？"晏枝凑过去看。

梁沉的字十分好看，晏枝脑袋凑过去时，他刚好拿起来，沉静的眸子暗含不允许："秘密。"

"喊。"晏枝兀自写下自己的寄语：快乐、平安、健康。六个字，祈祷她爱的，和爱她的人。

写完，晏枝转身，发现梁沉已经把他写的挂在树上。她将自己写的挂在他的旁边，任红绸随风飘扬。

太阳西落，万物斜影而静，两人立在一起，影子也挨在一起，梁沉突然偏过头，只一瞬，又移开，那刻大概只有影子知道，他在亲吻她。

山上的人都在往下走，几对情侣牵着手说说笑笑纷纷路过他们，还有迟暮的老爷爷和老奶奶。梁沉裸露在空气中的手悄悄地碰了碰晏枝的手指，他们没说一句话，身体却在互相试探。

晏枝很紧张，梁沉的手伸过来那一刻，她抿紧了嘴，在拒绝和接受这两个选项里来回蹦跶，脑袋都要炸了。

他的手还在试探，起先是轻轻一触，随后几根手指缓缓靠近，而后整只手顺着她的手指缓慢而坚定地握住，自此，梁沉稳稳牵住她的手。

等了等，晏枝没有甩开，梁沉继而又往里握了握，摩挲般交握，像他不言说却又深沉的情感。

晏枝一颗心跳得厉害，怦怦然。

"以后还想来这里吗？"牵着她的手，梁沉跟着人流往前走。

晏枝的眼珠子到处瞟："勉强可以考虑。"

"明天约你去海洋馆，去不去？"梁沉主动出击。

"勉强可以考虑。"

"行。"

坐上公交车，梁沉总算放开她的手。

晏枝在背后自己摸自己的手，然后装作不经意地放开。她坐的位置靠窗，公交车缓缓行驶。

不管怎么说，一年没接触，晏枝没想到自己还能对梁沉心动。虽然这样说很"渣"，但梁沉出国那次，她确实在心里告诉自己，没必要等他，人都是向前的。可现在晏枝的头贴着公交车的窗户，想着他在姻缘寺说的话，觉得自己再听一遍，可能会答应。

算了，不想。脑袋昏昏，晏枝闭上眼。

公交车左摇右晃，晏枝的头歪到梁沉这边，梁沉将她的头扶到自己肩膀上，垂眸去看少女的睡颜，很安静，很乖巧。

出国的一年里，他们时差不同，信息不互通，他被身边各种事打扰，和晏枝也从一开始的互相慰问变成毫无音讯。

晏枝会想他这个朋友吗？他很想她。

鉴于姻缘寺的行程并没有多美妙，第二天，梁沉就马不停蹄地邀请晏枝去海洋馆，邀请那会儿晏枝还没起床，人是被大东喊起来的。

"枝枝，你梁哥找你出去玩！"

梁什么哥？自己哪有姓梁的哥！

晏枝穿着睡衣，直接从床上起来开门，余光却瞥见门边，梁沉靠在那儿，头侧过来瞧她，然后，他眼神一顿，晦涩地移开。

晏枝低头一看，瞬间反应过来，她的睡衣领子太低了。她重新关上门，想着刚才梁沉的眼神，忍不住深吸一口气，今天海洋馆之行，恐怕又要尴尬了。

但梁沉像个没事人一样，海洋馆之行结束，紧接着来了个水上乐园之行。水上乐园之行结束后，梁沉又约她去迪士尼、湿地公园、卡丁车俱乐部……

每天，晏枝都能看到梁沉的身影，可能在她倒垃圾的路上，梁沉从她身后走过："明天有时间吗？"

可能在她刚买完一份章鱼丸子准备开吃的瞬间，他对老板说："给我来一份和她一样的。"

然后他望着她："下回想去哪里？"

晏枝细想了一下，从他回国的第一天，到现在第十五天，他出现的次数，比周小敦、何合格还有陆独傲加起来的还多。

大东很看好这个局面，他心里算盘打得可好，自己和梁妈结婚过日子，先让双方儿女打好关系，然后自然而然水到渠成。

因此，大东总会时不时对晏枝吹耳旁风"你梁哥，人挺好，做你哥你看怎么样"，或者是"枝枝啊，你爸我也老大不小了"。

晏枝头大，现在看见她爸和梁沉就想躲。

她默默叹气，正巧撞上周小敦回老家看望爷爷奶奶，她一不做二不休，也跟着去了。

周小敦老家是秀丽的水乡，在乡下，晏枝约上何合格，一起提着大包小包的礼物走在乡间田埂，去看望周小敦的爷爷奶奶。

"老大，你说你就这么走了，梁沉找不到你人怎么办？"

晏枝："我就是为了躲他才来的。"

周小敦："我真为梁哥感到悲哀。"

晏枝和何合格同时翻白眼。

到周小敦家，爷爷奶奶正在睡觉。老人们浅眠，一点动静都能吵醒，看到他们来，乐得嘴都合不拢。

周爷爷欢迎晏枝，欢迎何合格，就是不欢迎周小敦。爷孙俩有矛盾，周奶奶说爷孙俩一个脾气，看着老实好欺负，其实倔得很，谁都不服谁。

周小敦也只对奶奶献殷勤，豆豆眼看也不看爷爷一眼："我才不管你！"

周爷爷嘴里碎碎念："我要你管哝要你管……"

晏枝和何合格跑去房子外面，拿了小板凳并排坐着。周爷爷家养的肉鸡在她们面前来回走，也不怕生，啄一口地上的虫子，颠着肥臀摇摇摆摆走过。

晏枝撑着脑袋，欣赏落日时分的乡间风光，心想，梁沉知道自己逃了，会是什么反应？他会不会恼羞成怒，还是很生气？

手机没有新消息通知，可见梁沉还不知道她逃了。

晏枝朝着远处的群山伸了个懒腰，然后猝不及防地打了个喷嚏。

何合格："一定是梁沉在骂你！"

晏枝："……他才不会骂我。"

何合格真心不想吃这碗狗粮："你就这么确定？"

晏枝耸肩："你听到过吗？"

没有，何姐只会专注听有哪些人骂她。她望着傻姑娘的侧颜，心中不禁感慨，被爱的人真是有恃无恐，傻姑娘晏枝，完完全全是被纵容的那个，偏自己不知晓。当然也可能是被爱得太自然，成了习惯。

之后两天，晏枝一直待在周爷爷家，帮周奶奶做做饭，给鸡喂食，给猪喂饲料。闲下来，三个人会去小溪捉鱼，去山间看农基地种植的山茶花。傍晚玩累了，就蹲在家门前，一人手捧一瓣西瓜，像三个守门神一样注视着乡路上来来往往的人。

直到，看到一个熟悉的身影。

晏枝眯起眼，嘴边的西瓜籽刚吐掉，慌里慌张地起身："我好像看到那谁了，你们帮我看看是不是？"

何合格："哇！是梁哥！"

周小敦："我绝对没出卖你们！"

晏枝已经来不及细想那么多了，她转身往屋里躲，谁想梁沉先她一步，叫住她："晏枝。"

"我没想着要躲你。"

落日黄昏下，群山被余晖晕染，层叠朦胧，两人站在平时晒玉米的坪上，晏枝出声解释。

"是我追得太紧了？"梁沉询问。

晏枝觉得这个问题没法回答，只好随便编一个理由："你可以，有更多更好的……选择，我们还可以再等等看。"

"只有你。"

周爷爷站在门口喊他们吃饭，梁沉回身背对着她，头微微偏，低低地把那三个字说完："等不了。"

话落，人走进屋里，背影近乎执着。

晏枝站在原地发愣，直到何合格喊她去吃饭。

乡间夜里，蛐蛐和青蛙一起叫，夜蚊子多，周奶奶在饭前点了两根蚊香，放在他们腿边。

周小敦一边吃饭一边瞅着晏枝和梁沉，品出点不对劲。他嘴巴快速嚼动，凑近晏枝："你俩闹矛盾了？"

晏枝在桌下踢了他一脚，何合格也在桌下踢了他一脚。周小敦气得想摔碗："干吗都踢我？还让不让人家好好吃饭了！"

一抬头，对面梁沉看着他，气氛简直谜之尴尬。

晏枝也觉得不能这样下去，干瞪着不是她的风格，逃避也不是她的风格，得把事情说清楚，不能扭扭捏捏。想明白了，她快速扒完饭，"砰"的一声放下碗！

这吓得正在互发消息的周小敦和何合格同时抬头，一脸做贼心虚。

晏枝瞥一眼对面不动声色的梁沉，"唰"地站起身："梁沉，你出来一趟，我有话要跟你说！"

她气势汹汹地往外走，让周小敦和何合格都错以为梁沉会遭遇不测。

梁沉也从座位上起身，活像个被媳妇叫出去的，走到一半，他回头扫一眼准备看热闹的周小敦和何合格。

周小敦、何合格："行，我们不偷听成不成？"

梁沉淡定地往外走，月亮偷偷出来，挂在几颗星星旁边。梁沉走到晏枝身后，头微微往前探。

察觉到他的气息，晏枝转头："我有……"

仅仅说了两个字，晏枝便怔在原地。眼前的人用他那双漆黑的眼，无限柔情地看着她，就这样，她什么也说不出了，心脏跳得好像有些厉害。

"想说什么？"梁沉看着她。

"忘了？"他好似不知距离远近，偏要靠近，"那我来说，你听。"

"晏枝。"他喊她的名字，眼睛顺着她的嘴唇往上看，不偏不倚，捕捉她眼里的情绪。

　　"我喜欢你。你知道吗？"

　　晏枝的身体往后仰，双手却慌张地绞在一起，她听见自己的心跳，频率快到失语。

　　"你要是喜欢我，我们就一直一直在一起，不分开，走到你厌倦的那天。

　　"你要是不喜欢我，那我……再努把力，争取让你无所顾忌地喜欢我，怎么样？"

　　梁沉的视线深邃，每一句都是清清浅浅说出，却无端让人沉醉。

　　"行吗？"他问。

　　梁沉不想再与她当朋友了。感情这个东西，可以等，人却等不了。梁沉在国外的日子，时常想她，想到她时，像是喝了一杯温热的奶，心脾皆润。他以为没有谁会在他的生命里留下多深的痕迹，以为一年两年，很多东西都会渐渐淡去，但时光如长河，走的每一步，都有她的身影。

　　"可以试试。"晏枝匆匆低下头，告白那一刻，她被梁沉浮在云端，下不去了。既然如此，那就试试吧。

　　梁沉怔了好一会儿，他伸出一只手，握住晏枝的手腕，反问："同意了？"

　　晏枝的头往旁边偏，害羞了："勉强同意。"

　　"哎呀，你干吗推我！"周小敦差点被何合格推了个趔趄。

　　两人偷听，被正主逮到。

　　周小敦憨憨地笑："祝福，祝福二位新人！"

　　何合格说："喜结连理，百年好合。"

　　晏枝脸红，她推了推梁沉，让他管管。

　　梁沉说："偷听别人说话是不好的行为。"

　　"行行行，知道了，不好的行为，下回不做了……哎，奶奶喊我们睡觉呢，走了走了。"两人插科打诨，糊弄过去。

　　等他们彻底走后，梁沉站在灯影下，面对晏枝。晏枝则转动脚踝侧过身，双手放在背后，看着天上的月亮。她鼓起腮帮子，又一下放瘪，再鼓起，心里的激荡不比梁沉少。

她，是有男朋友的人了，真的好了不起啊。

晏枝美滋滋地抿嘴，心田的鼓点仿佛在跳舞。

"枝枝。"

"嗯。"晏枝假装不在意地转头，脸上的表情有种强装的自然，"喊我干什么？"

"叫我女朋友。"

晏枝又悄悄转回去，她的手指在身后快要绞死，语气倒是要面子："天黑了，回去。"

梁沉轻笑："行。"

晏枝率先逃离，人是慌忙往里跑的，都不带回头，干脆利落地关了卧室的门。梁沉站在凉爽的庭院，倒是没走，换了身份，他们彼此之间更不适应了。

"梁哥，你看起来好像很开心哦。"周小敦不知道从哪儿蹦出来，凑到梁沉身边，注视着晏枝逃离的方向。

梁沉心情很好："嗯。"

周小敦："……"

就他单身呗。

逃回房间的晏枝迅速拿被子捂住脸，发出激动的尖叫。何合格倚在窗边瞧着，觉得恋爱的人吧，尤其是第一次恋爱的人，都很神经病。

第二天，天刚刚破晓，晏枝在鸡鸣和吵架声中醒来。她睁开眼，望着瓦片盖成的屋顶，眼底有淡淡的黑眼圈，明显昨晚兴奋过头，睡眠不足。

吵闹声还在继续。

"我不管你，我才不管你，你抽烟，老成这样了还抽烟，我才懒得管你！"是周小敦的声音。

周爷爷依旧骂骂咧咧，声音低得像碎碎念："要你管要你管，我喽死（六十）多了，要死早死了。"

"爷爷！"这是何合格的声音，"小敦不是不想管你，他是关心你。"

周小敦："我就是不想管他！"

晏枝惦记着他们吵架的事，没继续睡下去，快速穿好衣服从床上起来。堂屋站了一堆人，周奶奶坐在矮板凳上，想插嘴又插不上，看起来挺着急的。梁沉靠在柱子边揉眉，听他们你来我往地吵。

晏枝走到梁沉身边，抬头望一眼他。梁沉揉眉的动作顿住，他随性的靠姿正了一点，低声问："昨晚睡得好吗？"

晏枝心里仍是怦怦然："……还可以。

"他们吵了多久？"

梁沉："不久。先让他们吵一会儿吧，爷孙俩意见都挺大的，不吵出来不好解决。"

晏枝深沉地叉腰："嗯。"

周小敦看着软，其实是个硬骨头，他跟周爷爷吵架，没说什么伤人的话，但听着，双方好像都非常不服对方。

眼下他们正吵到激烈处。

"读个书就了不起哝，我以前也是上过大学滴（的）人，你问问乡里哪个不晓得啊不晓得。没有我哪儿来你爸，没你爸哪儿来滴你啊哪儿来滴你，你爸都不管我，你来管我喽？"

周爷爷原地蹑步："翅膀硬了喽，管我啊管我，我要你管我，还跟我飙洋文。"

周小敦："那叫英文！"

周爷爷："有本事你用洋文骂我喽。"

周小敦还真来句英文，对他爷爷大声吼："I miss you!Very much!Very very much!"

周爷爷气得拿手指他："你还真……"

周爷爷从小就没受过什么英语教育，他哪里听得懂。眼看情况不对，晏枝连忙说："爷爷，小敦说的英文不是在骂你，他说他想你，非常想你，非常非常非常想你！"

周爷爷的手不指了，那只手缓慢放下，然后绕到仅剩几根银发的脑门上，挠了挠。

何合格觉得好气又好笑，推搡周小敦一把："杵这儿干吗呢，有话不能好好说。知道误会怎么产生的吗，就是你这么产生的。"

梁沉低头问晏枝："真的有那么多非常吗？"

晏枝可太懂了："这叫情绪渲染。"

梁沉嘴角染笑，女朋友比他懂。

最后，周小敦终于和他爷爷和解，周爷爷藏起的烟也主动交出来了。

周奶奶看到那么多烟，猛拍老伴的背："你命还要不要喽？"

周爷爷说："不要喽，不要喽。"

"那我你还要不？"

周爷爷说："要喽，要喽。"

听到这番对话，他们都忍俊不禁。

晏枝笑着笑着，突然觉得有一丝丝的感动。老一辈的爱情，虽然保守含蓄，但比起现在很多相爱的人，更加引人动容。

吃过早饭，他们决定出去踏青，走一走乡间的路，算是为乡间行程的最后一天，画一个圆满的句号。

路边开满了小雏菊，田埂里藏着叫不出名字的小紫花，脚边的杂草一簇簇的。晏枝走过流淌的小溪，手里拿着一束狗尾巴草，看稻谷都熟了。

"你们看那边！"何合格抬手指着一处。

晏枝跟着看过去，田埂的另一头，几个穿着潮流的男生支起画架，在画画，其中一人是魏荆舟。

"周小敦，你们家乡还有这等厉害的人呢。"晏枝摇晃手中的狗尾巴草，草头挠到梁沉的手臂，摩挲着溜过。

周小敦有种无比的自豪感："那可不，我们家乡啊，山清水秀，万物芬芳。"

"我们去别处走走。"梁沉当然也看见魏荆舟了，他淡淡地收回投望过去的视线，牵起晏枝的手从田埂离开。

这个人，应该是吃醋了。晏枝低头瞧着两人牵在一起的手，被包裹在他手心的手指忍不住动了动。过了会儿，他的手指也轻轻刮过她的手背，痒痒的，但明显很好哄。

一天很快过去，夜晚悄然而至，再次经过田埂时，他们没看到魏荆舟。

周爷爷和周奶奶给他们做了相当丰富的一顿晚餐。想着明天一早就要离开，周小敦特意嘱咐周爷爷一些事情，尤其是烟，能戒就戒。

何合格从屋里搜出一副牌，吆喝着一起来玩，于是大家在露天庭院里打牌。

提到牌，周小敦想起往事："我还记得梁哥做班长那时候，收了我们老大一副牌。"

何合格看好戏："噢——说来我听听。"

"我记得那时候班长好像不太喜……"说到一半，周小敦识相地住嘴，再说下去，小命不保。

这勾起了晏枝的回忆。她跟梁沉刚接触的时候，他好像确实不太喜欢她，虽然在课堂上打牌，她确实有错。

晏枝"唰"地看向梁沉："你收的那副牌，到现在都没给我。"

梁沉扫一眼周小敦，开口："等着你来拿。"

不好，梁哥在用眼神骂他，周小敦很后悔提这件事。

岂料晏枝来了兴致，继续翻旧账："你那时候，是不是特别不喜欢我？"

梁沉隐隐察觉大事不妙，随手扔下一张牌，装得很淡定："没有。"

"你就有。"晏枝强调，她记得清清楚楚，"那会儿你都不用正眼看我的。"

第十五章
/ 他俩就是一对纯爱战神 /

两人你来我往，周小敦和何合格默默旁观，出牌的声音都轻了。

梁沉舔了下薄唇，彻底妥协："我的错。"

他可不想交往第一天就吵架，而且认错绝对是最好的解决办法。

偏偏晏枝不听这个答案，她跟很多人一样，比较喜欢刨根问底："其实我就是想知道，你那时候为什么不喜欢我？是因为我这个人人品很差吗？还是因为你就是看我不顺眼？"

梁沉说："……我眼瞎。"

何合格突然有点看不下去了，瞧瞧一个智慧的人被折磨成什么样了。

周小敦心中默念饶了我梁哥吧，随后出声解围："晏枝，你扰乱梁哥出牌！"

晏枝这才肯放过梁沉。她盯着牌局，左思右想怎么都感觉不对，梁沉明明就没有回答嘛。她右手撑着脑袋，"啧"一声，过会儿又换左手撑脑袋，又"啧"一声。

梁沉眼皮子轻跳，他把牌递给晏枝，决定转移她的注意力："你来帮我玩。"

果然，晏枝的注意力成功被转移："可是我牌技很差。"

"不怕输，我带你赢。"

于是，继上次麻将秒杀之后，这回梁沉来了个牌技秒杀。梁沉

·211·

是个好老师，他在告诉晏枝该出这张牌时，还会告诉晏枝原因，分析周小敦和何合格手中可能剩下的牌，然后判断自己该出哪张牌，该留哪张牌。

何合格：这完全就是给小情侣助兴来了。

打了十多局，众人决定结束单箭头赢牌的局面。

晏枝站起身伸伸懒腰和腿，她在屋外的矮板凳上坐下，吹着凉爽的夜风。梁沉走到她身边坐下，长腿往外屈着，他侧头看远处群山，藏在朦胧夜色中，似真似假。

"我以前不讨厌你，"他解释，"只是不太喜欢和人交流。"

晏枝没想到他心里还惦记着自己说的话，她回头看着他："那你当时认为我怎么样？"

梁沉实话实说："很闹腾，很能说，也很有趣。"

"我觉得那时的你很帅，很聪明，很有教养。"晏枝回评。

"很高的评价。"梁沉挑眉。

两人眼神聚在一起，齐齐弯了眼。

乡间的风吹拂晏枝柔软的鬓发，面庞在昏蓝夜色的笼罩下清新又秀丽，仿佛着了一层冷调滤镜，很美。

梁沉捏住她的手背，喉结紧张地滚了滚。他看着晏枝，从眉眼到嘴角，最后又落到双眼上："可以，亲你吗？"

晏枝攥住自己的手，心跳加速，眼里透出好奇："试试？"

"嗯，试试。"梁沉说着，脸一点点靠近。

晏枝的眼细细描绘他的轮廓，在他一点点凑过来时，感觉紧张又刺激，好像还有点期待。

唇越靠越近，梁沉抬眼，面前的女孩已经紧张地闭上眼，他的气息打在她的脸上，他人也轻轻地、缓慢触碰她柔软的唇。

唇与唇相触，双方脑海都为之一震，放起烟花。停留两秒后，梁沉不舍地放开。

晏枝悄悄抬眼，脸蛋通红。

"感觉很奇妙。"她眼睛乱瞟。

"再来一次？"梁沉盯着她，他也很紧张，从来没有过的紧张。

晏枝乖乖的："好。"

“嗯。”梁沉又凑过去。

他们唇瓣相触，没有什么其他的动作。但即使是简单的相触，也很开怀，很不一样，很幸福。晏枝的眼角俏皮往上抬，梁沉温柔地闭眼。

世界在这一刻很浪漫。

第二天一早他们离开了周爷爷家。回到家，晏枝又开始了等开学的日子，不知道是不是先前梁沉约她太频繁的原因，这趟回来后，换了身份的他收敛了很多。

一日，大东从外面抱回来几个西瓜。大热天，新鲜的西瓜简直就是救赎。晏枝把西瓜切块放进冰箱，等到要吃饭的时候，听大东的吩咐去隔壁喊梁沉和梁母。

梁母进了厨房，帮大东收尾，晏枝递给梁沉一块西瓜，自己也咬一口手中的：“甜不甜？”

梁沉放下她递来的西瓜，直接抓着她手腕，吃了一口她手里的：“还可以。”

梁沉不喜欢吃甜的，但他爱吃水果，可很多水果都是甜的，晏枝第一次见口味如此刁钻的人。她紧张地瞟一眼厨房，不死心地追着给他：“你再吃一口？”

“嗯。”梁沉就着她的手又吃了一口西瓜，这回没避开她之前咬的地方。

晏枝眼睛瞪圆，小声嘀咕：“你干吗吃我吃过的地方？”

“没事。”梁沉拿纸擦手，不大在意，“习惯就好。”

这话，就像在告诉她，我已经习惯了，你是不是还没习惯？

晏枝确实没习惯。她听别人说，朋友做情侣，如果没有任何改变的话，可能到最后也只是朋友。即使他们目前是情侣，但没有任何改变的情侣，跟朋友无异。

自从和梁沉成为情侣后，晏枝发现梁沉的变化很大，甚至隐隐约约在指导着她改变，而晏枝自己，几乎没什么改变，她好像还是维持之前的相处方式。

何合格告诉她，你也得有点改变，不然这情侣成了跟没成一样。

饭菜上桌，梁沉熟练地坐在晏枝旁边。桌下，他的手不经意地擦过她的手，就顺手捏了下。

梁沉做这个动作时，大东刚在晏枝旁边坐下，晏枝很紧张，她一紧张就容易被人看出来，所以默默抽回了手。由于抽得太毫不犹豫，梁沉朝她投过来一眼。晏枝低头喝水，假装看不见。

大东在饭桌上说成年的事，舀一勺汤放自己碗里："你们都成年了，那个枝枝啊，阿沉啊，都到了可以谈恋爱的年纪了。"

"现在是自由恋爱的年纪，你们放心去找，我和你梁阿姨都是明白人，不会限制你们的。"

大东被自己的开明感动说："就是别谈太远的，太远了，你们回家多不容易啊，对不对？"

晏枝拿起水杯喝水，她一口接一口，面对大东的嘱咐，眼神飘到窗户外。

"但也别谈太近的，你老爸我看了的，咱小区的那些男孩子，是真不行。"大东想起梁沉，多加一句，"阿沉除外，阿沉是个好孩子。"

梁沉也难得没说谢谢，沉默地夹菜。

梁母插一句："我看啊，还是顺着他们自己的想法来。"

"对对对！"大东立马附和，"你们想谈就谈，不谈最好。"

晏枝默默掏出手机，首先把屏幕亮度调到最低，然后面不改色地给梁沉发消息：他们是不是发现了什么？

梁沉的手机响动，他放下筷子，从桌边拿起手机。

晏枝轻声咳嗽，脑袋不动，偷偷瞟梁沉，片刻又偷偷挪开。

梁沉：还没有。

紧接着，他来了下一句：不过，我们可以直接告诉他们。

这哪行？晏枝打字：不行。

似乎是觉得自己这样太果断，她立马解释：是不是太早了？

梁沉怎么会不懂她的心思，于是给她吃下一颗定心丸：枝枝，主导权在你这里。

"你说你们多大了，怎么吃饭时间还玩手机呢？一个两个都低着头。"大东的声音落在头顶。

晏枝立马关掉屏幕，重新拿起筷子夹了一块肉放嘴里："我回朋友消息。"

午饭过后，晏枝坐在沙发上做心理建设，她看着忙上忙下的大东，嘴张了张，没说出口。虽然梁沉说主导权在她这儿，可晏枝认为自己应该坦白。

"大东，"晏枝决定说，"我想跟你说件事。"

午后的阳光透过玻璃窗照射进来，燥热挡不住。大东将新买的全身镜放正，兀自欣赏了一会儿，随后坐到晏枝旁边。

"最近穷了？"大东调侃。

"不是这个，你新买的全身镜挺好看的。"晏枝从那面新买的镜子开头，然后再透露自己和梁沉在一起的事。

大东笑呵呵的："我是想着我跟你梁阿姨在一起后，家里不能什么都没有吧，干脆就买了全身镜，其他的慢慢来，缺什么就补什么。"

大东的笑容完全就是因为他对婚后生活展开了畅想，他说完，突然问起晏枝："你把我叫来，不会就说这个的吧？"

"对……就说这个。"

晏枝最后还是没开口说她跟梁沉的事情，大东只当她在撒娇使也没管她，一会儿就溜溜达达地出门了。

晏枝坐在沙发上，脑子里的思绪乱七八糟纠缠着，恰巧跟兄弟从外远游的陆独傲回来了，他一手推开大门，一手提着送给大东和晏枝的礼物，两眼一扫，大东不在家只剩晏枝。

陆独傲便也没多留，他在客厅猛灌了一杯水，出门时想起什么，倚在大门边问她："你跟那谁在一起了？"

晏枝也双手环胸看他，手里一个苹果掂来掂去："嗯。"

群里消息早就传开了，只是陆独傲一直没出声说话。

"挺好。"陆独傲脑袋低下去，过会儿又抬起，"反正你俩要是吵架，我肯定站你这边。"

晏枝顿时热泪盈眶："我傲哥，你可真好。"

"少来。"陆独傲走过去夺过她手里的苹果，放嘴里咬了一口。

"大东知道吗？"陆独傲问道。

晏枝双手不自然地抠手心："还没说。"

陆独傲："你怎么想的？"

晏枝："不知道。"

她很为难。

"不能拖。"陆独傲三大口就把苹果肉给咬完了，他腮帮子鼓着，可说话不含糊。

"晏枝，你要是实在说不出口，我帮你说。"

"这哪行？"晏枝拒绝。

"我管你。"听她这么说，陆独傲才懒得管他们这档子破事，他快要开学了，再过几天就要离开芜城。

"先走了。"吃完苹果，陆独傲把苹果核扔进垃圾桶。

再次走到大门边，他还是转过身，看着晏枝："真的，你俩要是吵架，我站你这边。"

晏枝突然很感动，站起身走到门边："哥，你真好。"

"滚蛋。"陆独傲走了，背影高傲地走了。

剩晏枝倚在大门口发愁，她对着大东那张脸实在说不出"爸，我和梁妈的儿子梁沉在一起了，以后我们四人生活，亲上加亲"。天啊！恋爱怎么这么难！

恰好梁沉从对门出来倒垃圾，看到倚在门口兀自忧伤的晏枝，他脚步停下来："怎么了？"

"没事。"晏枝不由得站直双腿，她说谎时一般都有这个小动作，眼睛也会不由自主地躲避他。

梁沉察觉出来，他能感觉晏枝这几天似乎都有些心不在焉，跟他在一起的状态也很心不在焉。

"要不要下去走走？"他提议。

"好啊。"晏枝拿上钥匙锁门。

小区很热闹，男女老少都能汇聚到一起，香樟树高大参天，基本都有阴凉地可以走。梁沉倒完垃圾，并没有立马回去，他牵起晏枝的手，往树荫底下走，找了个没人的地方。

虽然这里没看到人，但保不齐待会儿有熟人出现，晏枝还是有些屄，果断地抽回手，梁沉不让。

晏枝抽手的动作一点都不犹豫，意识到这个，梁沉突然停下，拉过晏枝的胳膊顺到自己怀里，紧接着，俯身低头，手指抬起她的脸，在她唇边吻了一下。

树荫底下热风在晃动，少年这回不是在黑夜吻她，晏枝心慌，忙推开他，眼睛往左右两边瞄。

梁沉眼眸低垂，忍不住问："枝枝，你是不是不想跟我在一起？"

有很多次，晏枝都很拒绝他。这让梁沉第一次感到挫败，他以为晏枝答应了做他女朋友，其他事情顺其自然也会变好。

晏枝也是吓一跳："没有，绝对没有。"

晏枝的话让梁沉放心一些，但他还是不明白："那你躲我干什么？"

梁沉一步步靠近她，手微微抬起，可过一瞬，他就把手放开，因为晏枝在往后退。有一两个路人经过，他站在原地，等着晏枝解释。

"我怕被别人看见。"晏枝垂下头，丧丧的。

"我这么见不得人？"梁沉说这话时，语气很淡，似乎有些生气。

"没有。"晏枝嘟囔，"你很好。"

梁沉眉头皱起，轻声叹气，很想弄懂晏枝的脑回路："枝枝，你到底在担心什么？"

"就是，我和你，大东和梁妈，我们好像配对子一样。"晏枝表情有些古怪，"我一时转换不过来，我真的觉得很怪，好像在做道德不允许的事情一样。

"可我知道，我们没错，我喜欢你，也真心祝福梁妈和大东。

"我就是愁，不知道怎么开口！

"况且，他俩结婚了，那我们不就成兄妹了吗？没有血缘关系的兄妹也很让人躁。"

晏枝一口气说完，话落，对面半天没动静，她纳闷地抬眼，瞧他的反应，梁沉神色无奈地看着她。

晏枝："你为什么这么看着我？"

"我国民法典仅规定了直系血亲以及三代以内旁系血亲不能结婚。"

晏枝疑惑，所以呢？

梁沉肃声道："你跟我在一起，连法律都是允许的。"

晏枝瞬间怔住，她所有的害羞和扭捏被梁沉这句严肃带着科普的话给打散了。

——对啊！为什么不呢？

想到这里，她重新笑起来了："是喔，梁小哥哥。"

"枝枝……"梁沉被她的话羞得耳朵都红了，走上前重新拥住她，手指抚上她的发丝。

可没过一秒，他又被晏枝推开。

"你……"梁沉顺着晏枝的视线往右看，看到了刚买完菜、一脸错愕的大东。

房间开了空调，冷气终于驱散室外一波接着一波的燥热和浮浪。晏枝和梁沉坐在沙发上，看大东在他们面前踱来踱去，似乎还在自我消化他刚刚看到的一切。

梁沉："晏叔。"

"你们先别说话。"

大东伸出一只手打断，脑袋如同一锅搅沸的糨糊，怎么都清醒不了。他的好女儿枝枝，跟阿沉走到一起了？

大东在脑门拍了两下，头疼，头疼得不得了。最后，大东在他们对面坐下，摆出一副大人的姿态，提问："你们什么时候在一起的？"

梁沉："去周爷爷家那段时间。"

大东掰指头数，那有一段时间了："你们……有做过什么出格的事吗？"

说到后面，大东声音放低，怕他们有压力，又解释："我不是那个意思，就是你们还太小了！"

大东心想，虽然自己不阻碍女儿谈恋爱，但这速度也太快了吧。想当年自己多老实，到二十五岁时才谈恋爱，这之前都是老实本分的打工人。自家女儿倒好，高考一结束就领回来个男朋友，偏偏这个男朋友还挺熟，不能打，不能骂，都得哄着来。

"你们真的喜欢对方吗？"大东怕他们是小孩子过家家，"你们懂……什么是喜欢吗？"

晏枝背地里默默翻了个白眼。

"晏叔，我们不是过家家，"梁沉停顿了下，"我是真的喜欢晏枝。"

大东的目光在他们身上来回转。梁沉说他是真的喜欢枝枝，可他才回国没超过两个月，所以，他们以前就"勾搭"上了？

一想到这儿，大东突然心脏疼。

"你俩早恋啊？"不早恋，怎么他一回国，他们就在一起了？

晏枝给怀里的贵妃顺毛，说话声音很小，但大胆："不敢呢，我那会儿还不喜欢他。"

她这么说，纯粹是想证明自己没早恋。偏偏这句话引得两个男人同时看过来，表情各异。

大东："枝枝啊，所以你一个月内，就喜欢上一个人了？"

晏枝："……"

好像给自己挖坑了。

梁沉揉眉，顺着晏枝的话说下去："晏叔，是我暗恋她。"

此话一出，其他两人皆露出不可思议的表情。

大东拿起茶桌边的水杯喝了一口，兀自镇定。他执行任务这么多年来，都没有碰到这么棘手的事情，也不知道是他老了，还是现在的年轻人太过早熟，总之，他是跟不上他们的思想了。

"叔叔我啊，不反对你们。"大东叹口气，面色颇有些憔悴，"就是人老了，一下子很难反应过来。"

大东有种养大的女儿被别人叼跑的感觉，虽然八字还没一撇。而晏枝和梁沉都松了一口气，征得家长同意，是最难的事了。

到了晚上，大东把这件事告诉梁母。

梁母听后并没有感到震惊，她很平静，脸上甚至还带着笑，跟大东唠嗑："还记得我以前跟你说过阿沉不想去国外的事吗？现在想想，他啊，不想把枝枝一个人丢在国内。"

至于最后为什么去了，梁母也能想到，枝枝肯定劝了他。小孩子的感情，看起来那么轻浮、不切实际，但要和大人相提并论，其实也差不到哪儿去，她这个做母亲的，不妨碍，由他们去。

大东人到中年，依旧是个直男，他忍不住问："所以你早就看出来了？"

梁母："看一个人喜不喜欢另一个人，从他们的眼神中就能看出来。"

大东后知后觉："所以你早就看出我中意你了？"

梁母笑而不语。

这夜，大东把还没入睡的晏枝叫出来，父女俩很少谈心，都怕提到缥缈的伤心事，自从枝枝妈妈跟他离婚，大东都避着这些事情。

"枝枝，你跟我说实话，你想不想妈妈？"

晏枝摇头。她以前想，那是因为没人爱她，或者爱不够。如今她被爱包裹，所以也不会去想那个不爱她的人。

大东瞧她的反应，不似有假，他又说："我跟你梁妈的事，你肯定也知道，今晚我和她进行了商量，暂时不结婚了。等你们长大了，我们再结婚。"

晏枝瞬间觉得心里闷闷的，虽然她和梁沉说开了，但她最不想的就是耽误大东的婚事。

她伸出双臂，还像小时候撒娇那般搂着大东："爸爸。"小嗓声带颤。

大东拍拍她的头："傻孩子，我和你梁妈结婚了，你和梁沉就成了兄妹，兄妹在一起，外人会嚼舌根的。"

晏枝吸吸鼻子："我不怕他们说。"

"你怕不怕是一回事。"大东感叹她还是小，"我是不想你们无辜被别人骂，那些人各说一嘴，到时候传成什么样，我们哪儿知道？所以啊，很多事情我们宁愿逃避，也不会让它发生，就是这个道理，知道了吗，枝枝？"

晏枝替他们难过："可是大东，你很喜欢梁妈啊。"说到这儿，晏枝都有些破音。

大东宽慰她："我们这些做父母的，孩子的幸福最重要。我和你梁妈，什么时候不能在一起？"

可你们也会被外人说闲话啊。晏枝看着大东，如果小区里的人知道大东和梁妈天天在一起，却又不结婚，也会在背后说三道四。妇人的嘴，十传百，百传千，他们的声誉岂不是也没了？

晏枝还想说什么，却被大东打断："行了，我就跟你说这些。你梁妈要我嘱咐你们，做事情不能半途而废，谈恋爱也是。你们要谈就好好谈，光明正大地谈。"

这次谈话让晏枝认识到，世俗太可怕了，可人们又不得不被它推着走。

今晚风里有花香，晏枝后面也睡不着，就打开窗户往外看，发现梁沉也站在夜风中，抬头望着她的窗户。他哑声跟她说了两个字："出来。"

晏枝心下微动，趁大东回房间休息，偷偷跑出去。

小区夜里更加热闹，远处小吃街刺啦刺啦的翻炒声，回荡在每个人耳边。晏枝把大东跟她说的话告诉梁沉，而后陷入沉默。梁沉在沉思，或许有些事情他们确实无能为力。

"枝枝，我们在大学期间就结婚吧？"最后，梁沉开口。

晏枝在喝水，听到他的话，一口水呛到喉咙。她抹掉被呛出来的眼泪，抬头看着他："什……什么？"

"我们国家法定结婚年龄，女生是二十岁，男生是二十二岁，枝枝，我比你大一岁，如果你愿意，等到法定年龄，我们就结婚。"梁沉的神色格外认真，在吵闹的世界，那么别具一格。

晏枝彻底蒙了。她想，她应该给点反应，最好还有点表情，可是事实上，她从头僵硬到脚，仿佛听到了堪比世界要爆炸的话。

"枝枝，你愿意吗？"

这不是愿不愿意的问题，晏枝脑子有点乱，她一口接一口地喝水，终于明白大东听到她和梁沉在一起后的反应了，因为她现在就是这样，觉得很不可思议。

她第一反应是她一个青春美貌的大学生，真的要那么早结婚吗？但梁沉的话让她想到另一个方面，如果他们早点结婚，大东和梁妈也可以早点结婚。

晏枝："我需要再想想。"

梁沉不会逼她，他还是那句话："枝枝，主导权在你。"

他只是个提议的人，即使这个想法已经在他脑海里存在了很久。

梁沉以前认为结婚是三十岁之后才考虑的事，但那是单身者的狂欢。他如今有想爱的人，既然在一起，又为何不真正的一辈子在一起。因为喜欢，所以倾其所有，想把爱的想法都变成现实。

大学开学的时间要到了，晏枝暂且搁置梁沉给她的提议。梁沉也不会主动提起，他确实做到了真正的尊重。梁沉开学的时间比她早，反正都要去北城，梁母提议他们一起去，行李就放在梁沉在北城的家。

到了梁沉开学那日，大东先跟晏枝叮嘱了几句，然后独自送陆独傲去南城上学。原先陆独傲说自己一个人能行，大东固执地要送。

大一开学。

晏枝觉得奇妙，她站在操场上，听梁沉作为新生代表上台发言，底下一群女同学在乱叫，说这位航空设计与制造专业的新生太帅了！

少年站在主席台上，确实像飞翔的鹰，光芒万丈。晏枝直到这刻才发现，原来那只停留在自己身边的鹰，永远都收敛锋芒，所以才让她产生一种他和她一样的错觉。

晏枝突然有种危机感：在充满活力、丰富多彩的大学，他们真的能保证，一直一直喜欢对方，不变心吗？

晏枝偷偷从新生队伍里退出来，反正她也不是这个学校的。她走到操场外围的长椅上坐着等发言结束。等新生欢迎大会结束后，她看着不远处的梁沉跨过人流朝她走来，突然，一个女生拦住了他，想要个联系方式。

梁沉拒绝了，并指了指坐在长椅上的晏枝。

婉拒要联系方式的同学，梁沉走到晏枝身边坐下。

"你融入我们学校还挺顺利的。"梁沉打趣道。他在台上忍不住看她在干什么，谁承想他看了三次，三次她都低着头，不知道在跟旁边的女同学说什么悄悄话。

晏枝十分谦虚："一般般啦。"

迎新结束，不少结伴同行的女生朝他们看过来，晏枝也回看过去，才发现这些朝气蓬勃、青春洋溢的女生的目光很少停留在自己身上，大多停留在梁沉身上。

这就是，太帅的男朋友让人没有安全感？晏枝摸了摸耳朵，她合理怀疑，如果她没坐在这里，一定会有很多女生过来找梁沉要联系方式。毕竟她人现在坐在这儿，有好几个女生就蠢蠢欲动。

晏枝眼不见为净，男朋友太帅，她也没有办法。

她无奈地耸肩，手却被身边人一把握住，那只手似是不经意过来，光明正大地握住她，然后挠了挠她的手心。

晏枝一愣，侧眼看着梁沉。他没什么表情变化，可她还是捕捉到了最细微的细节，他在害羞。其实梁沉不是个喜欢在外人面前表达感情的人，而现在他当着那么多女生的面握住她的手，其实也是在宣告，他有女朋友。

两人在学校逛了一圈，梁沉送她离开校门。校门要学生卡才能通过，晏枝还看到那里有个人脸认证，梁沉说他们新生还没录入，等录入了，不用刷卡直接刷脸就可以。

晏枝："那我岂不是不能来你学校找你？"

梁沉摸她的头："你随时都可以来，用我的卡就可以。"

"行吧。"晏枝也没想那么多。她跟梁沉在校门口分别，然后乘上公交车。

公交车上有很多大学生，有一些一看就是新生。晏枝找了个位置坐下，透过玻璃窗可以看到梁沉往回走的身影。真是一个清俊少年，偏偏被她给祸害了。

好像除了初见的惊艳，晏枝就没觉得梁沉多好看多帅了，现在她有了一点危机感。难道是关注他的人太多了吗？

晏枝兀自猜测，再一转头，看到走在校道上的梁沉被几个女生搭讪。

那几个女生身着短装，修身衣裤凸显好身材，黑色短裤刚好贴着大腿根，妥妥的辣妹。她们凑近梁沉，拿着手机神采飞扬，似乎在谈论什么有趣的事情。

晏枝扒在车窗上看了几眼，最后坐直身体，然后从嘴里发出一声呵笑，我一点都没吃醋！

晏枝告诉自己，要大度、体贴。她深呼吸，视线还是忍不住瞟过去。噢，梁沉在和她们交换联系方式！

这下，晏枝真没打算看了，她独自一人回到梁沉在北城的家。这里有个保姆常年住着，主要为了照顾梁沉的弟弟梁潭。快到家时，梁潭就站在门口迎接她。

晏枝听梁沉说过梁潭的身世，他妈妈走的时候连招呼都没和梁正山打，就直接跑路了，单留下梁潭一个人生活。可是梁正山也不负责，或者说不想管梁潭。

梁沉在知道原委后，就自作主张把梁潭的户口迁了过来，于是梁潭正式成为梁家人，成为他的弟弟。

晏枝进门弯腰换拖鞋，随手摸摸梁潭的脑袋："阿姨呢？"

"阿姨在做饭。"小小的梁潭站得很老实，两只手放在身后，眼睛一眨一眨地看着她。

不知道为什么，晏枝总是能从他眼睛里看到一丝害怕，害怕别人再一次抛弃他。所以他对这个家里的每个人都尽心尽力的好，卑怯谨慎，因此屋外一有动静，他立马放下手中的事，跑到门口等她。

晏枝不由得牵起男孩的手。小孩有什么错，她在心里嘀咕，轻声道："潭潭啊，你哥哥上学去了，你要跟姐姐好好相处哦。"

梁潭点头："嗯。"

"真乖。"

晏枝又摸了摸他的头，小孩的头发可柔软了。她领着梁潭走到梁沉的房间，打开门，屋里一阵淡淡的清香。

这个屋里也有很多飞机模型，晏枝弯腰凑近看，突然问梁潭："潭潭啊，你哥哥……在北城的时候，有没有女生喜欢他呀？"

晏枝就是禁不住好奇，万一以后跑出个情敌，还和梁沉很早就认识，自己可怎么办。

梁潭摇头，他还小，什么都不知道。

晏枝眨了眨眼："那好吧。"

梁潭："但我听爸爸说过哥哥的事。"

"什么事？"晏枝放下手中的模型，一下子来了兴趣。

第十六章

/ 发射小心心 /

　　梁潭很认真地跟晏枝讲："在医院时，爸爸告诉我，哥哥小的时候很不喜欢女生，看到女生就离开很远很远。"

　　晏枝听笑了，她脑海里甚至有了画面："然后呢？"

　　梁潭说："爸爸说，之前有个女孩抢哥哥的模型玩具，后来还给哥哥，哥哥直接不要了。"

　　"……"她刚才好像动了他的模型。

　　晏枝问："那你知道我和你哥哥是什么关系吗？"

　　这个梁潭知道，他说："很重要的人。"

　　听到梁潭这么说，晏枝心里暖暖的。

　　第二天晏枝去学校报到，司机送她到宿舍门口，剩下的晏枝自己来。拿号码牌，整理床铺，买生活必需品，线上缴费，认识新室友……一天下来，精疲力竭。

　　值得一提的是，她在这个学校看到了齐桑。起初晏枝以为自己看错了，直到齐桑叫住她。

　　"晏枝。"

　　晏枝转头，就见一个高挑的长腿美女在喊她，加上乡音切切，真的是她认识的齐桑。

　　"你也在这个学校？"她仪态大方地走来。

晏枝开口第一句就是："你变漂亮了很多。"

齐桑莞尔一笑，比之从前少了冰冷："你也是，很活泼灵动。"

远远地看，晏枝整个人像太阳。齐桑心里认可的太阳，晏枝确实算一个，让人忍不住靠近。

晏枝说："过奖过奖。"

齐桑手里抱着书，抬眼问："你要去哪儿？"

"社团招新嘛，我想去看看。"

"刚好我也要去，一起吗？"

"走啊。"晏枝完全不介意。

齐桑也没问晏枝和梁沉的事，她是真的放下了。

谁能想到呢，她和齐桑在高中不是朋友，没想到来了大学，反而能走到一起。

后来齐桑告诉她，男人是女人友谊路上的绊脚石。这妥妥的女王发言，但这个性格，晏枝简直太爱了。

报到完成，第二天开始军训。晏枝这个学校呢，非常注重学生的身体素质。所以经年后她始终记得自己扛着冲锋枪满脸乌黑地钻黑火的体验感，或者钻障碍网，蹚泥坑，跟身边同学一对一格斗，那半个月过得可太精彩了。

等十五天过后，晏枝看着自己黑了一层的脸，怀着无比纠结复杂的心情去见梁沉。消息是梁沉发的，他说来了她学校，于是晏枝就随便打扮了一下，毕竟见男朋友，还是十五天后第一次见男朋友，要郑重一点。

下楼，晏枝顶着烈阳走了一段路，快走到梁沉说的地点时，身旁突然窜出个男生，差点撞到晏枝。

晏枝连忙往后退，一边退一边关切地看着他："同学，你没事吧？"

男生很羞涩："没事没事。"

他身后有一群偷笑的男生，明显是合伙作案，晏枝看明白了，他们是故意的。

而此时，被推出来的男生格外不好意思地说："可以要你的联系方式吗？"

晏枝想到什么，拒绝说："不行。"

这时，有人喊她："枝枝。"

梁沉眼神有点危险，但还是挂起一个浅浅的笑容，他走过来，并牵住了她的手，嗯，这就是晏枝拒绝的原因。

男生看着两人牵着的手，什么都明白了，他脸上一阵红一阵白，尴尬到想找个地缝钻进去。

"对不起，我不知道你有男朋友。"男生连忙道歉。

"没事没事。"晏枝也很不好意思，她刚说完，梁沉就拉着她快步走了。

一路上，梁沉都没怎么说话，但只要晏枝问他话，他都会有问必答，并不会把自身的坏情绪带给她。晏枝在心里偷笑，梁沉还挺可靠的。

梁沉带她回了自己家，顺手从包里拿出一个玩具递给梁潭，随后就领着晏枝上了楼。

晏枝还眼巴巴地往后看："我的玩具呢？"

梁沉看她一眼，眼神中的含义自行体会。

晏枝做了个鬼脸。

只许自己理会女生的搭讪，不许她和男生讲话。

哼！但到底她心情还是有些愉悦的，就像她在乎梁沉，会胡吃醋，可是梁沉也好在意，他在吃醋！

第一次恋爱的人，就是这么咋咋呼呼的没边儿。

她脚步轻巧，完全没注意身边人好像有些不开心，直到梁沉拉她进他房间，然后关门，上锁，极其利落。

后知后觉，晏枝反应过来："你上锁干吗？"

梁沉转身把她抵在门后，猝不及防，她心脏猛地一跳。

"想亲吻。"梁沉声线很低、很沉，他头靠过来，下巴往上抬，对准她的嘴唇，轻轻亲了一下。

之前他们的亲吻很纯，晏枝在学习，他也在学习。

但现在，晏枝感觉梁沉的吻凶凶的，带点恨。她唇微张，好像有什么东西强势钻进嘴里，她不由得攥紧梁沉的衣袖，任由气息沉沉，肆意溺在两人中间。

晏枝偏头微微喘息，耳边听见梁沉一声轻笑，浅浅的，刮蹭在她心尖。

"你有点过分。"她反抗。

梁沉松开她，眼神从她初现酡红的脸上划过，清冷眉眼也染上常人说的不知味。

"抱歉。"他的手在她眼角下轻轻抚了下，声音又淡又欲。

晏枝捂住自己的脸，羞得没说话。

梁沉想，她或许喜欢自己温柔，便说："再来一次？这次我温柔点。"

他说这种话一点都不脸红心跳。晏枝心里唐突，完全想不到有一天她和梁沉会是这样面对面，还有如此亲密的举动。

见晏枝不说话，梁沉权当她默认了，头靠过去轻啄了一下，抬头，瞧她骨碌碌忽转的眼睛。

"害羞就把眼睛闭上。"他也害羞，但总要有一个人主动。

晏枝听话地闭上，视觉关闭，听觉和触觉就会被无限放大，柔软一经触碰，所到之处寸草不生，不过这个吻很甜，轻轻的，似珍藏的美酒被品尝，不舍又珍惜。好像有透明的泡泡在晏枝心上打转，她弯起眼忍不住笑，然后真笑了。

梁沉看着她："枝枝……"

晏枝说："我忍不住嘛。"

半晌，梁沉也从喉咙发出一声轻笑。两人对视一眼，又莫名各自侧过头去，好似看一眼对方，就忍不住想笑一样。

真是稀奇，晏枝从梁沉身下溜出来，在他房间乱逛，缓解这种要冒泡的气氛。

"你房间的布置挺别致的。"晏枝有模有样地点评，整体的装饰很温馨，并没有给人冷淡的感觉。

"你喜欢什么样的？"梁沉状似不经意地问，看到一个模型的位置歪了，走过去把它放正。

"我这人很随便的。"晏枝走到梁沉身边，特别不好意思地开口，"这个模型我碰过。"

"嗯，怎么了？"梁沉不解地问。

晏枝问："你不是不喜欢别人碰你的东西吗？"

梁沉先是一愣，觉得自己有必要跟她重申一遍："你是我女朋友，想碰什么都可以。"

"那你的私人领域呢？"晏枝还记得梁沉极其注重个人隐私。

谁料梁沉说："你指的哪方面？"

他神态半真半假的认真，晏枝又不傻，她傲娇地转过身，决定结束这个话题："没什么。"

梁沉笑笑不说话。他是有私人领域，准确来说，这个领域可以说是心里的情绪或秘密，无法去跟别人诉说。因为他不知道倾听的那个人，想当他情绪的垃圾桶，还是认为他就是个倒情绪的垃圾桶。

手机来了信息，梁沉打开查看，却见原本还在傲娇的人悄悄把身体侧过来，偷瞄。他嘴角微弯，也挺配合她，故意斜着手机让她看得更清楚。

班级群通知……晏枝现在看到这几个字就烦，她上学别的没干，成天在班级群回"收到"。

脑子被这么一带，晏枝完全忘了最开始想看梁沉的手机是因为梁潭说，他手机里有她的照片。她的头转过去，梁沉也关掉手机，同时深刻体会到了什么叫作女朋友查岗。

挺……梁沉想不出形容词，但他知道这种感觉不差，因为晏枝可太守礼了，就看一眼，剩下的一眼都不多看。

楼下阿姨喊他们吃饭，两人在楼上磨蹭半天终于肯下去。梁潭已经上桌，但没有动筷子，他的视线在哥哥和姐姐身上打转，小心翼翼地瞄，假装他们看不见。

晏枝看到梁潭的小举动，悄悄问梁沉："你们有大人不上坐，小孩不准吃的习惯？"

梁沉也低声回她："个人习惯。"

行吧，晏枝在梁潭身边坐下，轻轻地摸了摸他的头，只不过揉着揉着，梁潭那一头黑亮的头发被揉乱，他的眼睛出现几秒恍惚，还有对姐姐深深的不理解。梁沉则无奈摇头，由她去。

吃完饭，晏枝没有立刻走，她坐在地毯上陪梁潭玩玩具、拼乐高。

这男孩好像比她聪明，和他玩一会儿，她觉得自己的智商受到了鄙视。梁沉没跟他俩混在一起，坐在沙发上看新闻简讯，看了两三篇，就听见晏枝喊他。

"你过来，给我打败他。"

一个魔方，一个乐高，怎么就敢鄙视她了！

梁沉一边叹气一边走过去，蹲在晏枝身边，三两下把她怎么都拼不好的魔方还原，然后又教梁潭用另一种方式拼乐高。

晏枝这才发现，他一直有在关注这边，只是没开口而已。

梁潭眼里有崇拜："谢谢……哥哥。"

晏枝也有样学样："谢谢哥哥。"

梁沉微顿，侧过头深深看她一眼。

怎么能开不起玩笑呢。晏枝默默闭嘴，心里却爽翻了天。

一两个小时过去，晏枝要走了，梁沉倚在门边看她把包挎在身上，嘴动了动，出声挽留："要不今晚睡这儿？"

晏枝吓一跳："不用不用，我室友让我捎带点东西回去，等着我呢。"

"嗯。"他没再挽留。

"走了。"晏枝跟两人挥手，潇洒地踏上回学校的路程。

梁沉站门边靠了会儿，才进屋，梁潭站在他身侧，跟在他身后进屋，梁沉突然停下："你认不认为，姐姐丝毫不留恋我们？"

梁潭意识到哥哥在问他，慌忙答："应该不是。"

"为什么？"

梁潭说："不留恋……就不会陪我们待这么久。"

音落，梁沉自嘲地笑了，他没有想到有一天自己要从一个孩子那里去找答案，明明答案就在眼前。当局者迷，旁观者清，这句话大抵对谁都适用，他也不过如此。

晏枝真不是找理由推辞梁沉，她确确实实拎着大袋小袋的零食回的学校。学校的树高大参天，据说已有百年。晏枝一个人走在路上，天色已经渐渐黑下来，但往往这个时候学校的人最多，尤其在操场，唱民谣的、告白的、聚众打牌的，一凑凑一窝，每一窝都很吵。

晏枝从一棵大树下走过，瞥见几个男生笑着从教学楼走出来，其中一个她……认识，是魏荆舟。

他手里拿着画纸，风吹过，一张画纸不慎掉落。

晏枝停住脚步，眼里有诧异，为什么已经连着两次在不该遇见魏荆舟的地方遇见他，上次是在乡下，可怎么那么巧在同一片地方呢？再说现在，魏荆舟一个艺术生，为什么会来医学院？

画纸好像刻意的偶遇一样，兜兜转转掉落在离她不远的地方，晏枝走几步弯腰捡起来，看见了画纸上的人。这人，长得跟她真像啊！

晏枝心惊肉跳，也不甚唏嘘，魏荆舟为什么要画她？

他们已经走远，跑过去还给他画，有点不切实际，再说画的人还是她。晏枝随便将画纸折成四折，揣进兜里，继续往前走，三个室友还在等着她呢。

到宿舍，晏枝把她们要她带的东西一个个分给她们，长相很甜的甜妹室友冲她眨眼："谢谢枝枝了。"

晏枝很受用："客气客气。"

另一个也跟她说谢谢。

"小玉，你的零食我给你放桌上了哈。"晏枝朝躺在床上的人喊道。

"打啊，傻站着干什么！"小玉气得想摔手机，听见晏枝喊她，满脸不耐烦，"你放那儿吧。"

晏枝想说什么，不过最终什么都没说，算了，懒得计较。她继续去做自己的事情，每天按部就班，上课、吃饭、拿快递，生活好像还是很简单，偶尔去社团，还参加了红十字会，跟着学长学姐去养老院慰问老人，听坐轮椅的爷爷唱红歌。

到了晚上，晏枝就跑去滑板社滑滑板。没错，她又重新融入滑板社了。梁沉说，去做自己畏惧的事，你会发现，其实没有什么值得你害怕。

滑板社的社长是一个人特别好的男生，长相阳光，有女朋友，有新人加入他就会放下手中的事教他们。

晏枝本来就会，跟他们老手很快有了话题，大家纷纷称赞她，Dancing（一种滑板技巧，通俗解释为：在滑板上进行舞步配合滑板滑行）很棒，滑得很顺滑。她没好意思说，自己会的技巧很少，但靠它滑行那是一点问题都没有。

趁着玩滑板休息间隙，晏枝给梁沉发去消息：你在干吗？

晏枝：［视频］我滑得怎么样？

别人给晏枝拍的，说是太好看了，晏枝顺手加了她好友，然后转发给梁沉。

过了二十分钟，梁沉没回。

他有这么忙吗？晏枝没多想，站起身刚准备继续玩滑板，一个男生走到她身边自然地问："你会不会交叉步？"

开玩笑，晏枝在心里说，当然……

"不会。"晏枝很利落。

"我教你。"男生的鸭舌帽反戴着，嘴里还嚼着口香糖，一听她不会，立马放下手里的长板，亲身给她示范了一个。

有点难度，在滑板前行的过程中做一个交叉步还好，但是交叉旋转一百八十度，晏枝做不到，她说不定脚刚放上去，人就摔了。

"我教你，没事！"男生很热心，一脚踢翻他的板子反放，腿在上面压了压，"你做交叉步的时候一定要注意重心，不然容易倒。"

晏枝只好跟着照做，一练，发现还行。多练了十几次，晏枝已经能在板上顺利做交叉步了，她止不住地开心："行啊，兄弟。"

"小意思。"男生压了压鸭舌帽，掏出手机，"要不咱们留个联系方式，以后约着滑板出行啥的？"

这种不好拒绝，晏枝也掏出手机加了。社长这时站出来，说要不他们今天去聚餐，刚好来了这么多新人，一起吃个饭。于是一行人风风火火出了学校。

晏枝又看了眼手机，梁沉还是没回。这家伙，到底在干吗？

梁沉在实验室。按理说，他才大一，进实验室的可能性不大，不过有老师很看重他，又有师兄师姐带着，便也有机会进实验室。

"我刚才路过的时候，发现你手机响好几声了。"这是个将头发一丝不苟全扎上去的女生，眉眼深邃凌厉，她拿着记录本走过来，提醒了梁沉一句。

梁沉没有把手机带进实验室的习惯，他喜欢将手机放在储物柜里，不过眼前的事做得差不多了，梁沉摘下白手套，转身准备往储物柜走。

凌厉女生也跟着往储物柜走，她看着梁沉取出手机，出声道："加个联系方式呗，以后说话找人都方便。"

梁沉没拒绝。

"你的头像竟然是只猫？"女生看着他调笑。

梁沉难得多说一句："它叫贵妃。"

"是吗？我有只猫叫皇上。"女生认为这是缘分。

梁沉笑笑，没有回话。

一师兄走过来："梁沉，今晚导师不在，我们约着一起吃个饭吧，带你认识一下几个大三的师兄师姐。"

在所有人还在认识身边人的时候，梁沉已经上升一级，认识师兄师姐去了。

"地点在哪儿？我也去。"凌厉女生把记录本放包里，"在实验室待一天了，也想吃顿好的。"

"那一起去呗。"

"行啊。"

实验室里的人纷纷"罢工"。梁沉没有拒绝，有些事，是必须要做且拒绝不掉的。他跟他们说："我先去洗个手。"

"快去快回啊。"

"时间可不等人。"

几人调笑。

一个师兄问凌厉女生："我感觉你是不是，对梁师弟有意思啊？"

"嗯。"她并不遮遮掩掩，"你不觉得他很特别吗？"

"有点。"

"优秀的人我身边不少，但一个比一个一言难尽，他挺不一样的，人多正啊，这么好的男人凭什么我不能要。"

梁沉走出来："走吧。"

那名女生跟上梁沉，她有自信，靠共同话题来打开局面，便提出学术上的话题一路和梁沉讨论。

一行人来到一家饭馆，正巧，晏枝那一拨人也来了这家饭馆。

北城说大也大，说小也小，当晏枝和梁沉透过各自队伍看向对方时，都愣了。

这种缘分，还真不是谁都能有的。

晏枝避开梁沉的视线，假装低头看手机，这一看，就看到梁沉的回复：很有滑板天赋。

就夸呗，晏枝低头打字：你怎么也来了？

梁沉：实验室聚餐。

滑板社聚餐的人不多，不超过十个，大家围成一桌，晏枝选了个靠里面的位置，一抬头，发现梁沉那一行人就在她对面，视野清晰，甚至能看见梁沉右边落座了一个气质极其干练的女生。

桃花运真好。晏枝默默收回视线，听左边男生问她想点些什么，她说随便。社长也就随便点了几道菜，问过大家意见，再配着烧烤和饮料，差不多凑足一餐。

饮料是罐装的，但他们想喝酒，入乡随俗，晏枝也整了一杯，一边喝一边吃烧烤，然后留个眼神出来观察对面的梁沉。

他旁边的女生在给他倒酒。

他旁边的女生拿出手机，指着手机某一处让他看。

他旁边的女生凑得很近，头都快低到他胸膛了。

他不知道躲吗！

"啪"的一声，晏枝一巴掌拍在桌上。

正在吃烧烤的滑板社成员齐刷刷抬头望着她，一脸的茫然。

社长问："我是有哪里做得不对吗？"

晏枝反应过来，随手在空中抓了抓："我刚才看见一只巨大的苍蝇。"

社长："……有多大？"

晏枝："很大。"

社长没再问过。晏枝抿了一口酒解气，再抬头往那边看时，女生老实本分了很多。梁沉在听他左边的男生说话，晏枝也低头继续吃自己的。

滑板社的人都很随意，但爱劝酒，滑板社的社长也是左手一杯酒敬大家，右手一杯酒敬自己。

原先教晏枝交叉步的男生也二话不说拿起一杯酒站起身，指了指她："来，跟我干一杯！"

晏枝很配合："干就干！"

"爽快。"男生说，"再来一杯！"

晏枝："……来就来。"

男生："牛，再来一杯！"

喝到最后，晏枝飘了，她有点摸不着北，谁来敬酒她都喝，不管男女。

一个女生醉醺醺地问她："你醉了待会儿怎么回去啊？"

"有人会管我的。"晏枝本能回答，没说这个人是梁沉。

一群人喝的主要是个氛围，氛围到了，大家兴高采烈，风风火火。尤其他们还是热血沸腾、满身能量的大学生，喝高了，就醉眼迷离地玩游戏。

"现在的年轻人，真是不堪入目。"凌厉女生朝晏枝那一桌瞟了几眼，鄙夷地摇头。

另一位师兄说："看着挺热闹啊。"

凌厉女生指着晏枝说："这样像什么话，尤其那个女生，谁来敬酒她都喝，一看就不是什么好女孩。"

师兄无话可说，改问梁沉："梁师弟，你认为呢？"

"她每一杯酒都喝，是因为不想拒绝别人的好意，她自身也很享受这种社交氛围。"梁沉顿了顿，继续说，"她是个很好的人。"

梁沉很早就没吃了，一开始就在关注晏枝的动态，他知道她的性子，爱玩，爱社交，她自身的快乐和友善会像太阳一样向四周无尽释放。

那位和梁沉同个实验室的凌厉女生再迟钝，也看出点东西来："你认识她？"

梁沉也不隐瞒："她是我女朋友。"

师兄立马露出看好戏的眼神，而凌厉女生则顿在原地，连笑容都变得僵硬，原来他们说的是真的，他有女朋友。

晏枝全然没注意他们那边在说什么，自从喝高了，她的神思一半飘在自己的酒里，另一半飘在别人的酒里。有人起哄去 KTV 再战一局，大家纷纷说好，有几个女生说不去了，扶着晏枝准备打车离开。

"我给你们打辆车，路上注意安全。"社长看一眼晏枝，知道她是真醉了。

"我也要去！"醉醺醺的晏枝松开两个女生的手，像个学生一样站得笔直，然后举起手，眼睛亮晶晶的，下一句却是，"去哪儿啊？"

看到她这副模样，有人直接笑出声。教她交叉步的男生点了一根烟，嘲笑："你能行吗你？"

"你说话不好听。"晏枝指着教她的男生，眼珠子一转，"还是闭嘴好了。"

众人鼓掌，纷纷叫好。

"行。"那男生点头，掐灭手里的烟，来了点兴趣，"要不我送你们回去？"

其他几个女生也有点醉，看着不太安全。

"不用。"刚说完，晏枝摇摆的手腕被走过来的梁沉捉住，他一把将面前的女孩带进怀里。

"喂，干什么呢？"滑板社的男生看见了正要上前制止，不料下一秒晏枝就回抱住梁沉。

"呀，我的好沉沉来了。"晏枝抱着梁沉，如同抱着一个温暖的人形枕头。

滑板社的男生脚步直接顿住，其他人也发愣。

还是社长发话："你们认识？"

梁沉按住晏枝不安分的手："我是她男朋友。"

滑板社的人各自看一眼，心想我们怎么记得你是对面那一桌的。

社长也不敢这么把人放走："你怎么证明你是晏枝的男朋友？"

其他人纷纷点头，怎么证明？

"她身份证是多少？"

"她爸叫什么？"

"她电话号码多少？"

梁沉："……"

关键是，他说了，他们也不知道这是正确答案啊。

梁沉低头看着怀里的女孩，轻声："你证明一下？"

也不知晏枝听没听懂，反正她在他左脸蛋亲了一口，像是在盖章，然后转头，虎凶虎凶地看着刚还一起喝酒的一堆人："听好了，这是我男朋友！"

要死啊，众人心里一阵喟叹，大晚上还吃狗粮。

梁沉忍住笑意："这下可以走了吗？"

"可以可以。"众人扶额。

于是梁沉扶着醉成天仙的晏枝转身，天仙从他身后探出个头，朝滑板社的成员显摆："发射小心心。"

众人："……"

虽然但是，确实有点可爱。

经过师兄时，梁沉拿起自己的外套："我先走了。"

师兄点头。

晏枝又探出头："发射小心心。"

师兄很配合，举起手跟着发射爱心："回击回击。"说完，他自己都笑了。

"……"梁沉扶正晏枝，把外套罩在她身上，果断离开。

"击什么击？"凌厉女生有点气恼，一把扯过师兄，"你神经病啊。"

师兄瞟她一眼："我觉得你更像。"

夜里凉爽，梁沉叫了辆车直接回家。一路上，晏枝都像只不安分的八爪鱼，要么扯他衣袖，要么掀他衣领，惹得梁沉不得不去捉她的手，低声细语："乖，我们坐好。"

司机透过车内后视镜看一眼，又默默收回，现在的小年轻啊，世风日下。

终于到家，梁沉深吸一口气，没舍得用扛的，怕她不舒服，一路扶着她磨蹭到了家门口。

梁潭很懂事地给姐姐拿拖鞋，搭把手准备扶时，被梁沉拂开："你去睡觉，这里有我。"

梁潭沉默地收回手，脸上有些受伤。梁沉叹气，说："我一个人就可以。"

梁潭点头，关门去睡觉。梁沉则扶着晏枝上了二楼，为了省事，直接放到自己房间，给她盖上被子。

"不要！"被子刚盖上，就被"晏·小兔崽子·枝"掀开。

梁沉捉住她的手，再给她盖上，没一秒，她又掀开："都说了不要！"

梁沉没了办法，把外套盖她身上："这样呢？"

晏枝哼一声，听起来很舒服，不折腾了。

梁沉松了一口气，看着她亮晶晶的眼睛，问："以后还喝这么多吗？"

晏枝无辜地眨了眨眼。

"撒娇没用。"梁沉淡声道，不吃这一套。

怎么没用？晏枝突然爬起来，两只手抱住他的右手，脑袋在他胳膊上方轻轻地蹭，像只猫一样，蹭过来蹭过去，蹭得梁沉一点脾气都没有了。他的女朋友，最知道怎样才能让他心软。

梁沉松开她的手，将滑落的外套重新罩在她身上："别乱跑，我去给你找醒酒药。"

晏枝好似听懂了，睁大了眼。梁沉关门离去，几分钟后折返回来，给晏枝喂醒酒药。

吃药时的晏枝很乖，梁沉说张嘴，她便张嘴，说闭眼，她便闭眼。确定她很安分，梁沉拿起睡衣去洗澡。

二楼有独立的淋浴间，褪去一身酒味，梁沉打开淋浴头调水温，他的发尖湿了一点，眉眼藏在朦胧水雾里，叫人看得春心萌动。水温适中，他洗得很快，怕某个人在房里会不安分。

谁知，淋浴间的门"咔嚓"一声，开了，梁沉将起湿润的头发向后，转头看向门那边。一脸醉意的晏枝站在淋浴间门口，鼓起半边脸，把他从上到下看了个精光。

梁沉扯下浴袍罩住自己，克制地喊："晏枝。"

晏枝"扑哧"一声笑了，她像个傻子一样围着梁沉转，左看看，右看看，偶尔还伸手在他胸膛摸一把，摸完，兀自在一旁高兴，之后又背过手，乖巧地看着他。

"你先出去。"梁沉哄着她，手搭在她肩上将她转个身，想要把她推出去。

岂料晏枝转过身跳到他身上，梁沉本能地接住。

晏枝的醉是上天下地的闹，醒酒药也叫不醒来了劲儿的人。她一掌拍在梁沉硬实的肩膀上，叫嚣："向着新时代进发！"

以后要减少她喝酒的次数，梁沉这样想，干脆直接抱着她进屋。

躺下的晏枝也不安分，自梁沉把她抱回屋里，她便拽着他的胳膊不让走。醉酒少女把他的手掌当枕头，软软的脸蛋靠上去，两眼舒服一闭，真是不管别人的死活。

梁沉黑眸幽沉地看着，发尖一滴水滴落到她脸蛋上，正要顺着流下去时，被他手指轻轻一拂，擦掉了。

"睡着了？"他似是自言自语。

谁知晏枝突然一下睁大眼，像偷袭成功的海獭，嘴角咧老开，抬眼望着他。

梁沉顿住，跟醉酒的晏枝对话："装睡？"

晏枝还是傻笑着，并且把他的手攥得更紧。梁沉垂眼，看着自己被她玩弄的手，她大概不知道什么叫煽风点火，也不知道自己此刻在干什么，可他知道啊。

梁沉试着抽出手。

晏枝不听，她仗着醉酒在撒欢，要是一不小心撒过头了，就没人能救她。

梁沉叹气，谁能料到醉酒的晏枝这么固执，他但凡有一点想抽手的动作，她都能及时捕捉到，然后凶凶地瞪他，仿佛他这个人，跟他的手，是两个东西。

梁沉由着她去了，也分不清谁占谁便宜。他半个身子坐在床头，把房间的灯关掉，想着等晏枝睡着了再一点点抽出手。但黑夜里那两只攥紧的手，像交缠的海藻，游晃中正一点点拽着他往下拉。她的动作轻巧，把梁沉整个身体都拽歪了。

梁沉没动，听她窸窸窣窣的动静。

其中一只手缓慢攀爬上他的肩，将他本就歪的身体拽得更歪。黑夜里，两张脸越来越近。另一只手搭在他腰上，点了点，然后不动了。

梁沉深呼吸，一双眼落在她眉目上，片刻后又强制侧眼，看向窗外明晃晃的月亮。今晚月光华华，似淌水的捞月，清辉洁白，如同人不为物质情欲所动的刚正品性，清风做派。

梁沉凝视着月亮，也在凝视自己。

一床薄被铺盖两个人，被面上就像这月亮，安静不躁动。被面下，梁沉一只手箍紧了晏枝的腰，也就到此为止，不可逾矩。

第二天，晏枝上午十点多才起，她醒来时头很痛，抬一抬就要放弃的姿态，干脆又躺了回去，双眼无神地看着天花板，昨晚好像……梁沉把她接回去了，然后呢？

晏枝揉着脑袋，任由大脑一点点、毫无头绪地给她传送昨晚的片段，她说了啥、做了些啥，都没头没尾，跟碎片一样还给她。传到某一处，晏枝揉脑袋的动作顿住，然后爆发出惊天动地的一声叫。

"苍天啊，我的女神气质不复存在了！"

趁现在没人，晏枝撒腿就往楼下跑，速度很快。

逃跑的晏枝回了宿舍，今天周六，三个室友都在，她们正在聊八卦，晏枝这才慢悠悠地给梁沉打电话。

电话接通，那头传来一个女声："喂，找梁沉吗？"

晏枝心头莫名一慌："你是谁？"

"我是他朋友。"女生继续说，"找梁沉什么事，我可以代为转达。"

"不用了。"晏枝挂断电话。

与此同时，还是上次那位气质干练凌厉的女生，她接完梁沉的电话把手机放回原位。等梁沉换完实验服出来，她走上去体贴地说："梁师弟，刚才有个你的电话，看你没出来，我就帮你接了。"

梁沉准备做实验的手一顿，他问："谁打来的？"

"你女朋友。"

梁沉对晏枝的备注就是女朋友，如果这样她还接，那只能说明别有用心。他放下手中的材料，不动声色地问："我女朋友说了些什么？"

"没说什么，她知道你在忙，不打算打扰你。"

看到梁沉脸色不太好，凌厉女生开始找补："你女朋友挺可爱，有时间约着跟我们见一面呗，多少都是朋友，互相认识认识。"

实验室的人都在专心研究，梁沉脱下实验服放在桌前，人往门外走："林师姐，你跟我出来一趟吧。"

林师姐一愣，但还算镇定。她招惹梁沉，就是觉得梁沉不会当面跟她发脾气，他是个情绪稳定的人，这样的人符合她对另一半的要求。

林师姐自如地走出去了。

实验室外没多少人经过，绿林处也没蚊虫，梁沉就在这儿停下，声音放得有些低："我女朋友没什么心眼，你接了我的电话，她会误会。"

"所以呢？"林师姐反问，"我不会因为帮你接了一个电话，就要跟你女朋友道歉吧？梁师弟，我挺冤枉啊。"

"所以我在想，你为什么要接这个电话？"梁沉没看她，平静地陈述事实，"你知道这个电话会引起她的误会，但是你不在意，你要的就是这个效果。"

林师姐着重强调："我只是帮你接了一个电话而已。"

"林师姐，你这样有失分寸。"梁沉似听不到她的强调，"大家都是聪明人，你的征服欲和占有欲不必用到我身上，因为我永远不会喜欢你。"

"你……"林师姐的脸红得彻底，她被这句不留情面的话气得肺管子疼。

"比我优秀的人多的是，你只是对我保留新鲜感而已。可你不该选我，我没你们看到的那么好。"梁沉点了一根烟，烟雾缭绕，眉眼深沉，这是他的另一面。

没错，林师姐眼里的梁沉，有教养又守礼，也不会抽烟，完全就是一个情绪稳定的阳光好青年。她就是看上梁沉这一点，可惜的是，今天的梁沉，抽烟、毒舌，表面一个性格背后一个性格，甚至没有一点虚假地讨厌她。

"看到了？"梁沉轻笑，"林师姐原来也相信表面的东西。"

"你女朋友知道吗？"林师姐迅速地冷静了下来。既然这样，她也没必要死守着梁沉了，这样的人不稳定，没有要的必要。

梁沉说："我不会对她这样，她自然不知道。"

林师姐没多说什么，直接回实验室。梁沉也没继续抽下去，他掐灭烟，随后丢进垃圾桶。

　　刚才和林师姐说的话，只能说一半真一半假吧。

　　他抽烟，这个晏枝不知道。他爱着这个世界的某些人，所以爱屋及乌地也爱着这个世界。

第十七章
/ 我的妻子，晏枝 /

　　和林师姐谈完话，梁沉并没有急着回实验室，他在原地坐了会儿，然后拨通晏枝的电话。晏枝没接，是因为周小敦和陆独傲来学校看她，她去尽地主之谊了。不过中途晏枝给他发了条消息报平安，之后梁沉的消息没有再进来过。

　　等到夜晚，周小敦和陆独傲入住酒店，晏枝才回学校休息，临到校门口，隐约听到有人在喊她。

　　"枝枝。"

　　晏枝转头，看到梁沉站在灯影下，也不知道站了多久。她走过去，看到他略显疲惫的身影，早就不气了："你来了多久？"

　　梁沉没说："要不要再陪你男朋友走走？"

　　晏枝点头。

　　街边车水马龙，梁沉让她走里面，混合着四周小商贩炒菜的声音，他低声问："还生气吗？"

　　"我不生你的气。"晏枝主动拉起他的胳膊，将自己的手环绕进去，"我生那个女生的气。可是我又觉得自己很小气，明明她只是接了一个电话。"

　　"这说明你在乎我。"梁沉看她一眼，放慢了速度往前走。

　　"那你在这儿等了我好几个小时，是不是说明你也在乎我？"从梁沉发消息问她在哪儿的时候，他应该已经到她学校等着了。

"嗯。"他低声道，"怕你误会。"

晏枝鼻子微酸。她之前觉得梁沉对她的喜欢浮于表面，直到现在她才明白，他的喜欢一直都表现在行动上，好像，一直都是他更喜欢她。

跟梁沉分别后，晏枝又全身心投入到学习中。医学生的苦在于，即使是双休，他们也徜徉在知识的海洋中，只能眼巴巴看着其他系的学生出省玩。一个学期过得很快，比苦苦熬过的高三生活快多了。

正式放假那天，梁沉来接的她。将行李放到车后备箱，晏枝坐在副驾驶座上，扣上安全带，一颗心"扑通扑通"跳。

冬季的阳光如暖灯拂面，梁沉一只手搭在车架上，没启动："一条路是通向我的家，一条路通向我们的家，枝枝，你选哪条？"

"你的家。"

梁沉没动。

"开玩笑的，当然是我们的家啦！"晏枝转过来比了个爱心，显得比梁沉还着急，"走走走，我要去看看我们的新家！"

半学期的考核，庆祝他们的恋爱无悲无怒，有喜有笑，满分优秀。

"嗯。"梁沉嘴角一点点勾起，眼角染上零星笑意。他启动汽车，拐弯驶离学校。

他们的新家刚好在两所学校的中间地带，离晏枝学校近一点，所以没过半个小时就抵达住所，小区绿化很好，树木参天高。

梁沉拿出一把钥匙给晏枝，自己倚在一边，让她去开门："试试手感。"

晏枝接过钥匙，心里带着莫名的激动和兴奋。

"咔嚓"一声，门开了。玄关处放有绿植，特别温馨，晏枝往里走，打开墙壁上的灯，映入眼帘的是客厅，墙上挂有精美壁画，电视摆在正中，茶桌和沙发也按照晏枝喜欢的方式摆着。晏枝继续往里走，发现沙发上有个东西在蠕动，尾巴一晃一晃的，是贵妃。

"喵喵喵！"贵妃蹦到她身上。

晏枝弯腰抱住，回头，看到梁沉抱臂倚在门边，眉眼带笑，很温柔，也很坦荡。

"亲一个。"晏枝嘿嘿笑。

梁沉走向她，俯身下去，吻顺势而来，他手掌滚烫，呼吸热烈，感情真挚而炽热。

一个好的伴侣，除了爱对方，一定是互相督促、一起成长的。我们都在学着做一个完美的大人，还要学着做一个好的爱人，生活处处都是陷阱，你要包容我。这是那天晏枝对梁沉说的话，梁沉虽无奈但还是依着晏枝的节奏走。

早上，梁沉怀里抱着猫去喊晏枝起床。起床洗漱完，晏枝找了张角落的美人椅放在阳台，然后舒舒服服躺上去晒太阳、玩手机。她屈膝坐着，五指张开，将整个太阳都裹进手心。

到了晚上，他们一起看电视，晏枝吃着薯片美滋滋地称赞。电视在放最近很火的一个综艺，晏枝放下薯片，发现她和梁沉中间的距离可以放下两个贵妃，于是她的手掌悄悄地摸过去，屁股也跟着悄悄移动，离他近一点。

客厅没有开灯，只有茶桌上一盏台灯亮着，晏枝动着动着发现有一只手来到她腰后，那只手内敛又小心，和她一样悄悄、悄悄地环住她的腰，手掌扣在腰侧握紧，像找到所有物。晏枝的心狂跳，她两只眼似森林里迷路的麋鹿一样慌张，但她感受到皮肤与皮肤相贴的热烫，这份温度烫到两个人心里。

都在试探，又怕不够珍重，最后晏枝把头挨到梁沉的肩膀，脸鼓起又放瘪，放瘪又鼓起，神色和心跳一样，都静不下来，选了一个好对象，所有体验都是快乐的。

新年快到了，大东催晏枝和梁沉回家看看，晏枝乐不思蜀后答应下来，订了回芜城的票。

回家前，北城下了很大的一场雪，雪花落满枝头，落在晏枝眼里，是一幅装点生活的美好景画。

陆独傲假期找了份武馆兼职的工作，教小孩强身健体。周小敦被他女神倒追了半年，还是没成功。何合格告诉她，你回来，我给你化新娘妆。晏枝用手去接雪，大家都有好生活，她也有好生活。

"枝枝。"身后,梁沉喊她。

他走到晏枝身边,看着她玩雪,看着雪花在她手里化成水,成为手心那一点通红。等她玩够了,梁沉就拿纸擦干她手心的水,然后把热乎的暖手宝递到她手上。

"梁沉,你会不会对我太好了?"晏枝时常这样感慨。

梁沉反问:"不是应该的吗?"

枝枝,我的愿望里有你,我们一起成长,一起努力,一起变好,到老。希望我们能一直走下去,在每个情人节、七夕,所有有仪式感的日子里,都互道一声快乐。

雪悄悄地落,梁沉悄悄地说:"初雪快乐。"

回芜城是两天后,大东和梁母做了满满一桌子菜迎接他们,卤的、炒的、凉拌的,什么样的都来一点。

新年那天,家家守岁,晏枝和梁沉没待在屋里,两人给了大东和梁母新年礼物,便约上周小敦、陆独傲还有何合格一起去芜城广场等待新年钟声敲响。路上碰到了齐桑,晏枝兴奋地和她打招呼。

高挑美女微微侧头,看见晏枝傻乎乎的模样,嘴边挑起一抹笑。她走过去递给晏枝一个手环:"刚买的,送你当新年礼物了。"

齐桑很落落大方,看了一眼晏枝身边的梁沉,眼里都是礼貌,说出的话却不怎么礼貌:"你女朋友比你讨人喜欢。"

梁沉完全不知道晏枝和齐桑什么时候关系这么好的,但他今天心情好,神色皆动容:"我承认。"

齐桑莞尔一笑,又看向晏枝:"我给你新年礼物了,那我的呢?"

齐女神说话还是这么独特,晏枝从口袋摸出一个红包:"新年快乐!"

齐桑满意地收下。

收完礼物准备离开,晏枝见她一个人,笑着说:"齐桑,你要是不嫌我们笨,就一起迎新年吧!"

女神一脸高傲,眼里却有刹那的不知所措。她转了转眼珠子,嘴角微绷住笑意:"好啊。"

就这样,六人行正式组成。一路上,他们吃吃喝喝,晏枝拉着齐桑一会儿说笑话，一会儿又问她大学老师有没有给他们留学期作业。

身后，周小敦扯了扯陆独傲和何合格："你不觉得我们被冷落了吗？"

何合格刚吃完一串烤串："你在说什么？"

陆独傲说："你看你旁边那位说话了吗？"

旁边那位，是梁沉，他完全插不进去晏枝和齐桑的对话，也不打算强插。

周小敦说："梁哥，我能采访一下你此刻的心情吗？"

梁沉眉眼温润："很开心。"

周小敦：我多问了。

因为是新年，所以广场上人流量很大，靠近大钟那块，人流量简直爆棚，摩肩接踵，同样的是大家都有同一个愿望：在新的一年样样好，什么都好。

"十、九、八、七……"

随着零点的接近，晏枝心里越来越激动，她的手被冻得通红，鼻子也是，却不妨碍她拿一双亮晶晶的眼睛去看世界。

数到一时，梁沉突然偏过头注视着晏枝。

新年，是大家的。他的新年，是她的。

晏枝是真的兴奋，跟着众人一起尖叫庆祝，眼里满满的虔诚和祝愿，最后听到头顶的烟花声，转身一把抱住他。

"梁沉，新年快乐！"晏枝特别开心。

梁沉被她感染到，眼尾也染上笑意。他的手缓缓抬起，轻轻一摸她脑袋，幸福触及心底，偏这时广场突然骚动起来，人群走的走散的散，晏枝被别人撞了一下，人影幢幢走动，她和梁沉走散了。

不止她和梁沉走散了，他们六个人都走散了。

"张琴琴！"

"黄致近！"

"噢，宝贝！宝贝你在哪儿？"

"我在这儿！"

……

广场充斥着各种喊名字的声音，晏枝原先还着急，最后忍不住笑了。不怪她，这个场面真的很像妈妈找孩子。

晏枝哈哈大笑，待在原地没动，偶尔跟着人流动那么一下，又不动。各种声音杂糅，恍惚中她听到一声"枝枝"，温柔不腻耳，心跳怦怦，她回头，是梁沉的声音！

晏枝左右张望，喉咙预备溢出一声"梁沉"，手腕却被人捉去，紧接着，人撞进炽热温暖的胸膛，下巴被抬起。梁沉俯身低头，动作毫不拖泥带水，唇凑上去亲吻她，他的手抚在她脖颈上，稳稳托着。

晏枝呼吸困难，梁沉低声说张嘴，她便听话地张嘴呼吸，只一瞬，就闭上。他又俯身靠近，呼吸全部被摄去，不留半分余地，这个吻很动情。

烟花在空中砰然，人的心也在怦然，再次呼吸到空气，晏枝偏过头大口微喘。

梁沉双手抬起她的头，清冷眉眼弯弯绕绕看着她的神态，嘴角微上扬，他低下去轻啄一口，然后说："枝枝，新年快乐。"

晏枝哼唧一声："新年没了呼吸。"

梁沉轻笑。

另一边，周小敦和何合格大眼瞪小眼。

何合格："他们人呢？"

周小敦："我哪儿知道！"

"咱们要不找一下？"

"我觉得这个提议很不错。"

人流最少的地方，陆独傲看着身边的齐桑："哟，大小姐也逃到这儿来了。"

齐桑："我不是大小姐。"

陆独傲嘴欠："行，齐大小姐！"

齐桑转过身，双手环胸，高傲地望着陆独傲，眼神冰冷："你再这样……我就跟晏枝告状。"

"……"还告状？

最后大家纷纷发消息，广场人太多，就干脆各回各家各找各妈好了。晏枝和梁沉回得晚，他们又去周边玩了会儿，才踏着新年的夜色回家。

之后几天，梁母和梁沉先回北城走亲戚，晏枝还留在芜城，一直待到元宵十五。

元宵十五那天，晏枝和齐桑约着看了场电影。电影口碑很好，齐桑却总是拿手机回消息，屏幕跟欠打的人一样，一会儿亮一下。

晏枝吃着爆米花，看齐桑打字恨不得把屏幕戳烂了，她小心翼翼地问："你怎么了？"

齐桑："没事，教训浑蛋。"

晏枝："噢。"

过了两分钟，齐桑转头问："有人喊我大小姐，我该如何回击？"

晏枝反应过来了，噢，是爱情啊。她一本正经地给答案："喊他屌丝男。"

齐桑听进去了，一头扎进消息里，再也出不来，剩下晏枝乐呵呵地看完影片。片尾响起时她想到梁沉，突发奇想一个好主意。

晏枝：我给你推荐一部影片，特别好看。

梁沉：好，我找个时间看看。

晏枝：我已经给你选好了位置，还有时间，感不感动，惊不惊喜，意不意外，刺不刺激？

梁沉：行动力这么快？

晏枝：你一定要去看哦，然后回来记得跟我说观影感受，超过一百字的那种。

梁沉不知道晏枝在搞什么鬼，只是这是她的心意，他必然会去的，于是回了个"好"。

得到肯定回答的晏枝下一秒便打开手机给梁沉买电影票，就定在明天下午。芜城和北城相隔并不远，晏枝歪着头想了想，决定明天下午给梁沉一个惊喜。

时间来到第二天下午，梁沉如约来到电影院，取票，等时间到了就进去。他其实很少来影院看电影，因为觉得跟在家看没什么两样，毕竟家里有一个小型的私人影院，而且北城的电影院布置得都很冰冷。

影厅灯光暗，梁沉掏出票看是几排几座，他跟随数字一排排往上走。走到特定一排后，视线再从左往右一个个顺移过去，移到某一处时，定住了，他唇边溢出一声笑，原来如此。

梁沉走到自己的位置，头却朝着他右边的方向，一只手握拳微抵在唇边假意咳了咳，目光灼灼地问："我们是不是在哪儿见过？"

右边位置的少女"噔"地放下遮挡面容的爆米花，露出一张笑颜来。

"你好啊，这位帅哥！"晏枝朝梁沉眨眼。

特意安排这场重逢，晏枝只身从芜城来到北城和他看同一场电影，她赌的是他的用心。少女连对爱人的测试都这么纯良。他会不会真的去看？有没有真的把她的话放心上？

而梁沉温柔地看着她："你好。"

"怎么想到这一出？"看电影时，梁沉侧头问晏枝，他确实没有想到晏枝会来北城，并且以这种独特的方式。

晏枝："突发奇想。"

梁沉："如果我没来呢？"

晏枝想过，如果他没来，那一定是有其他更重要的事情，她可能会自己一个人看完一部电影。

"可是你来了。"她准备的惊喜，从来没有竹篮打水一场空。

"我很感动。"梁沉如是说，"感动我的女朋友为我做的一切。"

晏枝羞红了脸："别看我，看电影啦！"

梁沉似是从胸腔内发出一声笑，终于移开目光。

因为这部电影晏枝跟齐桑看过，所以接下来的情节是什么她都知道。在梁沉目不转睛看时，晏枝便忍不住凑过去想要剧透。

梁沉："看过了？"

他可真聪明，晏枝点头。

梁沉又说："其实可以换一部你没看过的电影，这样又是新的情节。"

晏枝哪里不知道："但我喜欢这部电影，看这部电影时我很开心，所以也想你能体会到同样的开心。"

就像有了好东西，你一定会分享给爱的人，晏枝也是这样，她开始与梁沉分享她的快乐和愤怒。

梁沉体悟过来，晏枝只是想分享她认为好的东西，不管这个东西是实物还是抽象的。他看着她："那我很荣幸。"

"咦，我才不信。"然而她心里乐开了花。

有梁沉这么个事事有回应的男朋友，晏枝也觉得很荣幸，毕竟，那是她的男朋友！

所以，很高兴自己和梁沉都没失约。

假期结束后，晏枝和梁沉暂且分道扬镳，回了各自的学校。进入大二，他们的专业课程多起来，尤其是晏枝，专业知识多到她根本记不住。

"时间就像海绵里的水，挤一挤呢，总会有的。"吃饭时，晏枝和梁沉通话，语气亢奋到像灌了三杯红牛。

"梁沉，你呢，最近怎么样？"

"跟你一样，每天都很充实。"电话那头的梁沉发笑，他在完成学业的同时去参加各种比赛，分别获得了省奖、国奖。

只是有一点梁沉没说，导师提到大三有一个去美国进修的名额，这个机会，导师有意留给他。

梁沉并没有立马答应下来，他说再考虑考虑。

时间如流水，大二稍纵即逝，某个夜晚，晏枝在图书馆抬头看天上的繁星，却意外瞥见簌簌雪花落下，她才发觉新一轮的冬天已经来临。

晏枝想到梁沉，立马掏出手机给他点了一杯热乎乎的奶茶。

两人经常这样，互相给对方投食，梁沉收到后如此调侃：我这应该是独一份吧。

晏枝：是的呢。

后续，晏枝收到一个号称没名没分同学的外卖，里面是一条毛绒围巾，梁沉送的。

晏枝戴着这条围巾听课、吃饭，去老师办公室。老师握着常年不换的保温杯，跟晏枝说："学校明年有两个去德国的学习名额，很好的机会，晏枝啊，你什么想法？"

晏枝能有什么想法，这么好的机会，她都不敢相信会落到自己头上来。她问："老师，去德国几年？"

"学医嘛，熬的就是一个时间。"老师跟她交底，"或许三年，或许四年，这说不清楚。"

这么久……晏枝有些犹豫了。她第一时间想到梁沉，如果她去了德国，梁沉该怎么办？他们要因此分开三年，或者更久的时间。

这期间会发生什么意外，谁都不知道。

离开老师的办公室后，晏枝陷入了思考。同寝的室友知道这件事，纷纷争当说客，化繁为简就是一句话——男人可以不要，学业必须蒸蒸日上。

晏枝说再想想，她并不知道梁沉也在面临着同样的烦恼，他的导师再一次找到他，问他的想法。

这一次，梁沉没有任何犹豫，拒绝了老师。

拒绝老师的第二天，梁沉忽然很想见晏枝，于是他去了晏枝的学校。晏枝刚下课就收到梁沉要来的消息，她把吃饭时间延后，去操场见他。

两人这次见面，似乎都带了厚重的情绪，还是梁沉先开口："刚下课？"

"嗯。"晏枝甩甩手腕，抬头便是晴空万里，她转头看着梁沉，"你是不是有什么事没跟我说？"

谁想梁沉反问晏枝："枝枝，你是不是也有什么事没有告诉我？"

先发制人都没用，晏枝还是心虚了，她莫名有些尿："没有，绝对没有，我怎么会瞒你。"

"枝枝，你值得奔赴更好的人生，不该为谁停留。"梁沉的语气很温柔，他将晏枝的一只手放入手心，包裹着。

"我都知道了，枝枝，去德国吧，不管是三年还是四年，都不是问题，也不会成为我们之间的隔阂。"梁沉的嘴角都是宽慰的弧度。

"那你又凭什么不跟我沟通，就放弃去美国进修的名额。"晏枝望进梁沉眼里。

梁沉眼眸微怔，他没有问晏枝是怎么知道的，只是道："跟你无关，这是我自己的想法。"

"那这也是我自己的想法。"晏枝倔强道。

梁沉无奈地叹气："别拿自己的人生开玩笑。"

晏枝望天，轻声嘀咕："到底谁在五十步笑一百步？"

梁沉被晏枝的话噎到不知如何回复，他想两人都需要冷静冷静，但不管怎样，这个去德国的学习机会，晏枝一定不能放弃。

梁沉还想再劝说一番，突然来了电话，界面显示来电人是导师。

"老师？"梁沉接起电话，没注意晏枝正时刻瞄着这边的动静。

导师的声音透过手机传过来，似乎带了些怒气："梁沉，我最后再问你一遍，你到底去不去美国进修！"

"去，必须去，机场停飞了他都会去的，老师！"晏枝一把抢过梁沉的手机，离梁沉三尺远。

电话那头的导师疑惑："你是……"

"我是梁沉的女朋友。"晏枝语气轻快，"老师，梁沉之前说的都是气话，他脑子最近有点不好使，我代他向您道歉，真的不应该！"

导师："那小子听你的？"

晏枝精着呢："他听您的，去美国进修，他义不容辞。"

"好好好。"导师连着说了好几声好，显然很开心。

通话结束，晏枝把手机扔给梁沉，像刚打完一场仗一样。梁沉侧头目不转睛地看着晏枝，倏地笑了。

"你笑什么？"晏枝瞅他。

"笑这里有个傻子。"梁沉目光温和，"枝枝，去德国吧。"

晏枝垂下头，不看梁沉，就盯着脚下结伴路过的蚂蚁："去，都去，你去美国，我去德国，我们当一对异国鸳鸯。"

梁沉："说好了？"

"说好了。"晏枝微抿唇。她或许早该明白，他们这种自以为为对方的好，并不是一种妥善处理的好。

但是，他们都甘愿为对方降落，为对方停留。

昨晚，晏枝从图书馆回宿舍的路上，接到一个陌生电话，是个女声，声嘶力竭地控诉她："你知道梁沉因为你放弃了进修的资格吗？

你知道吗！那是别人求都求不来的名额！"

晏枝不在乎对面那个女生是谁，是梁沉的暗恋者还是什么，她反而很谢谢这个女生，谢谢对方告诉她这一切，谢谢对方让她知道梁沉默默守护的秘密和所做的努力。

听到那个消息，晏枝头一次心脏悸动，梁沉爱她，比她想的还要爱，还要诚恳和坚定。

所以，她有什么理由不给予同样的温暖呢？

"梁沉，我们结婚吧。"她平静地开口，似平地一声惊雷。

梁沉愣了好一阵才反应过来："你想好了？"

"想好了。"晏枝靠在梁沉肩膀上，"你那么好，要是被别人拐跑了，我就亏大了。"

梁沉一只手覆盖住晏枝的眼，低下头轻吻她的唇。

他说："我也是这么想的。"

一个星期后，晏枝和梁沉去民政局领证。两人是年轻的新婚夫妻，一路引来无数目光。

去的时候晏枝因为太紧张太激动，还忍不住掉眼泪。

红红的眼睛让工作人员看到了，多嘴一句："办离婚不在这边。"

晏枝极力强调："姐姐，我们来办结婚的！"

梁沉慢悠悠地走在她身后，听到对话忍不住轻笑一声，谁知晏枝转过头瞪他："你别笑！"

今天来民政局的人少，他们走程序走得很快。工作人员喊他们去拍照，给了粉底让晏枝遮遮哭红的眼。

"我来。"梁沉接过粉底，小心涂在她脸上。

涂完，看着不像哭过的样子，梁沉把粉底归还给工作人员。

正式拍照，两人都坐得很规整，晏枝的心"扑通"跳，抿了抿唇，朝镜头绽放一个温柔的笑容。

"那个，男的笑一笑。"工作人员轻声提醒。

晏枝立马侧头："梁沉，我喜欢看你笑。"

于是，梁沉露出了有史以来最真诚又幸福的笑容。

走出民政局，晏枝手里捧着两本热乎乎的结婚证，笑得仿佛赢得了一张巨额彩票。夕阳泼墨挥洒，长空橙红，梁沉站在一层台阶上，注视着晏枝的笑容，他的姑娘，比他想的更喜欢他。

"我们结婚了。"晏枝回头强调，发尾掠过一阵风。

"嗯。"梁沉的心软下来，"你是我的妻子。"

这个称呼真是陌生，晏枝不自然地走两步，想到正事："梁沉，你是怎么知道我有去德国学习的机会？"

梁沉往下走："齐桑告诉我的，她说，最见不得你们这种恋爱脑。"

晏枝哈哈大笑，跟在后面一步一跳地下台阶。

民政局外的一棵老树震了震树叶，新婚的男女欢乐地走过。

"你说我们成为异地夫妻，会是怎样的相处方式？"

"我会去找你。"

"其实我还没想好怎样做一个妻子。"

"你做你自己就好。"

"好的，老公！"

梁沉的身体震了震。

他们把这件事上报给自家家长，大东听到这件事，气得两碗饭饭量的他只吃了一碗，他生气的点在于，女儿竟然先斩后奏。

大东前一秒还在生气，后一秒脑子格外灵光："孩子结婚了，我们是不是也可以结婚了？"

晏枝又把结婚的事告诉了她的小伙伴们，周小敦和何合格非常惊讶，大有种"你这么早就要步入婚姻的坟墓吗"的表情。

陆独傲说了两个字："恭喜。"

晏枝反调戏："齐桑最近告诉我，你有点不地道。"

"我管她说什么！"陆独傲麻溜地挂了电话。

晏枝哈哈大笑，她收拾宿舍的行李，准备踏上进修的路程，巧的是梁沉也是那天出国。

离校时，她拎着大包小包出校园，因为行李过多，其中一个小包不慎掉落，她只好跑回去捡，有一只手却先她一步拿起包，稳稳放在她行李箱上。

"谢谢。"晏枝看着帮她捡起小包的人，面色纠结。

"要走了？"魏荆舟反问。

"嗯。"

一树花开，两方寂静，魏荆舟也释怀："再见。"

晏枝没说话，点了点头，她重新握住行李箱的拉杆往前走。

"等等。"身后的人又叫住她。

晏枝回头，魏荆舟递给她一张画纸："送你的。"

画纸被风吹开，露出里面她的容颜，和之前捡到的那张一模一样。这代表什么？晏枝终于明白，他喜欢她，一种后知后觉生长的喜欢。

"我不能要。"晏枝摇头拒绝。

"行。"魏荆舟也没强求，收回那张画纸，转身洒脱地离开，"再见。"

这回，魏荆舟真走了。晏枝看着他的背影，摇了摇头，她有一张了呀。魏荆舟，你可别喜欢我，不然你的心情会很糟糕，我不讨厌你了，你也别喜欢我了。

来到机场，晏枝看到早在一旁等待的梁沉，他身边围着周小敦、何合格和陆独傲。晏枝推着行李箱滑过去，闯进几人中间："都来送我的呀，我可太开心了。"

三人纷纷"唉"了一声。

真是的，不过晏枝懂他们："你们别想念我，我会联系你们的。"

少时他们一起玩，而今各奔东西，说不上多感慨，只是大家都有了各自的生活，分别是必然。周小敦还是没憋住，一开口就带着哭腔："老大，我会想你的，呜呜呜，老大。"

晏枝拍拍他的背："你为什么不长心智呢？"

真是一把杀人诛心刀，周小敦瞬间放开她。

何合格和陆独傲虽然没说什么，但也有些不舍，晏枝朝他俩比了个心，笑得比谁都开心。

离别一定要伤感吗？晏枝认为不。

机场播音员冰冷的声音播报航班消息，周小敦三人特意给晏枝和梁沉留下说话空间，先走了。只剩下梁沉，晏枝开心的表情瞬间卸下来，好吧，她有点伤感了。

"梁沉，你要时常联系我。"

梁沉"嗯"了一声，他今天更加平静，从身边拿出个礼盒递给晏枝："送你的离别礼物。"

晏枝想要拆开看，被梁沉制止："上飞机再看。"

"噢。"晏枝老老实实不看了。

两人又一阵静默。

晏枝问："梁沉，你有没有什么要对我说的？"

"没有。"他没察觉自己眼眶有些红。

"那我跟你说吧。"晏枝一句句嘱咐，"你照顾好自己的身体，烟能少就少抽，去那边一定要多交些朋友，不能不解释。还有，记得想我。"

晏枝说完，面前的人依旧没动静，她正要发作，脖子被梁沉箍住往前靠，随即他的头低下来吻住她，这是一个浅吻，浅尝辄止，很快放开。

她感受到梁沉克制的情绪，她说："有句话我要告诉你，我的喜欢和你的一样了，我也很喜欢很喜欢你。"

梁沉摩挲着她的脖子，眼底流光微闪："好。"

广播员的声音再一次响起，晏枝匆忙查看自己的航班，抬头不舍道："我要走了。你的航班是什么时候？"

梁沉："比你晚半个小时。"

晏枝拿起行李起身，她跟梁沉说再见，闯入人流中去排队检票。检完票，推着大包小包的行李过闸口后，她转头，朝座位上的梁沉挥手拜拜。梁沉一眨不眨地看着她，过了会儿，抬起手挥了挥。

晏枝：我老公候机的样子很帅！

晏枝发完这条消息，没有再回头，直接离开。

人生不只有情情爱爱，他们还有理想，有未完成的目标。晏枝很庆幸自己遇到梁沉，他们一起成长，一起努力向上，为对方着想，互相理解，奔赴更好的人生。他们相爱，体会生命中有另一个人陪伴的幸福。

所以，梁沉，我们的生活只会变好。

坐上飞机，晏枝没忍住好奇，拆开了那个礼盒。礼盒是四方形的，丝绒雾面，小巧，看起来精致贵气。晏枝隐隐猜到，屏息打开礼盒，看到里面的东西，她的呼吸放缓，面容晕红，手禁不住发抖。

那是一枚戒指。戒指下面有一只小巧的千纸鹤，拆开，里面是梁沉亲手写给她的话。

梁沉很早就定制了这枚戒指，深夜里，他将这枚戒指放进礼盒，内心一瞬间充盈到顶点，他却觉得这样还不够，缺点什么。

那只千纸鹤一直躺在他的抽屉，是她对他的第一次乌龙告白，给了他灵感。梁沉撕下一张便笺，裁成合适的大小，伏案低眉，虔诚地写下一句话：

我的妻子，晏枝。

- 正文完 -

番外一

18

/ 陆独傲 × 齐桑：胆小鬼 /

最近齐桑找晏枝聊天的次数增多了，多是旁敲侧击地把话题引到某一个人身上。

齐女神的话术不太高明，每天都在很努力地绕，一开始晏枝权当她吐槽，后来越发觉得不对劲，直接干脆地回：把跟我聊天的这份力用在他身上，你一定能成为屠龙少女！

齐桑认真地听了她的意见，开始奇葩追爱路。

齐桑：今天吃了一份瓦香鸡，十四元，里面有鸡肉六块，辣椒、土豆、洋葱平摊，成本价顶多六元。你今天吃的什么？

发完消息，她坐正身体，面不改色地看向正在投影的法学老师，神情格外冰冷和淡定。只是没坚持一会儿，她就忍不住按开机键看他有没有回消息。手机屏幕上弹出几条推送信息，有娱乐的"某小花旦好有'男友力'"，有某乎的"怎么样区分 INTJ 女和 INFJ 女（MBTI 中描述的两种不同的人格类型）"，唯独没有陆独傲的。

齐桑视线下垂，一双眼更加冷漠，她直接延长屏幕点亮的时长，开始等待陆独傲的回信，这一等，就是半个月。

半个月后，刚滚完泥坑的陆独傲拿到手机，漫不经心地回了齐桑：天天吃泥。

齐女神在这半个月内内心活动格外丰富，却硬是咬牙没有再给陆独傲发一条消息，坚信这个男人就是对她没意思。可等陆独傲回了后，她还是冷漠地打字：好吃吗？

她是有怒气的，追人也不甘心被晾半个月，可这话发到陆独傲那里，就变成了挑衅：哪比得过大小姐，不好吃也得吃。

齐桑没再回，陆独傲也切掉屏幕，换成打游戏。

隔了一天，齐桑再次给陆独傲发消息：有两件衣服，你帮我看看哪件更好看？［图片］［图片］

齐桑心满意足地放下手机。她认为自己这一招，格外完美。而陆独傲收到这条消息时，整个人是魔幻的。原本仰躺的他从绿意盎然的草坪上骤然直起上半身，对着那两张照片看了又看，在心里默默评价：都丑啊。

考虑到是女孩子，陆独傲没敢这么说，直接把照片甩到室友群里，问他们哪件衣服更好看。

室友回复：第一件更好看。

陆独傲便把室友的意见告诉齐桑，谁料她说：我想听你的意见。

陆独傲随手回：都可以。

也不知道是哪个字戳到这位大小姐的神经，陆独傲回了之后，齐桑那边就此停歇，再也没有动静。

陆独傲以为大小姐腻了，知道繁华城市的霓虹灯火和车流金河比他的回复更有趣，于是开心地和室友一起去外面野餐了一顿。

只是三日后，齐桑又发来消息。这位女神发消息的频率很没有章法，热络点一天主动找他两次，不热络可以晾他四五天。只是不管陆独傲怎么回，最后结尾的那个人一定还是他自己。

陆独傲觉得很憋屈，他憋屈的点在于，是你主动来找我，结果爱搭不理的人是你，要回不回的人是你，最后结尾的却是我。

于是这样拉扯了半年后，陆独傲终于受不了了：你天天遛我玩呢？

齐桑：？

一个残忍的问号，让陆独傲成功火大：行，你行，我不奉陪了。

齐桑很莫名，她明明表现得跟书上说的一样，没太近也没太远，可以主动但不能常常主动，要挑起对方兴趣等他主动来找她。这些，她都做到了，但陆独傲不陪她玩了。

收到陆独傲告辞消息的那天，齐桑没听进课，她一颗心乱如麻，搞不懂自己到底哪里错了，却固执地不肯去问任何一个人。

　　不玩就不玩了，陪你那么久也没成效，还不如我自己一个人。齐桑也不高兴了，却没想到自己会被二次打脸。

　　周末，南城气温适宜，国防科技大学对面站了一个长腿细腰的美女，美女化着精致妆容。陆独傲跟朋友们说说笑笑地出校门，互相调侃，余光无意瞥到对面的美女，随即定住。

　　齐桑戴着黑色口罩，她知道陆独傲在看她，高傲使她不肯当街喊人，只握着手机打字：*我来南城了。*

　　陆独傲的手机响了一下。

　　齐桑：*你来给我当导游吧。*

　　齐桑：*不是免费的，我请你吃饭。*

　　陆独傲的手机响了两下。

　　三月的风恰似寒光遇骄阳，给人一种忽冷忽热的感觉，听见手机的响声，陆独傲没往齐桑身上想，毕竟大小姐从一开始跟他视线对上就在回避。

　　"走了。"陆独傲看一眼就收回视线，揽上朋友的肩大步离去。他今天穿了一件夹克，走路带风，整个人显得格外英挺。

　　落在齐桑眼里，就成了冷酷无情。她眼睁睁看着陆独傲从对面那条街直直走过去，不带半点犹豫地无视她。齐桑气得眼泪都差点掉出来，她坐飞机从北城赶到南城，特意化了个斩男妆期待能和他见一面，谁知……

　　所以，他真的不陪她玩了吗？

　　齐桑掉头往回走，脸上依旧保持着高傲和冷漠，过路人想找她要个联系方式都不敢。她从前说过，会有一个人把所有的爱给她，如果那个人不是陆独傲，也可以是别人。她忍住心中的下坠感，口袋里的手攥紧了又松开，准备回北城。

　　"喂！"后背传来声音，气喘吁吁，"你走那么快干什么？"

　　齐桑的脚步不由得顿住，藏在睫羽下的一双眼轻轻垂了垂，心里明明想转过去，身体却倔强地发起号令，让她有骨气一点，没动。

　　陆独傲累得双手叉腰，他坐上车才看到齐桑的消息，怕怠慢这位千里迢迢赶过来的大小姐，抛下朋友来找她，结果她就这个态度。

"你不会打电话吗？"陆独傲朝那个背影喊，"你长着嘴干吗的？"

齐桑转过身，表情已经不是高冷了，简直是愤怒。

陆独傲顺了顺呼吸，步履款款地走过去："不是请我吃饭吗？"

齐桑的头转向一边。

"先请了，再给你当导游。"陆独傲率先往前走。

齐桑等了等，嘴角微微露馅，快走几步跟上他。她今天穿的高跟鞋，跟长五厘米，陆独傲低头瞥见，在心里暗自感叹女人这个生物简直可怕，却还是放慢了速度，跟着齐桑的步伐。

"请我吃什么？"他问。

齐桑侧过头望着他："你想吃什么？"

"客随主便。"陆独傲丢下四个字。

于是齐桑带他去巷子深处的小饭馆吃饭，民风民俗，巷子深处的人间烟火味更加招摇。修摩托的男人已经穿上了短袖，卖水果的老大爷坐在推车旁，有一下没一下地闭眼。

陆独傲调侃："大小姐喜欢来这处？"

齐桑隐晦地皱眉，她不喜欢"大小姐"这个称呼，更不喜欢陆独傲喊她"大小姐"，便直接说出来。

陆独傲挑着眼尾，听到这话，眼皮缓缓垂下来："不叫了。"

两人吃了一顿饭，最后还是陆独傲结的账，他满不在乎地推开齐桑的手："下回请我吃贵的。"

齐桑盯着他，没说话。

"怎么，看我长得帅？"陆独傲瞧她那眼神，要把人吃了似的。

齐桑转过身："是挺帅。"

"我谢谢你啊。"陆独傲把她落下的贝雷帽拍她手上。

听出他的暗讽，齐桑重新补了句："不说话更帅。"

巷子深处的阳光明媚，陆独傲走出饭馆门口，笑了。这人，有点意思。

之后，齐桑隔三岔五来南城找陆独傲，这导致有些老生都知道那个钢板一般强硬、不服输的新生，有个贼漂亮的女生在追，室友都说陆独傲身在福中不知福。

陆独傲洗完衣服，"唰"地散开，他象征性抖落两下，话也不知道是说给自己听的，还是说给室友听的："耽误人家干啥？"

室友再也没调侃过。

而陆独傲对齐桑的态度照旧，不冷漠也不热情，收到齐桑消息也回，就是永远都差点意思。齐桑看得出来，她来来回回南城这么多趟，不是为了他这点子意思，要是没有肯定的回复，何必打回马枪。

抱着这个想法，齐桑再一次去了南城。她在心里告诉自己，这是最后一次，成了，你疼我；不成，有别人疼我。

七八月的热风，齐桑站在老位置等陆独傲，注视着远处的红旗。

有人说，从这所大学出来的都是人民子弟兵，齐桑衷心祝愿陆独傲成就他一往无前的梦想。而她，学法，也会为了人民，所以两人很相配。

"在看什么？"陆独傲走到她旁边与她并列站着，视线跟随着她一起落到那面鲜红的旗帜上。

齐桑："在看我们的护航者。"

陆独傲转过头深深看了她一眼。

"走吧。"他掉转头朝另一个方向去，"今天又是什么风把你刮来了？"

"陆独傲，我要问你一件事。"齐桑跟上他步伐。

"触及真心的免谈。"

"你喜不喜欢我？"齐桑停住脚步。

陆独傲也停住脚步，他的背微微弓着，像是无可奈何的难言，背影静静伫立。

"不喜欢吧。"他轻声说，言罢，继续往前走，"要是没别的事，你回北城吧。"

就知道是这个回答，齐桑三步并作两步拽住陆独傲，狠狠拉扯他的胳膊不让他走，然后抬起一只手擦掉他分布不均的粉底。

"那你为什么每次见我都要涂粉底？"齐桑看着他，手心全是擦掉的粉底液，取而代之，原本的青红肿块露出来。

她每次来，他好像都有伤。伤处不多，有时候也很小，偏偏每次见她他都会涂。他自己嫌丑，齐桑并不觉得，至于她为什么会发现，是因为有次故意蹭掉他的粉底。

"你喜欢我。"齐桑认真道，谁是真心谁是假意，她看得出来。

"瞎说什么。"陆独傲推开她的手，继续往前走。

"你就是不承认！"齐桑在他背后喊，把高傲抛了，丢了，不顾四面八方有没有人看她。

"你为什么不能像个男子汉一点！

"你是个男人吗！"

……

"陆独傲，你给我站住！"

前面的人没有丝毫停顿，齐桑凝视那个背影，说出最后一句话："陆独傲，任何一份感情，都不配懦弱。"

陆独傲停了，他觉得自己大概是被齐桑带偏了，所以才认为自己配得上别人的喜欢，可自己明明一无所有。

陆独傲转过身，满脸耍赖："齐桑，我真的不喜欢你。"

谁知齐桑走上前揪住陆独傲的衣领，二话不说亲上去。一吻毕，她看着已经蒙掉的陆独傲，贴心地给他扯了扯衣领。

"如果你在三秒内没有推开一个亲吻你的女人，说明你喜欢她。"齐桑鄙视他，"胆小鬼。"

陆独傲气笑了，他低头："有本事你再亲一遍，我立马推……"

她真又吻了上来。

谁说角落里的野生藤蔓没有人靠近、不被人照顾，明明……也有人义无反顾地给予雨露和光泽。

算了，投降吧，好不容易来个人爱他，这样一生难得一次的爱，为什么不好好留住。陆独傲回以深吻。

后来，两人在一起后的某一天，齐桑无意说起她去找他的那一次，其实是抱着最后一次的想法。

陆独傲说什么来着，当时他嘴角翘老高了："还好我最后上了你这艘贼船。"

哪有人这么形容爱情，齐桑瞪他一眼，转身的瞬间却忍不住也翘了翘嘴角，分明是她上了他那艘贼船。

但不管怎么样，他们后来还是相爱了。齐桑有些庆幸自己那次去找他了，就像陆独傲庆幸齐桑肯给他一个名为爱的台阶下，好让他能毫无顾忌地去吻她。

　　彼此都在庆幸，都在为这份感情把中间无形的距离线一点点地缩短。

　　那么往后余生，陆独傲也会好好守护这纸短情长的距离线，守护好国家，守护好她。

梁沉选择在结婚一周年这个时间点去德国见晏枝。

飞机降落，晏枝在电话那头一遍遍地问他到哪儿了。她穿行在首都柏林街头，身边全是高大白皮肤、拥有着金发和蓝眼睛的正宗德国人。一位德国帅哥朝她走来，出声询问："需要我的帮助吗？"

"谢谢，不用了。"晏枝用德语回他。

晏枝来柏林第一个月时，人生地不熟，语言也生涩，现在她已经完全能混入当地人中。

"我看到你了。"那边，梁沉的声音透过电话线浅淡传来。

晏枝握着手机四处张望，风打眉梢，她随手将吹到前额的头发捋到耳后，声音里有些苦恼："可是我没看到你。"

"你的视线往右边移一点点……移过了，聚焦点离近一点，枝枝，现在位置对了。"

梁沉将手机远离耳边，抬起挥了挥，那只手上戴着一块手表，和晏枝手上那块是同一个牌子的。

晏枝终于看到梁沉，她忽而有些热泪盈眶，路过人群接近他，跑进他的怀里。熟悉的拥抱、熟悉的味道，还有熟悉的心跳声，这一切都让晏枝倍感亲切。

"我好想你。"晏枝说。

"我也是。"头顶声音隐含笑意，"很想你。"

他们互相诉说思念，之后晏枝领着梁沉去了她居住的地方。

"我提前跟 Hanna（汉娜）说了你要来，放心，她不会觉得你打扰了她。"

晏枝跟当地一个德国女孩合租的，女孩是这间房的房东，因为想学习中文，所以和要学习德语的晏枝凑成一对语言大师。她直接推开门。

"嗨！" Hanna 一早就守在客厅等他们，看到晏枝和梁沉进来，甩了甩金色长发，"你男朋友很有中国男人味！"

Hanna 用德语跟晏枝交流，晏枝也用德语回她："你这么说，他会骄傲的。"

Hanna："反正他也听不懂。"

梁沉眼皮微撩，礼貌地没有出声。

两个女孩秘密对话完，Hanna 用蹩脚的中文跟梁沉打招呼："你好，我叫 Hanna，很高兴认识你。"

梁沉也用的中文："你好，很高兴认识你。"

Hanna 对梁沉的好感度又升了一层，不过她不打算打扰这对小情侣，手指勾起钥匙准备走："我男朋友邀请我去他家，宝贝，我先走了。"

晏枝友好相送："拜拜！"

等 Hanna 走后，晏枝毫无顾忌地跳到梁沉身上："现在是我们的天下了！"

梁沉稳稳接住她，抬眼反问："什么叫中国男人味？"

晏枝一愣："你竟然懂德语？"

梁沉微挑眉头："学了一点点。"

"什么时候学的？"

"为了见你的时候。"

说完，梁沉顺势含住她的唇。

他抱着晏枝走到沙发边，将她放平到沙发上，头深深低下，侵入到她的气息当中，这一吻绵长，饱含深情和思念。

许久，梁沉放开她，晏枝微微喘息，手放在他同样起伏的胸膛上，触及猛烈的心跳声。

"你怎么突然来了？"晏枝问起正事。

梁沉来之前一声招呼都没打，人到了才给她打电话，真的是个意外之喜。

"欢迎吗？"梁沉没说他为什么突然来，因为答案显而易见。

"欢迎啊。"晏枝勾上他的脖子，眨眨眼，"你长住都行，反正我没意见。"

"知道今天是什么日子吗？"梁沉给她倒了一杯水。

晏枝问："什么日子？"

梁沉直说："我们结婚一周年纪念日。"

晏枝沉默了，这种事让梁沉提醒她，真的是她的罪过。

"记得啊，怎么会……不记得。"她决定正对着天花板，同时在心里反思：我是不重视这段感情吗？为什么他记得，我就不记得？

梁沉对她的反应没有丝毫意外。晏枝细腻又不细腻，她在有些方面神经大条，这其实很好，不容易被伤害到。

"枝枝，今年回家，我们补个婚礼吧。"夜晚悄无声息到来，梁沉的声音温温柔柔。

晏枝说好。她觉得自己很幸福，学业正在进展中，家人和睦，还有个超级爱她的丈夫。

晏枝和梁沉领证后，大东和梁姨也不用担心别人说闲话了，在月底便举行了婚礼，正式成为一对夫妻。晏枝看到他们的婚礼，才明白那种幸福感是谁都领会不来的，毕竟每个人的幸福程度都不一样。

晚上，梁沉和晏枝在柏林街头游逛。梁沉订了个餐厅，夜晚灯流如织，他们坐在西餐厅窗边吃饭。晏枝一只手搭在下颌，坐姿优雅从容，转头看着窗外车水马龙，像金色的海。钢琴曲响在耳边，一切都那么应景。

"你什么时候走？"不得不说，这是一个绕不过的话题。

"后天。"

"好吧。"晏枝略感伤心，"这两天我会好好招待你的。"

但晏枝真不是一个好的东道主，明明她更熟悉德国，可不管去哪儿，都是梁沉在主导一切。他们穿行街头，看艺术展，欣赏路边的艺术表演，或者相拥，亲吻，吃美食和享受爱。

两日后，梁沉静悄悄离开，他给还在沉睡中的晏枝在床头柜留了一张字条，上面别着一株干花，凑近闻有香味。

早上醒来的晏枝第一眼就看到了那张字条。

字条的内容如下：

飞机晚点，所以没有告诉你。睡个好觉，晚安。一个月后，婚礼见。

只是一个月的时间，晏枝平复下有些沮丧的心情，到时候他们又能见面了。

她放下字条，嘴角浅浅露出个笑容，这个人，时时刻刻都很照顾她。

有些渴，晏枝起床打算给自己倒杯水。经过垃圾桶时，她忽而倒退，蹲在垃圾桶旁边，里面多了一些废纸团，她记得这些天他们没写任何记录或者图画。

她从垃圾桶把那些纸张拿出来一张张拆开。

信息如下——

您好，本人梁沉兹定于六月二十五日举行结婚典礼（上面的内容全部被画掉）。

谨定于六月二十日，星期六……（又全被画掉）。

您好……（再次被画掉）。

婚礼过程：待定。

婚纱定制：待定。

新娘感受：第一位。

晏枝把这些纸张当宝贝一样收起来，微微笑了。她的梁沉啊，真的是天底下最好最帅最酷的丈夫了。

晏枝仰着头，眼睛微湿。

距离我回国呢，还有七百二十五天，距离我的婚礼呢，还有三十五天，这三十五天的每一天，新娘都会非常想念新郎的！

敲打完，晏枝害羞地把这条消息发送。她歪着头想，梁沉现在应该在飞机上吧，也不知道他什么时候能看见？

等了一会儿，晏枝没等到梁沉的消息，她重新滚回床上睡觉。

这一觉，晏枝做了个梦，梦里她和梁沉牙齿都掉光光，然后望着对方哈哈大笑。

梦里的晏枝笑了，梦外的晏枝也笑了，一抹光亮突现，照亮她嘴角弯弯。

是梁沉回的消息：新郎也会非常想念新娘的。

番外三（新增）

/ 陪枝枝一直一直走下去 /

　　三年的国外研修生涯结束，晏枝拎着大包小包回芜城。她先去看了大东和梁母，二老小日子过得很舒坦，遛弯、打麻将、跳广场舞，一样不落。

　　晏枝又去看了周小敦。周小敦每天工作结束后会去地下城唱 rap 打比赛，于是晏枝问他，你是怎么将时间拆成两瓣来用的？

　　戴着大金链的周小敦说："老大，借用名人的一句话说，这世上只有一种英雄主义，那就是在看清生活的本质后依然热爱生活。"

　　晏枝这才明白，这位少年一直在践行他的理想，并企图让理想开花。

　　她又去看了何合格。何合格现在成职业化妆师了，接一单能赚不少钱。晏枝等何合格闲下来跟她吃了一顿饭，何合格说自己最近在考证，想升级成给艺人化妆的妆造老师。

　　这顿饭吃得很快，因为何合格赶着行程给下一位顾客化妆。她走时给了晏枝一个大飞吻，何姐英姿仍在。

　　至于陆独傲，那是晏枝唯一见不到的人，这家伙的手机又被收了。齐桑在跟晏枝吃饭时也抱怨，她说，从跟他在一起的那天就知道他俩会经常失联。晏枝不知道该说什么，三年过去，她突然觉得大家的生活好像没变，又好像发生了翻天覆地的变化。

　　"你呢？"齐桑问，"异地恋三年，你家那位冷漠的冰箱还好吗？"

晏枝搓搓手，眼里光亮仍在："他待会儿就来接我。"

刚说完，话里的人物登场。

外面下了雨，不大，细细的，像人绵绵的思念。梁沉收了伞从外面进来，一双眼染上雨意，一瞬不移地看向晏枝。

晏枝兴奋地朝梁沉挥手，过路的人一看，以为是小情侣约会，谁也想不到他们已经是三年的夫妻。就连饭后，齐桑也发消息跟晏枝说，枝枝，你俩的眼神都爱意满满。

晏枝跟梁沉回家后，转头就把齐桑说的这句话告诉梁沉。正在厨房切肉的梁沉停下手中动作，说了句心里话："其实我很怕见到你，又怕见不到你。"

这句话有深意，晏枝这个粗线条并不明白，她不明白梁沉怕她对他没了感情，也不明白异地对两个人的冲击有多大。

只是生活依旧在继续，晏枝在北城一家大型医院工作，刚去的她只能打打下手学习经验，值晚班。梁沉继续航母研究，他签了保密协议，有些关于工作上的事并不能和晏枝说。

两人好不容易结束异地，却经常聚少离多，一个家里总是凑不出两个人来，冰冷的厨具也没人动。

这下晏枝再神经大条，也发现了她和梁沉的问题，她想着约个两人都休息的假期出去玩玩。谁想约了半个月，愣是没约成。

不知道是不是焦虑的原因，晏枝开始掉头发。她的工作琐碎又繁重，偶尔还会受无名的委屈。某天下班回家，晏枝看着空落落的房间，忍不住掉眼泪，她实在太难过了，今天又被领导骂了，同事曲解她的意思，锅却是她来背。

晏枝坐在冰凉的地板上，靠着床沿，豆大的眼泪汹涌往下流，就像一直发光的太阳某天突然收敛了光芒，下起了倾盆大雨。

梁沉回来时，听到了她的哭声，他停在门边没进去，垂下的眼睫却微不可察地闪了闪。

片刻后，等晏枝的哭声没那么大，稍微稳定下来后，梁沉推开门进去，走过去把晏枝拥在怀里。

这一拥，晏枝哭得更大声了。

梁沉轻拍她的背，一下一下顺着往下抚。晏枝将头靠在他肩膀上，哭得身体一抽一抽的。

梁沉什么都没问，只是想给晏枝一个拥抱，好让她的情绪稳定下来，能别那么难过，别那么委屈。

半晌，晏枝停下来。她任由梁沉用手指轻轻擦掉眼角的泪，睁着两只水汪汪的眼睛说："不好意思，我把你的衣服搞脏了。"

梁沉轻笑，问她："为什么哭？"

晏枝不打算告诉他："没什么。"

"你不告诉我，是我作为丈夫的失职。"梁沉看着她静静道，一字一句平静又有力量。

"枝枝，坏事憋心里憋久了，会憋出病来的。你不告诉我，就更不会告诉其他人，你怕父母担心，怕朋友担心，怕我烦心，这样就只能你自己一个人默默承受。可如果是这样，那我有什么用？"

晏枝并不想把糟心的事告诉他，但两个人在一起，组建家庭，所有糟心事都藏着掖着，那不就是相敬如宾的主客了吗？

梁沉握住晏枝的手细细地捏，晏枝回握他，另一只手恼羞成怒地捶了他胸口一拳。

"说就说。"晏枝开启吐槽模式，把这些天来受的委屈和难过全都一股脑扔给梁沉，顺便指责了他一番，说得有理有据又无理取闹。

梁沉听着听着，眼里染上笑意，他抓住晏枝胡乱挥舞的手："你受委屈了。"

晏枝一下子愣住，小女生情绪出来："也没有多委屈，就是……偶尔会忍不住。"

梁沉重新把她抱进怀里，安抚小狗狗一样的语气："以后受委屈都跟我说，我虽然不能替你上刀山下火海，但给你递纸巾还是可以的。"

梁沉没说自己成为她情绪的垃圾桶，因为他总觉得这个词会逼退晏枝，让她变得缄默不言。他是她的依靠，往后余生唯一的依靠。

晏枝笑得眉眼弯弯："你真好。"

"相互的。"他说。

之后，晏枝有什么工作上和生活上不快乐的、快乐的事都会和梁沉分享，他也不嫌烦，也跟她分享自己工作上的趣事，两人的联系维持得很紧密，在家更是如此。

晏枝有时候会值夜班，她一个人在医院时会很无聊，偶尔会叨扰梁沉，告诉他自己饿了。她没想过梁沉会给她送吃的，毕竟她只是随口一说，谁想到梁沉真把这句话放在心上，大半夜开车到医院给她送饭菜。

饭菜是梁沉自己做的，晏枝当时差点惊掉下巴。她摸了摸梁沉的脸说："你飞过来的？"

梁沉找了个位置坐下，尽量不让自己看起来很疲惫："飞过来给某个人送温暖。"

晏枝亲了他一口："谢谢老公。"

医院窗外月色朗朗，梁沉禁不住上扬嘴角。

这顿饭晏枝是和梁沉一起吃的。梁沉的厨艺传承了梁母，一样的顶呱呱，晏枝吃了个精光，拍拍肚皮，又猛夸了他一顿。

吃完饭，梁沉没走，两人坐在医院的长椅上说说话，牵着手小小打闹一番。后来梁沉实在是太困，便靠在晏枝肩膀上睡着了。

晏枝安静下来，也没再嬉皮笑脸，低下头握住梁沉长而匀称的手指，包裹在自己的手心里。她能听到梁沉浅浅的呼吸，明显沉睡过去了。看来他真的很累，晏枝想，但即使如此，他还是愿意顶着疲惫开车过来给她送吃的。

晏枝的头后仰，眨了眨泛着泪光的眼。她以为从学校这个象牙塔出来后，就能大展宏图，可是理想的实践也是靠琐碎一步步堆积起来的。

所以晏枝实在太庆幸自己身边有一个梁沉了，因为他，她才能继续保持自己的傲娇。

医院走廊的声控灯光暗下来，晏枝随即闭上眼，一动没动，靠着墙壁仰着头睡过去。

等到第二天，晏枝身边已经不见梁沉人影，她起身走到自己的办公桌，发现桌上放了早餐，还有一张字条，上面写着：我先走了，记得吃早餐。

晏枝平整铺开那张字条，笑得幸福感满满。

到了夜晚，晏枝换掉白大褂，来酒吧潇洒。她一人坐在吧台上，点了杯不烈的果酒，用手撑着脸看调酒师调酒，顺便等梁沉。

今天午休的时候，晏枝给梁沉发了一条消息，说自己晚上想去酒吧玩，解一解千愁，谁想梁沉同志这么回她：可以带我一个吗？

当时看到这条消息的晏枝在办公室哈哈大笑，她豪迈道：今晚姐请客！

梁沉：等我下班。

果不其然，过了会儿，一个人坐到她身边，并点了一杯相同的果酒。

"你今天下班怎么这么早？"晏枝看着梁沉。

"因为有个人说想我了。"梁沉调侃道。

"才没有。"晏枝立马转过脸，并偷偷抿了口果酒。

梁沉没有戳破晏枝的不好意思，晏枝自讨了个红脸，又凑过来问："你为什么跟我点一样的？"

"因为我想知道你喜欢的口味是什么。"

晏枝立马上纲上线："我喜欢什么口味的，你怎么还不知道呀？"

这话不像是责问，反倒有小女子故意找碴儿的感觉，要不是对象是梁沉，对方真得给她一个白眼。

梁沉刚下班，浑身闲适无比，晏枝说什么话他都觉得像撒娇，于是拉住她的手："你的口味一天一个样，我不得不天天更新，好跟上你的节奏。"

"好吧，原谅你了。"晏枝顺势握住他的手，整个身体松垮下去，跟他抱怨，"工作好累啊，我不想干了。"

调酒师抬头看了晏枝一眼，很想附和，看着小情侣秀恩爱，他也不想干了。

"有多累？把我们……小仙女累成这样？"梁沉还停顿了一下。

"很累很累。"晏枝哼哼地撒娇。

"那多喝一杯吧。"梁沉把调酒师刚调好的那杯果酒也推到晏枝面前，面露微笑，"总要有一方面称心如意。"

晏枝问："什么意思？"

梁沉："就像白得了奖励，赢得一张大额的优惠券一样。"

晏枝："你最近越来越不说人话了。"

梁沉温和地笑，也不语。他很享受这样的时刻，放松的、专属于两人的时刻。这样的时刻让调酒师都忍不住感叹，他俩真是酒吧里一股奇异的清流。

后来晏枝喝多了，她酒量本来就不好，还要在梁沉面前逞英雄，回家都是梁沉抱回去的。

把晏枝放在松软的床铺上，梁沉并没有先行一步撤离，他在晏枝身旁躺下，看她有模有样数天空有几只羊。

"一只、两只、三只、四只和五只……"晏枝两手在空中抓啊抓。

梁沉忽地想起同事跟他说过的话：梁沉，我以为你会喜欢和你智力相匹配，看起来成熟稳重的女人，没想到你完全找了一个相反的。

晏枝幼稚吗？梁沉并不觉得。其实晏枝也问过他同样的问题，他的回答是幼稚和活泼是两个概念。

不管别人怎么认为晏枝幼稚，在梁沉看来她一点都不幼稚，甚至让他循规蹈矩、按部就班的生活多出了一丝光彩。就像此刻，看到晏枝一个人自得其乐地抓啊抓，他就忍不住想跟她一起玩，想体会她的快乐，也想自己得到这份快乐。

梁沉凑过去吻了吻晏枝的面颊，跟她说今晚有些睡不着觉了。

喝醉酒的晏枝傻乎乎的，一个翻身骑在梁沉身上，想要做他的王："我来伺候你！"

夜色渐深，深得仿佛变了颜色，这一晚，最后还是梁沉伺候了晏枝，毕竟这种事，晏枝没力气做。

第二天晏枝差点起不来床，她痛骂梁沉这个"狗贼"，"狗贼"却早起给她做早餐。

气温骤冷，晏枝起床时在毛衣外面套上温暖的羽绒服，倚靠在厨房门边看梁沉忙碌的身影。

看了会儿，她突然说："家里的菜好像不够了。"

梁沉的视线落在刚煮好的白粥上："吃完我出门一趟。"

晏枝举手："我也去！刚好今天休息。"

于是两人吃完早餐后前往菜市场，但晏枝低估了今天的恶劣天气，大风把树干快吹折成了九十度，风中凌乱的哈巴狗朝天叫两声后躲到商铺门下。

晏枝学东北老大爷，两手揣进衣袖，然后低头躲在梁沉身后，让他当自己的挡风板。

所幸菜市场离得不远，进门后，晏枝立马抬起头，恢复神采奕奕的模样，与梁沉并排走。

"老公，刚才的风真是太大了，好怕怕哦！"

梁沉意味深长地瞥她一眼："枝枝，你这样说话我不适应。"

晏枝："……"

卖菜的大娘已经认识他们了："小两口又来买菜啦？"

没有尴尬期的晏枝立马拉过梁沉的胳膊，把自己的手搭上去："是呢，大娘。"

被搭的梁沉没有拂开那只手，即使在他拿菜时感到不方便，也没有拂开晏枝那只手，反而悄悄凑紧了些，让她感受到温暖。

买完菜，晏枝自觉接过袋子，跟大娘说拜拜离开菜市场。

外面的风依旧在呼啸，晏枝顿住脚步，想也没想就把自己搭在梁沉胳膊上的手抽出来，然后把菜袋子套在梁沉的胳膊上，还很贴心地把他的手放回了口袋，最后，自己再重新把手搭在他胳膊上。

做完这一切，晏枝跟梁沉说走吧。

梁沉没动，直直看着晏枝："菜很重？"

晏枝："我怕冷，还有，不想提。"

梁沉随即往前走："好，那下次都给我提。"

听到这句话，晏枝的嘴角疯狂往上翘。两人原路返回，风依旧很大，装菜的塑料袋子被吹得"呼啦啦"响。晏枝紧紧挨着梁沉，感叹这糟糕的天气都没法让她出去吃火锅了。

回到家，梁沉把菜放到厨房，晏枝靠在客厅的沙发边抓来贵妃演戏。贵妃最近猫粮吃多了，肥肥一只，被晏枝举在身前。

刚好梁沉从厨房出来——

晏枝偷偷瞟一眼，开始了大秀："这样的天气，要是配上热气腾腾的火锅，一定很'哇塞'！

"小龙虾也行，蒜蓉的、红油的都来点，让咱们贵妃也来沾沾光，贵妃，你说是吧？"

梁沉看见晏枝强制让贵妃点了两下头，他觉得自己再不表态，多少有些不人道了。

"今天午餐就吃火锅，没有的食材直接外卖。"梁沉望着晏枝，"你看这样可以吗？"

晏枝放下贵妃："贵妃觉得可以。"

"那枝枝呢？"

"枝枝也觉得可以。"

梁沉无奈一笑，忍不住摸了摸她的头："你的胃不好，这些还是少吃，贵妃都被你利用过好几回了。"

晏枝知道梁沉是担心她，她向他保证："我下次绝对管住嘴。"

"没有下次了。"梁沉佯怒道。

但晏枝知道，她还会有下次的，就是不知道这个下次得隔多久。

梁沉说点就点，不超过一个小时，火锅食材配送到家，他又开始忙碌，晏枝在旁边打下手，围在梁沉身边等吃，她身后仿佛有一条看不见的尾巴在摇。

外面的风还是很大，并且开始下雪。细碎的雪并不足以惹人注目，直到它变大，如棉花般厚重落下。

晏枝趴在落地窗边看雪，忽而回头看向正在把火锅温度调高的梁沉："这好像是今年的第一场雪，好大。"

梁沉："火锅要凉了。"

晏枝"扑哧"一声笑出来，毕竟没人像她一样吃到一半跑去看雪的。她说："真的很大，你过来看看嘛。"

梁沉依言过去了，他坐在晏枝身边，问她为什么喜欢下雪。

晏枝说："下雪的时候，心里会有种说不清的安全感，很舒心，觉得很宁静。"

梁沉沉默了下，把晏枝的手包裹进自己手心，轻声说："那我们一起看会儿雪。"

晏枝挪挪屁股，靠到梁沉怀里。身后，困倦刚醒的贵妃伸了个懒腰，慢悠悠地晃到两人面前，在他们正中央的位置，又无骨似的躺下了。

这一家三口,一个又重新闭上眼,其他两个巴巴欣赏着外面的风雪。

有好风光,不足为奇,却称心如意,就好比一条长长的路,两个人陪同着一直走下去一样。

爱从不言深,落入凡尘烟火里,回头看,也能和十八岁巷子口的身影重叠。

"枝枝,火锅要凉了。"

有人低声细语,万千温柔。

- 全文完 -

他的影子在吻你